FOLIO SCIENCE-FICTION

Ray Bradbury

CHRONIQUES MARTIENNES

Traduit de l'américain par Jacques Chambon
et Henri Robillot

Denoël

Cet ouvrage a été précédemment publié dans la collection Présence du futur aux Éditions Denoël.

Titre original :

THE MARTIAN CHRONICLES
(Avon books, N.Y.)

Né en 1920 dans l'Illinois, Ray Bradbury se destine très rapidement à une carrière littéraire, fondant dès l'âge de quatorze ans un magazine amateur pour publier ses textes. Malgré quelques nouvelles fantastiques parues dans des supports spécialisés, son style poétique ne rencontre le succès qu'à la fin des années 1940, avec la parution d'une série de nouvelles oniriques et mélancoliques, plus tard réunies sous le titre de *Chroniques martiennes*. Publié en 1953, *Fahrenheit 451* assoit la réputation mondiale de l'auteur, et sera adapté au cinéma par François Truffaut.

Développant des thèmes volontiers antiscientifiques, Bradbury s'est attiré les éloges d'une critique et d'un public non spécialisés, sensibles à ses visions nostalgiques et à sa prose accessible.

Il s'est éteint en 2012 à l'âge de quatre-vingt-onze ans.

*Avec tout mon amour et ma reconnaissance,
à Maggie/Marguerite,
qui a tapé le manuscrit en 1949.
Et à Norman Corwin et Walter I. Bradbury,
parfaits amis et accoucheurs !*

INTRODUCTION

Green Town, quelque part sur Mars ;
Mars, quelque part en Égypte

« Ne me dites pas ce que je fais ; je ne veux pas le savoir ! »

Ces paroles ne sont pas de moi. Elles ont été prononcées par mon ami Federico Fellini, le fameux réalisateur italien. Quand il tournait un de ses scénarios, il refusait de voir ce qui avait été mis « dans la boîte » et tiré en laboratoire à la fin de chaque journée. Il voulait que ses scènes restent mystérieusement provocatrices pour lui donner envie de poursuivre.

Ainsi en a-t-il été avec mes nouvelles, pièces de théâtre et poèmes la plus grande partie de ma vie. Ainsi en a-t-il été avec mes *Chroniques martiennes* dans les années qui ont précédé mon mariage en 1947, pour culminer, de surprises en hasards, durant l'été 1949. Ce qui avait commencé comme un récit occasionnel, ou un « aparté », concernant la planète Rouge est devenu une explosion tous azimuts en juillet et août de cette année-là, lorsque je me précipitais tous les matins sur ma machine à écrire pour découvrir quel nouveau cadeau ma Muse était disposée à m'offrir.

Avais-je une telle Muse ? Et croyais-je toujours en cet animal mythique ? Non. Plus jeune, au temps où je poursuivais mes études ou vendais des journaux à la criée, je faisais ce que la plupart des écrivains font à leurs débuts :

je rivalisais avec mes aînés, imitais mes pairs, m'interdisant du même coup toute possibilité de découvrir des vérités sous ma peau et derrière mes yeux.

J'ai beau avoir écrit une série de très bonnes histoires fantastiques et de terreur qui furent publiées alors que j'avais dans les vingt-cinq ans, elles ne m'ont rien appris. Je refusais de voir que je remuais un tas de bonnes choses dans ma tête et que j'arrivais à les fixer sur le papier. Mes histoires bizarres avaient de la vivacité et de l'authenticité. Mes histoires futuristes étaient des robots sans vie, mécaniques et figées.

Ce sont les nouvelles de Sherwood Anderson, réunies dans *Winesburg, Ohio*, qui m'ont libéré. J'étais alors dans ma vingt-quatrième année. Ses douzaines de personnages qui passaient leur vie dans les vérandas ténébreuses et les greniers sans soleil de cette ville constamment automnale m'ont mis dans tous mes états. « Seigneur Dieu ! me suis-je écrié. Si je pouvais écrire un livre à moitié aussi bon que celui-ci, mais situé sur Mars, quelle chose incroyable ce serait ! »

J'ai griffonné une liste de décors et de personnages sur ce monde lointain, imaginé des titres, commencé et abandonné une douzaine d'histoires, puis j'ai rangé et oublié le tout. Ou *imaginé* que je l'avais oublié.

Car la Muse persiste. Elle continue de vivre, même si on la néglige, attendant que vous lui laissiez le champ libre ou que vous mouriez sans lui donner l'occasion de s'exprimer. Mon travail consistait à me convaincre que le mythe était plus qu'un fantôme, une intuition substantielle qui ne demandait qu'à être excitée pour se répandre en langues inconnues et jaillir du bout de mes doigts.

Au cours des quelques années qui suivirent, j'écrivis une série de *pensées*[1] martiennes, des « apartés » shakespeariens, des songeries vagabondes, des visions nocturnes,

---

1. En français dans le texte. *(N.d.T.)*

des rêveries d'avant l'aube. Les Français, Saint-John Perse entre autres, pratiquent cela à la perfection. C'est le paragraphe mi-poème, mi-prose qui oscille entre une centaine de mots et une pleine page sur n'importe quel sujet, suscité par le temps, le moment, l'architecture d'une façade, un bon vin, un plat succulent, une vue de la mer, un brusque crépuscule ou un long lever de soleil. À partir de ces éléments, on dégobille de singulières boules de poils ou des monologues extravagants à la Hamlet.

En tout cas, je donnais libre cours à mes *pensées* sans ordre ni plan préconçu, tout ça pour les ensevelir avec deux douzaines d'autres histoires.

Il a fallu l'intervention de Norman Corwin, qui travaillait pour la radio à New York et à qui j'avais envoyé quelques-uns de mes textes, et de Walter I. Bradbury (aucun rapport), directeur littéraire chez Doubleday — donc du hasard —, pour me faire prendre conscience de la tapisserie que j'étais en train de tisser et m'encourager à l'achever. J'ai raconté ailleurs le détail de cette mise au monde . Je n'y reviendrai donc pas. Qu'il me suffise de dire que *Chroniques martiennes* parut presque malgré moi, mais à ma grande joie, à la fin du printemps 1950.

Y trouverez-vous des traces du sang de Sherwood Anderson ? Non. Sa formidable influence s'était depuis longtemps dissoute dans mes ganglions. Il se peut que vous surpreniez quelques résurgences de *Winesburg, Ohio* dans mon autre recueil-de-nouvelles-cherchant-à-passer-pour-un-roman, *Le Vin de l'été*. Mais il ne s'agit pas de reflets exacts, comme dans un miroir. Les grotesques d'Anderson étaient des gargouilles qui dépassaient des toits des maisons, les miens sont plutôt des colleys, des vieilles filles égarées dans des buvettes, et un jeune garçon particulièrement sensible aux tramways au rebut, aux copains égarés, et aux colonels de la Guerre civile noyés dans le temps ou ivres de souvenirs. Les seules gargouilles de Mars sont des Martiens ayant l'apparence de mes parents de Green Town, qui se cachent et n'apparaissent guère que pour leur malheur.

Sherwood Anderson n'aurait pas su comment s'y prendre avec les ballons de feu[1] de la nuit de l'Indépendance. Je les ai allumés et lâchés sur Mars et dans Green Town, et ils brûlent tranquillement dans les deux livres.

À la fin des années 70, j'ai produit une adaptation de *Chroniques martiennes* sur la scène d'un théâtre de Wilshire Boulevard. À six rues de là, le musée de Los Angeles accueillait l'exposition itinérante de Toutankhamon. Du théâtre à Toutankhamon et de Toutankhamon au théâtre, surprise à m'en décrocher la mâchoire.

« Grands dieux ! » me suis-je exclamé en contemplant le masque d'or du pharaon égyptien. « C'est Mars. »

« Grands dieux ! » me suis-je de nouveau exclamé en voyant mes Martiens sur la scène. « C'est l'Égypte avec les fantômes de Toutankhamon. »

Ainsi, devant mes yeux et se mêlant dans mon esprit, les vieux mythes reprenaient vie et les nouveaux mythes s'enveloppaient de bandelettes et affichaient des masques resplendissants.

Sans le savoir, j'avais été le fils de Toutankhamon tout le temps où je traçais les hiéroglyphes du monde Rouge, persuadé que c'était le futur que je faisais pousser jusque dans les passés les plus poussiéreux.

Cela dit, comment se fait-il que mes *Chroniques martiennes* soient souvent considérées comme étant de la science-fiction ? Cette définition leur convient mal. Il n'y

---

1. Allusion à la nouvelle « Les ballons de feu », demeurée à l'écart des *Chroniques martiennes* jusqu'à l'édition américaine dite du Quarantième anniversaire (Doubleday, 1990), et incluse pour la première fois dans la présente édition. *(N.d.T.)*

a dans tout le livre qu'un texte qui obéisse aux lois de la physique appliquée : « Viendront de douces pluies. » Il met en scène une des premières maisons « virtuelles » qui ont pris place parmi nous au cours de ces dernières années. En 1950, cette maison aurait coûté les yeux de la tête. Aujourd'hui, avec l'avènement des ordinateurs, d'Internet, du fax, des bandes magnétiques, du baladeur et de la télévision grand écran, ses pièces pourraient être raccordées à moindres frais à l'univers du circuit imprimé.

Très bien, alors, les *Chroniques* c'est *quoi* ? C'est Toutankhamon extrait de sa tombe quand j'avais trois ans, les Eddas islandais quand j'avais six ans et les dieux gréco-romains qui me faisaient rêver quand j'avais dix ans : de la mythologie à l'état pur. Si c'était de la science-fiction bon teint, rigoureuse sur le plan technologique, elle serait depuis longtemps en train de rouiller au bord de la route. Mais comme il s'agit d'une fable indépendante, même les physiciens les plus endurcis de l'Institut de technologie de Californie acceptent de respirer l'oxygène que j'ai frauduleusement lâché sur Mars. La science et les machines peuvent s'entre-tuer ou être remplacées. Le mythe, reflet dans un miroir, hors d'atteinte, demeure. S'il n'est pas immortel, du moins en a-t-il l'air.

Donc : *Ne me dites pas ce que je fais ; je ne veux pas le savoir !*

En voilà des façons ! Ce sont les seules que je connaisse. Car en feignant l'ignorance, l'intuition, curieuse de se voir apparemment négligée, dresse sa tête invisible et se faufile jusque dans vos mains pour prendre la forme du mythe. Et parce que j'ai écrit des mythes, peut-être ma planète Mars a-t-elle encore devant elle quelques années d'impossible vie.

Une chose me rassure à demi : on continue de m'inviter à l'Institut de technologie de Californie.

RAY BRADBURY

CHRONOLOGIE

« Il est bon de renouveler les sources d'émerveillement, dit le philosophe. Le voyage spatial nous a rendu nos âmes d'enfants. »

L'été de la fusée

À un moment donné c'était l'hiver en Ohio, avec ses portes fermées, ses fenêtres verrouillées, ses vitres masquées de givre, ses toits frangés de stalactites, les enfants qui skiaient sur les pentes, les ménagères engoncées dans leurs fourrures qui, tels de grands ours noirs, avançaient pesamment dans les rues verglacées.

Puis une longue vague de chaleur balaya la petite ville. Un raz de marée d'air brûlant ; comme si on avait laissé ouvert un four de boulanger. La vibration de fournaise passa sur les pavillons, les buissons, les enfants. Les glaçons se détachèrent, se brisèrent, se mirent à fondre. Portes et fenêtres s'ouvrirent à la volée. Les enfants s'extirpèrent de leurs lainages. Les femmes se dépouillèrent de leurs défroques d'ours. La neige se liquéfia, révélant l'ancien vert des pelouses de l'été précédent.

L'été de la fusée. On se passa le mot dans les maisons grandes ouvertes. *L'été de la fusée.* La touffeur de désert modifiait les broderies du givre sur les fenêtres, effaçait l'œuvre d'art. Skis et luges devenaient soudain inutiles. La neige qui tombait du ciel froid sur la ville se transformait en pluie chaude avant de toucher le sol.

L'été de la fusée. Les gens se penchaient hors de leurs vérandas ruisselantes pour contempler le ciel rougeoyant.

Sur sa rampe de lancement, la fusée crachait des nuages

de flammes roses et une chaleur d'étuve. Dressée dans
cette froide matinée d'hiver, elle donnait vie à l'été à
chaque souffle de ses puissantes tuyères. La fusée commandait au climat, faisant régner un court moment l'été
sur le pays.

Ylla

Ils habitaient une maison toute en colonnes de cristal sur la planète Mars, au bord d'une mer vide, et chaque matin on pouvait voir Mrs. K déguster les fruits d'or qui poussaient sur les murs de cristal, ou nettoyer la maison avec des poignées de poudre magnétique qui, après avoir attiré toute la saleté, s'envolait dans le vent brûlant.

L'après-midi, quand la mer fossile était chaude et inerte, les arbres à vin immobiles dans la cour, la petite ville martienne, là-bas, tel un osselet, refermée sur elle-même, personne ne s'aventurant dehors, on pouvait voir Mr. K dans sa pièce personnelle, en train de lire un livre de métal aux hiéroglyphes en relief qu'il effleurait de la main, comme on joue de la harpe. Et du livre, sous la caresse de ses doigts, s'élevait une voix chantante, une douce voix ancienne qui racontait des histoires du temps où la mer n'était que vapeur rouge sur son rivage et où les ancêtres avaient jeté des nuées d'insectes métalliques et d'araignées électriques dans la bataille.

Il y avait vingt ans que Mr. et Mrs. K vivaient au bord de la mer morte, dans la même maison qui avait vu vivre leurs ancêtres depuis dix siècles qu'elle tournait sur elle-même, accompagnant le soleil dans sa course, à la façon d'une fleur.

Mr. et Mrs. K n'étaient pas vieux. Ils avaient la peau

cuivrée, les yeux pareils à des pièces d'or, la voix délicatement musicale des vrais Martiens. Jadis, ils aimaient peindre des tableaux au feu chimique, se baigner dans les canaux aux saisons où les arbres à vin les gorgeaient de liqueurs vertes, et bavarder jusqu'à l'aube près des portraits aux phosphorescences bleues dans le conversoir.

Mais ils n'étaient plus heureux.

Ce matin-là, debout entre les colonnes, Mrs. K écoutait les sables du désert se réchauffer, se liquéfier en une cire jaune qui avait l'air de fuir à l'horizon.

Il allait se passer quelque chose.

Elle attendit.

Elle surveillait le ciel bleu de Mars comme si, d'une seconde à l'autre, il pouvait se ramasser sur lui-même, se contracter, pour expulser quelque étincelant miracle sur le sable.

Rien ne se passa.

Fatiguée d'attendre, elle déambula entre les colonnes embuées. Une pluie fine jaillissait du sommet des fûts cannelés, rafraîchissant l'air brûlant, et retombait en douceur sur elle. Les jours de canicule, c'était comme marcher dans un ruisseau. Des filets d'eau fraîche faisaient miroiter les sols. Elle entendait au loin son mari qui jouait imperturbablement de son livre ; ses doigts ne se lassaient jamais des anciens chants. En secret, elle souhaita que revienne un jour où il passerait autant de temps à l'étreindre et à la caresser comme une petite harpe qu'il en consacrait à ses invraisemblables livres.

Mais non. Elle secoua la tête avec, à peine perceptible, un haussement d'épaules indulgent. Ses paupières se refermèrent doucement sur ses yeux dorés. Le mariage transformait les gens en vieillards routiniers avant l'âge.

Elle se laissa aller dans un fauteuil qui accompagna son mouvement pour épouser la forme de son corps. Elle ferma les yeux avec force, en proie à une sourde inquiétude.

Le rêve survint.

Ses doigts bruns frémirent, se soulevèrent, agrippèrent le vide. Un instant plus tard, elle se redressait, désorientée, haletante.

Elle jeta un rapide coup d'œil autour d'elle, comme si elle s'attendait à se trouver face à face avec quelqu'un. Elle parut déçue ; l'espace entre les piliers était vide.

Son mari s'encadra dans une porte triangulaire. « Tu as appelé ? demanda-t-il avec irritation.

— Non ! clama-t-elle.

— Il me semblait t'avoir entendue crier.

— Ah bon ? J'étais à moitié endormie et j'ai fait un rêve.

— En plein jour ? Ce n'est pas dans tes habitudes. »

Elle restait là, comme si son rêve l'avait frappée en plein visage. « Étrange, vraiment étrange, murmura-t-elle. Ce rêve.

— Ah oui ? » Il n'avait manifestement qu'une envie : aller retrouver son livre.

« J'ai rêvé d'un homme.

— Un homme ?

— Grand. Un bon mètre quatre-vingt-cinq.

— Ridicule. Un géant, un géant difforme.

— D'une certaine façon… » Elle cherchait ses mots. « … il avait l'air normal. Malgré sa taille. Et il avait… oh, je sais que tu vas trouver ça idiot… il avait les yeux *bleus* !

— Les yeux bleus ! Grands dieux ! s'écria Mr. K. Qu'est-ce que tu vas rêver la prochaine fois ? Je suppose qu'il avait des cheveux *noirs* ?

— Comment tu as *deviné* ? » Elle était surexcitée.

« J'ai pris la couleur la plus invraisemblable, répliqua-t-il froidement.

— Eh bien, oui, ils étaient noirs ! s'exclama-t-elle. Et il avait la peau très blanche ; pour ça, il sortait *vraiment* de l'ordinaire ! Il portait un uniforme étrange, il descendait du ciel et me parlait aimablement. » Elle sourit.

« Du ciel. Quelle absurdité !

— Il arrivait dans une chose en métal qui miroitait dans le soleil », se remémora-t-elle. Elle ferma les yeux pour en revoir la forme. « Dans mon rêve il y avait le ciel et quelque chose qui brillait comme une pièce lancée en l'air, et soudain ça grandissait et ça venait se poser doucement sur le sol, un engin argenté tout en longueur, cylindrique, inconnu. Puis une porte s'ouvrait dans le flanc de l'appareil et ce géant en sortait.

— Si tu travaillais un peu plus, tu ne ferais pas de ces rêves idiots.

— C'est loin de m'avoir déplu, répliqua-t-elle en se renversant dans son siège. Je ne me serais jamais cru autant d'imagination. Des cheveux noirs, des yeux bleus et une peau blanche ! Quel homme étrange, et pourtant… fort bien de sa personne

— C'est prendre tes désirs pour la réalité.

— Tu es méchant. Je ne l'ai pas inventé exprès ; il s'est simplement introduit dans mon esprit pendant que je somnolais. Ça ne ressemblait pas à un rêve. C'était si inattendu, si différent. Il me regardait et me disait : "J'arrive de la troisième planète dans mon vaisseau. Je m'appelle Nathaniel York…"

— Un nom grotesque, impossible, objecta le mari.

— Bien sûr, puisque c'est un rêve, expliqua-t-elle avec douceur. Il disait aussi : "C'est le premier voyage interplanétaire. Nous ne sommes que deux à bord de notre vaisseau, mon ami Bert et moi."

— *Encore* un nom grotesque.

— Et aussi : "Nous venons d'une ville sur *la Terre* ; c'est le nom de notre planète", poursuivit Mrs. K. C'est ce qu'il a dit. *La Terre,* c'est le terme qu'il a employé. Et il se servait d'une autre langue. Pourtant je le comprenais. Dans ma tête. De la télépathie, probablement. »

Mr. K tourna les talons. Elle l'arrêta d'un mot. « Yll ? lança-t-elle d'une petite voix. T'es-tu jamais demandé si…

eh bien, s'il y avait des êtres vivants sur la troisième planète ?

— Aucune vie n'est possible sur la troisième planète, déclara le mari d'un ton patient. D'après nos hommes de science, l'atmosphère y est beaucoup trop riche en oxygène.

— Mais ne serait-ce pas passionnant si elle était *habitée* ? Et si ses habitants voyageaient dans l'espace à bord d'une espèce de vaisseau ?

— Allons, Ylla, tu sais à quel point je déteste ces crises de vague à l'âme. Retournons plutôt à nos affaires. »

Le jour tirait à sa fin quand elle se mit à chantonner en déambulant au milieu du chuchotis des colonnes dispensatrices de pluie. Toujours la même ritournelle.

« C'est quoi, cette chanson ? » finit par lui lancer sèchement son mari en venant s'asseoir à la table-foyer.

« Je ne sais pas. » Elle leva les yeux, soudain décontenancée. Porta une main à sa bouche, incapable de croire ce qui lui arrivait. Le soleil se couchait. La maison se repliait sur elle-même, comme une fleur géante, à mesure que la lumière déclinait. Un souffle de vent passa entre les colonnes ; la poche de lave argentée bouillonnait sur la table-foyer. La brise agita les cheveux feuille-morte de Mrs. K, murmurant à ses oreilles. Debout, silencieuse, ses yeux d'or alanguis et embués, elle contemplait les vastes étendues jaunâtres de la mer asséchée, comme en proie à quelque souvenir. « "Bois à mes yeux avec les tiens, et je te rendrai la pareille", entonna-t-elle à mi-voix, tout doux. "Ou laisse un baiser dans la coupe, et je me passerai de vin." » À présent elle fredonnait tout en remuant légèrement les mains dans le vent, les yeux fermés. Elle acheva sa chanson.

C'était d'une suprême beauté.

« Je n'ai jamais entendu cette chanson. C'est toi qui l'as composée ? s'enquit Mr. K, l'œil inquisiteur.

— Non. Oui. En fait, je ne sais pas ! » Elle hésitait, s'affolait. « Je n'en comprends même pas les paroles ; elles sont dans une langue inconnue !

— Quelle langue ? »

Hébétée, elle laissa tomber des morceaux de viande dans la lave en fusion. « Je ne sais pas. » Elle retira la viande un instant plus tard, cuite, et la lui servit sur une assiette. « C'est simplement une bêtise que j'ai inventée, je suppose. Je ne sais pas pourquoi. »

Il ne répondit pas. Il la regardait plonger la viande dans la vasque de feu grésillante. Le soleil avait disparu. Petit à petit, lentement, la nuit envahissait la pièce, noyant les colonnes, les noyant tous deux, comme un vin sombre déversé du plafond. Seule la lueur de la lave argentée éclairait leurs visages.

Elle se remit à fredonner l'étrange chanson.

Aussitôt, il bondit de son siège et, furieux, quitta la pièce.

Plus tard, il termina seul son dîner.

Quand il se leva, il s'étira, regarda sa femme et suggéra en bâillant : « Prenons les oiseaux de feu et allons en ville voir un spectacle.

— Tu ne parles pas sérieusement ! dit-elle. Tu te sens bien ?

— Qu'est-ce que ça a de si extraordinaire ?

— Mais nous ne sommes pas sortis depuis six mois !

— Je crois que c'est une bonne idée.

— Te voilà bien prévenant tout à coup.

— Ne le prends pas comme ça, répondit-il avec humeur. Tu veux y aller ou pas ? »

Elle regarda le désert pâle. Les lunes blanches jumelles se levaient. L'eau fraîche coulait sans bruit entre ses orteils. Elle fut prise d'un embryon de frisson. Son désir le plus cher était de rester tranquillement ici, dans le silence, sans bouger, jusqu'à ce que la chose se produise, cette chose attendue toute la journée, cette chose qu'elle espérait contre toute espérance. Des bribes de chanson lui effleurèrent l'esprit.

« Je…

— Ça te fera du bien, insista-t-il. Allez, viens.

— Je suis fatiguée. Un autre soir.

— Voilà ton écharpe. » Il lui tendit un flacon. « Ça fait des mois que nous n'avons pas bougé.

— Sauf toi, deux fois par semaine à Xi. » Elle évitait de le regarder.

« Les affaires.

— Ah bon ? » murmura-t-elle pour elle-même.

Du flacon s'écoula un liquide qui se transforma en une vapeur bleutée avant d'aller se poser, simple frémissement, autour de son cou.

Les oiseaux de feu attendaient sur le doux sable frais, rutilants comme un lit de charbons ardents. La nacelle blanche flottait dans le vent nocturne, claquant doucement au bout des mille rubans verts qui la reliaient aux oiseaux.

Ylla prit place dans la nacelle et, sur un mot de son mari, les oiseaux s'élancèrent, tout feu tout flamme, vers le ciel sombre. Les rubans se tendirent, la nacelle se cabra. La glissade fit crisser le sable ; les collines bleues se mirent à défiler, laissant en arrière la maison, les piliers arroseurs. les fleurs en cage, les livres chantants, le murmure des ruisseaux sur le sol. Elle ne regardait pas son mari. Elle l'entendait exciter les oiseaux tandis qu'ils prenaient de la hauteur comme une myriade d'étincelles, comme l'explosion rouge et jaune d'un feu d'artifice, entraînant la nacelle à la façon d'un pétale, traversant le vent de leur flamboiement.

Elle ne s'intéressait point à l'échiquier d'ivoire des cités mortes qui glissait en contrebas, ni aux anciens canaux remplis de vide et de rêves. Ils survolaient des fleuves et des lacs asséchés comme une ombre lunaire, comme une torche ardente.

Elle ne regardait que le ciel.

Son mari dit quelque chose.

Elle était perdue dans la contemplation du ciel.

« Tu as entendu ce que j'ai dit ?

— Pardon ? »

Il soupira. « Tu pourrais faire attention.

— Je réfléchissais.

— Je n'ai jamais eu l'impression que tu étais une amoureuse de la nature, mais le ciel a vraiment l'air de t'intéresser ce soir.

— Il est magnifique.

— Je me demandais…, dit le mari lentement. J'ai envie d'appeler Hulle ce soir. Histoire de savoir si on ne pourrait pas aller passer quelque temps, oh, une huitaine de jours, pas plus, dans les montagnes Bleues. Ce n'est qu'une idée en l'air…

— Les montagnes Bleues ! » Une main accrochée au bord de la nacelle, elle se retourna brusquement vers lui.

« Oh, c'est une simple suggestion.

— Quand veux-tu partir ? demanda-t-elle en tremblant.

— Je pensais qu'on pourrait s'en aller demain matin. Tu sais bien, départ de bonne heure et tout ça, dit-il négligemment.

— Mais nous ne partons *jamais* si tôt dans l'année !

— Je pensais que pour une fois… » Il sourit. « Ça nous ferait du bien de changer d'air. Un peu de repos et de tranquillité. Tu sais bien. Tu n'as rien d'autre de prévu ? Alors on part, d'accord ? »

Elle prit sa respiration, attendit, puis répliqua : « Non.

— Quoi ? » Son exclamation fit sursauter les oiseaux. La nacelle fit une embardée.

« Non, répéta-t-elle d'une voix ferme. C'est décidé. Je n'ai pas envie de partir. »

Il la regarda. Ils n'échangèrent plus un mot. Elle lui tourna le dos.

Les oiseaux continuaient de voler, myriade de brandons lancés dans le vent.

À l'aube, se faufilant entre les colonnes de cristal, le soleil dissipa le brouillard qui soutenait Ylla dans son sommeil. Toute la nuit, elle était restée en suspens au-dessus du sol, flottant sur le moelleux tapis de brume que diffusaient les murs dès qu'elle s'allongeait pour se reposer. Toute la nuit, elle avait dormi sur cette rivière muette, comme une barque sur un courant silencieux. À présent, la brume s'estompait, baissait de niveau pour la déposer enfin sur la berge de l'éveil.

Elle ouvrit les yeux.

Debout au-dessus d'elle, son mari l'observait comme s'il était planté là depuis des heures. Sans savoir pourquoi, elle se sentit incapable de le regarder en face.

« Tu as encore rêvé, dit-il. Tu as parlé tout haut et ça m'a empêché de dormir. Je crois *vraiment* que tu devrais voir un docteur.

— Ça ira.

— Tu n'as pas arrêté de bavarder en dormant !

— Vraiment ? » Elle entreprit de se redresser.

Le petit jour était froid dans la pièce. Toujours allongée, Ylla se sentait envahie par une lumière grisâtre.

« À quoi rêvais-tu ? »

Elle dut réfléchir un instant pour s'en souvenir. « À ce vaisseau. Il descendait encore une fois du ciel, se posait, et l'homme de haute taille en sortait, me parlait, plaisantait avec moi en riant. C'était très agréable. »

Mr. K toucha une colonne. Des jets d'eau chaude jaillirent dans un nuage de vapeur, chassant l'air froid. Le visage de Mr. K demeurait impassible.

« Et alors, reprit sa femme, cet homme qui disait porter

ce nom étrange, Nathaniel York, me disait que j'étais belle et… et m'embrassait.

— Ha ! » s'écria le mari en se détournant avec violence, les mâchoires crispées.

« Ce n'est qu'un rêve, dit-elle, amusée.

— Garde tes rêves stupides de bonne femme pour toi !

— Tu te conduis comme un enfant. » Elle se laissa retomber sur les derniers restes de brume chimique. Un instant plus tard, elle laissa échapper un petit rire. « Je pensais à *d'autres* détails de mon rêve, avoua-t-elle.

— Ah oui ? Lesquels ? Lesquels ? s'emporta-t-il.

— Yll, quel sale caractère tu as.

— Dis-moi ! exigea-t-il. Tu n'as pas le droit de me faire des cachotteries ! » Le teint sombre, les traits tendus, il se dressait au-dessus d'elle.

« Je ne t'ai jamais vu dans cet état, répliqua-t-elle, michoquée, mi-égayée. Tout simplement, ce Nathaniel York me disait… eh bien, il me disait qu'il allait m'embarquer dans son vaisseau, dans le ciel avec lui, et m'emmener sur sa planète. C'est vraiment ridicule.

— On ne peut plus ridicule ! » Il hurlait presque. « Tu aurais dû t'entendre lui faire fête, lui parler, chanter avec lui… Grands dieux, toute la nuit. Tu aurais dû *t'entendre* !

— Yll !

— Quand est-ce qu'il atterrit ? Quand est-ce qu'il arrive avec son maudit vaisseau ?

— Parle moins fort, Yll.

— Je parlerai comme j'en ai envie ! » Il se pencha sur elle avec raideur. « Et dans ce rêve… » Il lui saisit le poignet. « … le vaisseau ne se posait-il pas à Verte Vallée ? Hein ? Réponds-moi !

— Ma foi, oui…

— Et il s'y posait cet après-midi, n'est-ce pas ? poursuivit-il.

— Oui, oui, je crois, oui, mais seulement en rêve !

— Bon. » Il rejeta brusquement sa main. « Tu fais bien

de ne pas mentir. J'ai entendu tout ce que tu as dit dans ton sommeil. Tu as parlé de la vallée et de l'heure. » Le souffle court, il marchait entre les piliers comme un homme aveuglé par un éclair. Lentement, il reprit haleine. Elle le regardait comme s'il était devenu fou. Enfin, elle se leva et s'approcha de lui. « Yll, murmura-t-elle.

— Ça va.

— Tu es malade.

— Non. » Il s'imposa un sourire las. « Puéril, c'est tout. Pardonne-moi, ma chérie. » Il lui donna une tape maladroite. « Trop de travail ces temps-ci. Excuse-moi. Je crois que je vais aller m'allonger un peu…

— Tu étais si énervé…

— Ça va maintenant. Ça va très bien. » Il souffla. « Oublions cet incident. Tiens, j'en ai entendu une bien bonne sur Uel hier, je voulais te raconter ça. Si tu préparais le petit déjeuner ? Je te dirai ce qu'il en est. Et ne parlons plus de tout ça.

— Ce n'était qu'un rêve.

— Bien sûr. » Il lui déposa un baiser machinal sur la joue. « Un simple rêve. »

À midi le soleil était haut et brûlant et les collines vibraient dans la lumière.

« Tu ne vas pas en ville ? demanda Ylla.

— En ville ? » Il souleva légèrement les sourcils.

« C'est le jour où tu as l'habitude d'y aller. » Elle régla une cage à fleurs sur son piédestal. Les fleurs frémirent, ouvrant avidement leurs bouches jaunes.

Il referma son livre. « Non. Il fait trop chaud, et il est tard.

— Ah bon. » Une fois qu'elle se fut acquittée de sa tâche, elle se dirigea vers la porte. « Alors à bientôt.

— Un instant ! Où vas-tu ? »

Elle avait déjà franchi le seuil. « Chez Pao. Elle m'a invitée !

— Aujourd'hui ?

— Il y a longtemps que je ne l'ai pas vue. C'est à deux pas.

— À Verte Vallée, n'est-ce pas ?

— Oui, juste un petit tour, je pensais que… » Elle pressa le pas.

« Désolé, vraiment désolé, dit-il en courant pour la rattraper, l'air fort contrarié par son étourderie. J'avais complètement oublié. J'ai invité le docteur Nlle cet après-midi.

— Le docteur Nlle ! » Elle revint lentement sur ses pas.

Il la prit par le coude et, d'une main ferme, la ramena à l'intérieur. « Oui.

— Mais Pao…

— Pao peut attendre, Ylla. Nous devons recevoir Nlle.

— Juste quelques minutes…

— Non, Ylla.

— Non ? »

Il secoua la tête. « Non. Et puis c'est une sacrée trotte jusque chez Pao. Il faut traverser tout Verte Vallée, franchir le grand canal et en suivre le cours, non ? Sans parler de la chaleur qui t'attend et du fait que le docteur Nlle serait ravi de te voir. Alors ? »

Elle ne répondit pas. Elle n'avait qu'une envie : se sauver en courant et crier. Mais elle se contenta de s'asseoir dans son fauteuil et de se tourner lentement les doigts en fixant sur eux un regard vide, prise au piège.

« Ylla ? murmura-t-il. Tu vas rester ici, n'est-ce pas ?

— Oui, dit-elle au bout d'un long moment. Je vais rester.

— Tout l'après-midi ?

— Tout l'après-midi », confirma-t-elle d'une voix atone.

Tard dans la journée le docteur Nlle ne s'était pas encore présenté. Le mari d'Ylla n'en paraissait pas particulièrement surpris. Quand il commença à se faire très tard, il marmonna quelque chose, se dirigea vers un placard et en retira une arme inquiétante, un long tube jaunâtre se terminant par un soufflet et une détente. Il se retourna, son visage recouvert d'un masque d'argent martelé, inexpressif, le masque qu'il portait toujours quand il désirait cacher ses sentiments, le masque qui épousait si délicatement ses joues maigres, son menton et son front. Le masque jetait des éclairs tandis qu'il examinait l'arme redoutable que tenaient ses mains. Celle-ci émettait un bourdonnement continu, un bourdonnement d'insecte. On pouvait en faire jaillir des hordes d'abeilles dorées dans un hurlement strident. D'affreuses abeilles dorées qui piquaient, empoisonnaient et retombaient sans vie, comme des graines sur le sable.

« Où vas-tu ? demanda-t-elle.

— Hein ? » Il écoutait le soufflet, le bourdonnement maléfique. « Si le docteur Nlle est en retard, je ne vais pas m'embêter à l'attendre. Je sors chasser un peu. Je ne serai pas long. Je compte sur toi pour rester ici, d'accord ? » Le masque d'argent étincelait.

« Entendu.

— Et dis au docteur Nlle que je reviens. Que je suis simplement allé faire un tour à la chasse. »

La porte triangulaire se referma. Les pas d'Yll décrurent le long de la colline.

Elle le regarda s'éloigner dans le soleil jusqu'à ce qu'il ait disparu. Puis elle reprit ses occupations avec les poussières magnétiques et les fruits frais à cueillir aux murs de cristal. Elle travaillait avec énergie et promptitude, mais elle était parfois en proie à une sorte d'engourdissement et se surprenait à chanter cette chanson étrange, obsédante, et à contempler le ciel par-delà les colonnes de cristal.

Elle retenait son souffle et, rigoureusement immobile, attendait.

Ça se rapprochait.

Ça pouvait se produire d'un instant à l'autre.

Comme lorsqu'on entendait un orage arriver. Il y avait le silence de l'attente, puis l'infime alourdissement de l'atmosphère tandis que la perturbation balayait le pays de ses sautes d'humeur, ses ombres et ses nuées. Le changement exerçait sa pression sur les oreilles et l'on était suspendu dans l'attente de l'orage imminent. On commençait à trembler. Le ciel se plombait, se colorait ; les nuages s'amoncelaient ; les montagnes viraient au gris fer. Les fleurs encagées exhalaient de légers soupirs avant-coureurs. On sentait frémir ses cheveux. Quelque part dans la maison, l'horloge vocale chantait : « C'est l'heure, c'est l'heure, c'est l'heure… » tout en douceur, simple tapotement d'eau sur du velours.

Et puis l'orage. L'illumination électrique, les trombes d'eau sombre et de nuit retentissante s'abattaient, tels les barreaux d'une éternelle prison.

Il en allait ainsi à présent. Un orage se préparait, même si le ciel était clair. On attendait des éclairs, même en l'absence de tout nuage.

Ylla se déplaçait à travers la maison estivale privée de souffle. La foudre allait frapper d'un instant à l'autre ; il y aurait un coup de tonnerre, une boule de fumée, un silence, des pas dans l'allée, un petit heurt à la porte, et elle *se précipitant* pour ouvrir…

Pauvre folle ! se moqua-t-elle. Pourquoi te laisser aller à de telles extravagances dans ta petite tête désœuvrée ?

Et c'est alors que la chose arriva.

Une chaleur d'incendie se propagea dans l'atmosphère. Un bruit de tornade. Un reflet métallique traversa le ciel.

Ylla poussa un cri.

Elle courut entre les colonnes, ouvrit une porte en grand, se campa face aux collines. Mais il n'y avait plus rien.

Prête à dévaler la pente, elle se ravisa. Elle était censée rester ici, n'aller nulle part. Le docteur venait leur rendre visite et son mari serait furieux si elle se sauvait.

Elle attendit sur le seuil, haletante, une main tendue.

Elle scruta l'horizon en direction de Verte Vallée, mais ne vit rien.

Sotte que tu es. Elle rentra. Toi et ton imagination, pensa-t-elle. Ce n'était qu'un oiseau, une feuille, le vent, ou un poisson dans le canal. Assieds-toi. Détends-toi.

Elle s'assit.

Une détonation retentit.

Très nette, sèche, le bruit de l'affreuse arme aux insectes.

Tout son corps sursauta au même moment.

Il venait de loin. Un coup. Le vrombissement des abeilles si promptes à la détente. Un coup. Puis un second, précis et froid, tout là-bas.

Son corps tressaillit de nouveau et, sans savoir pourquoi, elle se dressa et se mit à hurler, hurler, sans autre envie que de continuer à hurler.

Elle s'élança à travers la maison et, une fois de plus, ouvrit la porte en grand.

Les échos s'éteignaient peu à peu.

Se turent.

Elle attendit dans la cour, blême, durant cinq minutes.

Puis, à pas lents, la tête basse, elle erra de pièce en pièce, effleurant les objets du bout des doigts, les lèvres tremblantes, pour s'asseoir finalement dans la solitude de la chambre aux vins gagnée par la pénombre, toujours dans l'expectative. Elle se mit à essuyer un verre d'ambre du bout de son écharpe.

Dans le lointain, crissant sur le fin gravier, un bruit de pas.

Elle se releva et s'immobilisa au centre de la pièce silencieuse. Le verre tomba de ses doigts, se brisa en mille morceaux.

Les pas hésitèrent devant la porte d'entrée.

Fallait-il parler ? Fallait-il crier : « Entrez, oh, entrez » ?

Elle avança sur quelques mètres.

Les pas gravirent la montée. Une main fit tourner le loquet.

Les yeux fixés sur la porte, elle sourit.

La porte s'ouvrit. Elle cessa de sourire.

C'était son mari. Son masque d'argent luisait sans éclat.

Il entra et adressa un bref regard à sa femme. Puis, d'un coup sec, il ouvrit le soufflet de son arme, en fit tomber deux abeilles mortes, les entendit heurter le sol, les écrasa sous son pied et rangea le fusil vide dans un coin tandis qu'Ylla, courbée en deux, s'efforçait sans le moindre succès de ramasser les morceaux du verre brisé.

« Qu'est-ce que tu faisais ? demanda-t-elle.

— Rien », dit-il, le dos tourné. Il ôta son masque.

« Mais le fusil… Je t'ai entendu tirer. Deux fois.

— Je chassais, voilà tout. Ça fait du bien de temps en temps. Le docteur Nlle est arrivé ?

— Non.

— Une seconde. » Il claqua des doigts d'un air chagrin. « Tiens, ça me revient. C'est *demain* après-midi qu'il devait venir nous voir. Je suis vraiment trop bête. »

Ils se mirent à table. Elle regardait sa nourriture sans bouger les mains. « Qu'est-ce qui ne va pas ? demanda-t-il sans lever les yeux de la lave bouillonnante où il plongeait sa viande.

— Je ne sais pas. Je n'ai pas faim.

— Qu'est-ce qui t'arrive ?

— Je ne sais pas. C'est comme ça. »

Le vent se levait dans le ciel ; le soleil se couchait. La pièce, toute petite, semblait froide tout à coup.

« J'essayais de me souvenir, dit-elle dans le silence ambiant, face à la froide raideur de son mari aux yeux d'or.

— Te souvenir de quoi ? » Il buvait son vin à petites gorgées.

« De cette chanson. Cette si belle chanson. » Elle ferma les yeux et fredonna, mais ce n'était pas ça. « Je l'ai oubliée. Et va savoir pourquoi, je ne veux pas l'oublier.

C'est quelque chose dont je voudrais toujours me souvenir.» Elle bougea les mains comme si le rythme pouvait l'aider à tout retrouver. Puis elle se laissa aller contre son dossier. «Je n'arrive pas à me rappeler.» Et elle se mit à pleurer.

«Pourquoi pleures-tu?

— Je ne sais pas, je ne sais pas, mais je ne peux pas m'en empêcher. Je suis triste sans savoir pourquoi, je pleure sans savoir pourquoi, mais je pleure.»

Elle se tenait la tête à deux mains; ses épaules ne cessaient de s'agiter.

«Ça ira mieux demain», dit-il.

Elle ne leva pas les yeux vers lui; son regard n'était fixé que sur le désert vide et les étoiles qui commençaient à scintiller dans le ciel noir, tandis que de très loin lui parvenaient un bruit de vent qui se levait et le froid clapotis de l'eau le long des canaux.

«Oui, dit-elle. Ça ira mieux demain.»

La nuit d'été

Dans les galeries de pierre, les gens formaient des groupes et des grappes qui se glissaient dans les ombres au milieu des collines bleues. Une douce clarté tombait des étoiles et des deux lunes luminescentes de Mars. Au-delà de l'amphithéâtre, dans de lointaines ténèbres, se nichaient de petites agglomérations et des villas ; des eaux argentées s'étalaient en nappes immobiles et les canaux scintillaient d'un horizon à l'autre. C'était un soir d'été dans toute la paix et la clémence de la planète Mars.

Sur les canaux de vin vert se croisaient des bateaux aussi délicats que des fleurs de bronze. Au sein des longues demeures qui s'incurvaient interminablement, pareilles à des serpents au repos, à travers les collines, les amants paressaient en échangeant des chuchotis dans la fraîcheur nocturne des lits. Quelques enfants couraient encore dans les ruelles à la lueur des torches, brandissant des araignées d'or qui projetaient des entrelacs de fils. Ça et là se préparait un souper tardif sur des tables où de la lave portée au blanc argent bouillonnait en sifflant. Dans les amphithéâtres d'une centaine de villes situées sur la face nocturne de Mars, les Martiens à la peau brune et aux yeux pareils à des pièces d'or étaient calmement conviés à fixer leur attention sur des estrades où des musiciens faisaient flotter une musique sereine, tel un parfum de fleur, dans l'air paisible.

Sur une estrade une femme chantait.

Un frémissement parcourut l'assistance.

Elle s'arrêta de chanter, porta une main à sa gorge, fit un signe de tête aux musiciens et ils reprirent le morceau.

Et les musiciens de jouer et elle de chanter, et cette fois l'assistance soupira et se pencha en avant, quelques hommes se dressèrent sous le coup de la surprise, et un souffle glacé traversa l'amphithéâtre. Car c'était une chanson étrange et effrayante que chantait cette femme. Elle tenta d'empêcher les mots de franchir ses lèvres, mais ils étaient là :

> La beauté marche avec elle, comme la nuit
> Des cieux qui sont voués au règne des étoiles ;
> Et le plus beau du noir et de tout ce qui luit
> Dans sa personne entière et ses yeux se dévoile..

La chanteuse se fit un bâillon de ses mains, interdite.

« Qu'est-ce que c'est que ces paroles ? demandaient les musiciens.

— Qu'est-ce que c'est que cette chanson ?

— Qu'est-ce que c'est que cette *langue* ? »

Et quand ils se remirent à souffler dans leurs trompes dorées, l'étrange musique s'éleva pour planer au-dessus des spectateurs qui maintenant quittaient leurs sièges en parlant à voix haute.

« Qu'est-ce qui te prend ? se demandaient mutuellement les musiciens.

— Quel air tu jouais ?

— Et toi, qu'est-ce que tu joues ? »

La femme fondit en larmes et quitta la scène en courant. Le public déserta l'amphithéâtre. Et partout, dans toutes les villes de Mars, jetant le trouble, le même phé-

nomène s'était produit. Une froidure de neige s'était
emparée de l'atmosphère.

Dans les ruelles enténébrées, sous les torches, les
enfants chantaient :

> *Et quand elle arriva,*
> *Il n'y avait plus rien,*
> *Et son chien fit tintin !*

« Hé, les enfants ! criaient des voix. C'était quoi cette
chanson ? Où l'avez-vous apprise ?

— Elle nous est venue comme ça, d'un coup. C'est des
mots qu'on ne comprend pas. »

Les portes claquaient. Les rues se vidaient. Au-dessus
des collines bleues une étoile verte se leva.

Sur toute la face nocturne de Mars les amants se
réveillaient pour écouter leurs bien-aimées fredonner dans
l'obscurité.

« Quel est donc cet air ? »

Et dans un millier de villas, au milieu de la nuit, des
femmes se réveillaient en hurlant. Il fallait les calmer tandis que leur visage ruisselait de larmes. « Là, là. Dors.
Qu'est-ce qui ne va pas ? Un rêve ?

— Quelque chose d'affreux va arriver demain matin.

— Il ne peut rien arriver, tout va bien. »

Sanglot hystérique. « Ça se rapproche, ça se rapproche
de plus en plus !

— Il ne peut rien nous arriver. Quelle idée ! Allons,
dors. Dors. »

Tout était calme dans les petites heures du matin martien, aussi calme que les fraîches ténèbres d'un puits. Les
étoiles brillaient dans les eaux des canaux ; les enfants
étaient pelotonnés dans leur chambre et le bruit de leur respiration, les poings refermés sur leurs araignées d'or ; les
amants étaient enlacés, les lunes couchées, les torches
froides, les amphithéâtres de pierre déserts.

Le silence ne fut rompu qu'à l'approche de l'aube par un veilleur de nuit qui, au loin, dans les sombres profondeurs d'une rue solitaire, fredonnait en marchant une étrange chanson…

AOÛT 2030

Les hommes de la Terre

La personne qui frappait à la porte faisait preuve d'une belle insistance.

Mrs. Ttt ouvrit à la volée. « Oui ?

— Vous parlez *notre* langue ? » L'homme qui se tenait sur le seuil n'en revenait pas.

« Je parle ce que je parle.

— Impeccablement, je dois dire ! » Il portait un uniforme. Trois hommes l'accompagnaient, ne tenant pas en place, tout sourires, très sales.

« Qu'est-ce que vous voulez ? demanda impérativement Mrs. Ttt.

— Vous êtes une *Martienne* ! » L'homme souriait. « Le mot ne vous est certainement pas familier. C'est une expression terrienne. » Il désigna ses compagnons de la tête. « Nous sommes originaires de la Terre. Je suis le capitaine Williams. Nous venons de nous poser sur Mars, et nous voici, la *Deuxième* Expédition. Il y a eu une Première Expédition, mais nous ne savons pas ce qui lui est arrivé. Enfin, bref, nous voilà. Et vous êtes la première Martienne que nous rencontrons !

— Martienne ? » Elle haussa les sourcils.

« Je veux dire par là que vous vivez sur la quatrième planète à partir du soleil. Exact ?

— Élémentaire, dit-elle d'un ton sec en les toisant.

— Et nous (il appuya sa main rose et grassouillette contre sa poitrine), nous sommes de la Terre. D'accord, les gars ?

— D'accord, chef ! firent-ils en chœur.

— Vous êtes ici sur Tyrr, si vous tenez à savoir le vrai nom de cette planète.

— Tyrr, Tyrr. » Le capitaine faillit s'étrangler de rire. « Quel nom *charmant !* Mais dites-moi, ma bonne dame, comment se fait-il que vous parliez si parfaitement notre langue ?

— Je ne parle pas, je pense. Télépathie ! Bonjour ! » Et elle claqua la porte.

Un instant après, l'impossible personnage frappait de nouveau.

Elle rouvrit la porte en coup de vent. « Quoi encore ? » s'enquit-elle.

L'homme était toujours là, s'efforçant de sourire, l'air désorienté. Il tendit les mains. « Je ne crois pas que vous *compreniez...*

— Quoi ? » lança-t-elle sèchement.

L'homme la regarda bouche bée. « Nous venons de la *Terre !*

— Je n'ai pas le temps. J'ai beaucoup de cuisine à faire aujourd'hui, sans parler du ménage, de la couture et de tout le reste. Il est évident que c'est Mr. Ttt que vous désirez voir ; il est en haut, dans son bureau.

— Oui, fit l'homme de la Terre, interdit, l'œil clignotant. C'est ça, introduisez-nous auprès de Mr. Ttt.

— Il est occupé. » Elle leur reclaqua la porte au nez.

Cette fois-ci, on cogna sans le moindre ménagement.

« Dites donc ! » cria l'homme quand la porte se rouvrit. Et il se jeta à l'intérieur, comme pour prendre la femme par surprise. « En voilà une façon de traiter les visiteurs !

— Sur mon sol propre ! hurla-t-elle. De la boue ! Sortez d'ici ! Si vous voulez entrer chez moi, nettoyez d'abord vos bottes. »

L'homme regarda ses bottes boueuses, en proie au plus complet désarroi. « Le moment est mal choisi pour de telles vétilles. Je pense que nous devrions plutôt fêter l'événement. » Il la regarda un long moment, comme si cela pouvait l'aider à comprendre.

« Si vous avez fait tomber mes petits pains cristallisés dans le four, s'exclama-t-elle, je vous flanque des coups de bâton ! » Elle alla jeter un coup d'œil dans un petit four brûlant, puis revint, le visage rouge et moite. Ses yeux étaient d'un jaune éclatant, sa peau d'un brun doux, et elle avait la minceur et la vivacité d'un insecte. Quant à sa voix, elle était métallique et coupante. « Attendez ici. Je vais voir si Mr. Ttt peut vous recevoir un moment. C'est à quel sujet, déjà ? »

L'homme lâcha un affreux juron, comme si elle lui avait asséné un coup de marteau sur les doigts. « Dites-lui que nous venons de la Terre et que ça n'a encore jamais été fait !

— Qu'est-ce qui n'a pas encore été fait ? » Elle leva sa main brune. « Peu importe. Je reviens tout de suite. »

Le bruit léger de ses pas s'éloigna dans la maison en pierre.

Dehors, l'immense ciel bleu de Mars était chaud et immobile comme les profondeurs d'une mer tiède. Le désert martien cuisait au soleil, pareil à une marmite de glaise préhistorique. Des ondes de chaleur s'élevaient en miroitant. Une petite fusée reposait au sommet d'une colline voisine. De larges empreintes de pas descendaient de la fusée vers la porte de la maison.

On entendit des voix se quereller à l'étage. Dans l'entrée, les hommes se regardèrent, changeant de jambe d'appui, se tripotant les doigts, cramponnant leur ceinturon. Une voix d'homme tempêta en haut. La voix de la femme répliqua. Au bout d'un quart d'heure, ne sachant que faire, les Terriens se mirent à aller et venir sur le seuil de la cuisine.

« On s'en grille une ? » demanda l'un des hommes.

Quelqu'un sortit un paquet de cigarettes. Chacun alluma la sienne et souffla de longs filets de fumée blanchâtres. Ils rajustèrent leur uniforme, rectifièrent leur col. En haut, les vociférations continuaient leur sérénade. Le chef de la troupe regarda sa montre.

« Vingt-cinq minutes, dit-il. Je me demande ce qu'ils peuvent bien trafiquer, là-haut. » Il s'approcha d'une fenêtre et regarda dehors.

« Ça tape, dit l'un des hommes.

— Ouais », fit un autre dans la chaude torpeur de ce début d'après-midi. Les voix s'étaient réduites à un murmure et cédaient maintenant place au silence. Plus un bruit dans la maison. Les hommes n'entendaient que leur propre respiration.

Une heure s'écoula dans le silence. « J'espère que nous n'avons pas créé d'incident », dit le capitaine. Il alla jeter un coup d'œil dans le salon.

Mrs. Ttt était là, arrosant des fleurs qui poussaient au centre de la pièce.

« Je savais bien que j'avais oublié quelque chose », dit-elle en voyant le capitaine. Elle se dirigea vers la cuisine. « Désolée. » Elle lui tendit un bout de papier. « Mr. Ttt est beaucoup trop occupé. » Elle retourna à ses fourneaux. « De toute façon, ce n'est pas Mr. Ttt que vous voulez voir ; c'est Mr. Aaa. Allez avec ce mot à la ferme voisine, près du canal bleu, et Mr. Aaa vous renseignera sur tout ce que vous voulez savoir.

— Nous ne voulons rien savoir, objecta le capitaine avec une moue de ses lèvres épaisses. Nous *savons* déjà.

— Vous avez ce mot, qu'est-ce qu'il vous faut de plus ? » lança-t-elle d'un ton indiquant que, pour elle, la conversation était terminée.

« Bon », fit le capitaine, sans se décider à partir. Il restait planté là comme s'il attendait quelque chose. On aurait dit un enfant en contemplation devant un arbre de Noël vide. « Bon, reprit-il. Venez, les gars. »

Les quatre hommes replongèrent dans la touffeur somnolente du jour.

Une demi-heure plus tard, Mr. Aaa, installé dans sa bibliothèque, sirotait un peu de feu électrique dans une coupe en cristal lorsqu'il entendit les voix dans l'allée en pierre. Il se pencha à la fenêtre et regarda les quatre hommes en uniforme qui le lorgnaient.

« Vous êtes Mr. Aaa ? lancèrent-ils.

— Lui-même.

— Mr. Ttt nous a recommandé de nous adresser à vous ! cria le capitaine.

— En quel honneur ?

— Il était occupé !

— C'est bien dommage, fit Mr. Aaa, sarcastique. Croit-il que je n'ai rien d'autre à faire que recevoir les gens dont il n'a pas le temps de s'occuper ?

— Là n'est pas la question, monsieur, cria le capitaine.

— Pour moi, si. J'ai des tas de choses à lire. Mr. Ttt manque de considération. Ce n'est pas la première fois qu'il me traite à la légère. Cessez d'agiter vos mains, monsieur, je n'ai pas fini. Et accordez-moi votre attention. En général, on m'écoute quand je parle. Et vous allez m'écouter poliment ou je ne dirai plus rien. »

Dans la cour, les quatre hommes se dandinaient, la bouche entrouverte, mal à l'aise, et le capitaine, les veines du visage saillantes, eut un instant les larmes aux yeux.

« Enfin, les sermonna Mr. Aaa, trouvez-vous correct de la part de Mr. Ttt de manquer à ce point d'éducation ? »

Les quatre hommes le regardaient fixement sous la canicule. « Nous venons de la Terre ! dit le capitaine.

— Je trouve cela extrêmement discourtois de sa part, rumina Mr. Aaa.

— Une *fusée*. Nous sommes venus dedans. Là-bas !

« — Ce n'est pas la première fois que Mr. Ttt dépasse les bornes, voyez-vous.

— De la Terre. D'une seule traite.

— Vraiment, pour un peu, je l'appellerais pour lui dire deux mots.

— Rien que nous quatre ; moi et ces trois hommes, mon équipage.

— Je vais l'appeler, oui, c'est décidé !

— Terre. Fusée. Hommes. Voyage. Espace.

— L'appeler et le remettre à sa place ! » s'écria Mr. Aaa. Il s'éclipsa comme une marionnette de guignol. Pendant une minute, un échange de voix furieuses se fit entendre par le truchement de quelque étrange appareil. En bas, le capitaine et son équipage contemplaient avec regret leur joli vaisseau posé sur la colline, si docile, si agréable, si élégant.

Mr. Aaa réapparut brusquement à la fenêtre, tout triomphant. « Je l'ai provoqué en duel, grands dieux ! En duel !

— Mr. Aaa…, reprenait posément le capitaine.

— Je l'étendrai raide, vous entendez !

— Mr. Aaa, j'aimerais vous expliquer. Nous avons fait près de cent millions de kilomètres. »

Pour la première fois, Mr. Aaa accorda quelque intérêt au capitaine. « D'où avez-vous dit que vous veniez ? »

Le visage du capitaine s'illumina. En aparté, il glissa à ses hommes : « *Enfin*, on y arrive ! » Puis, s'adressant à Mr. Aaa : « Nous avons fait un voyage de cent millions de kilomètres. Depuis la Terre ! »

Mr. Aaa se mit à bâiller. « À cette époque de l'année, ça ne fait que *quatre-vingts* millions de kilomètres. » Il se saisit d'une arme d'aspect terrifiant. « Bon, à présent il faut que j'y aille. Reprenez ce billet stupide, bien que je ne voie pas de quelle utilité il peut vous être, et allez de l'autre côté de cette colline, jusqu'à une petite ville du nom de Iopr. Vous raconterez tout ça à Mr. Iii C'est l'homme qu'il vous faut. Pas Mr. Ttt, c'est un imbécile et je vais le tuer. Ni moi, vous ne relevez pas de mes compétences.

— Compétences, compétences ! bêla le capitaine. Faut-il avoir des compétences particulières pour accueillir des Terriens ?

— Ne soyez pas stupides, chacun sait *cela*. » Mr. Aaa dévala les escaliers. « Au revoir ! » Et il fonça dans l'allée comme un compas pris de folie.

Les quatre voyageurs restaient cloués par la stupeur. Finalement le capitaine déclara : « On va bien trouver quelqu'un pour nous écouter.

— On pourrait peut-être s'en aller et revenir plus tard, proposa un des hommes d'une voix morne. On devrait peut-être décoller et réatterrir. Leur donner le temps d'organiser une réception.

— C'est peut-être une bonne idée », murmura le capitaine au comble de l'accablement.

La petite ville était pleine de gens qui allaient et venaient, entraient et sortaient, échangeaient des saluts. Ils portaient des masques dorés, des masques bleus ou pourpres pour le plaisir de la variété, des masques aux lèvres d'argent et aux sourcils de bronze, des masques rieurs ou renfrognés, selon l'humeur de leur propriétaire.

Les quatre hommes, ruisselants de sueur après leur longue marche, s'arrêtèrent pour demander à une petite fille où habitait Mr. Iii.

« Là-bas », indiqua l'enfant du menton.

Plein d'espoir, le capitaine mit posément un genou à terre et contempla le doux visage enfantin. « Petite fille, je veux te dire quelque chose. »

Il l'assit sur son genou et enserra délicatement ses menottes dans ses grosses mains, comme s'il s'apprêtait à lui conter une histoire destinée à l'endormir qu'il aurait lentement élaborée, avec force détails mûrement choisis.

« Eh bien, voilà, petite fille. Il y a six mois, une autre

fusée s'est posée sur Mars. Dedans se trouvaient un homme du nom de York et son équipier. Qu'est-ce qu'il leur est arrivé ? Nous n'en savons rien. Peut-être se sont-ils écrasés. Ils sont venus dans une fusée. Nous aussi. Tu devrais voir ça ! Une fusée *énorme*. Nous sommes donc la *Deuxième* Expédition, envoyée après la Première. Et nous sommes venus d'une traite de la Terre… »

La petite fille dégagea machinalement une de ses mains et appliqua sur son visage un masque d'or dépourvu d'expression. Puis elle exhiba une araignée d'or et la laissa tomber sur le sol tandis que le capitaine continuait de parler. L'araignée-jouet grimpa docilement jusqu'au genou de l'enfant tandis qu'elle l'observait d'un œil tranquille par les fentes de son masque impassible. Le capitaine la secoua doucement pour l'obliger à écouter son histoire.

« Nous sommes des Terriens, dit-il. Tu me crois ?

— Oui. » Le regard de la petite se concentra sur ses orteils, qu'elle tortillait dans la poussière.

« Très bien. » Le capitaine lui pinça le bras, mi-enjoué, mi-agacé, pour l'obliger à le regarder. « Nous avons construit notre fusée nous-mêmes. Ça aussi, tu le crois ? »

La fillette se fourra un doigt dans le nez. « Oui.

— Et — sors ton doigt de ton nez, petite — je suis le capitaine, et…

— Jamais personne n'avait traversé l'espace dans une grande fusée, récita la jeune créature les yeux fermés.

— Magnifique ! Comment sais-tu ça ?

— Oh, la télépathie. » Elle s'essuya négligemment un doigt sur le genou.

« Eh bien, ça ne te transporte pas ? s'écria le capitaine. Tu n'es pas contente ?

— Vous feriez bien d'aller voir Mr. Iii tout de suite. » Elle lâcha son jouet. « Mr. Iii sera ravi de vous parler. » Elle s'enfuit en courant, son araignée galopant docilement derrière elle.

Le capitaine, toujours accroupi, la main tendue, la

regarda partir. Les yeux noyés, bouche bée, il contempla ses paumes vides. Les trois autres surplombaient leur ombre, immobiles. Ils crachèrent sur les pavés...

Mr. Iii vint leur ouvrir. Il était sur le point de partir pour une conférence, mais il avait une minute à leur accorder s'ils voulaient bien se dépêcher d'entrer pour lui expliquer ce qu'ils désiraient...

« Un peu d'attention, répondit le capitaine, les yeux rouges, épuisé. Nous sommes originaires de la Terre, nous avons une fusée, nous sommes quatre, équipage et capitaine, nous sommes exténués, nous avons faim, nous voudrions un endroit pour dormir. Nous aimerions que quelqu'un nous remette les clés de la cité ou quelque chose d'approchant, nous aimerions qu'on nous serre la main et qu'on nous dise "Bravo !" ou "Félicitations, mon vieux !". Voilà qui résume en gros la situation. »

Mr. Iii était un homme grand et mince, vaporeux, dont les yeux jaunes étaient dissimulés par d'épaisses lentilles bleu foncé. Il se pencha sur son bureau et étudia quelques papiers, s'interrompant de temps en temps pour décocher à ses hôtes un regard pénétrant.

« Bon, je n'ai pas les formulaires ici, on dirait. » Il fourragea dans les tiroirs de son bureau. « Voyons, où ai-je bien pu les mettre ? » Il prit un air pensif. « Quelque part. Quelque part. Ah, les voici ! Tenez ! » Il leur tendit les papiers d'un geste sec. « Naturellement, il va vous falloir signer ça.

— Faut-il vraiment en passer par tout ce cirque ? »

Les culs de bouteille de Mr. Iii se fixèrent sur lui. « Vous dites que vous venez de la Terre, n'est-ce pas ? Eh bien, vous n'avez qu'une chose à faire : signer. »

Le capitaine inscrivit son nom. « Voulez-vous que mes hommes signent aussi ? »

Mr. Iii regarda le capitaine, puis les trois autres, et laissa fuser un rire moqueur. « *Eux*, signer ! Ah ! Elle est bien bonne ! Eux, oh, *eux*, signer ! » Il en avait les larmes aux yeux. Il se tapa sur la cuisse et se plia en deux, secoué par le fou rire. « *Eux,* signer ! » répéta-t-il, cramponné au bureau.

Les quatre hommes se renfrognèrent. « Qu'est-ce qu'il y a de si drôle ?

— Eux, signer ! fit Mr. Iii dans un souffle, défaillant d'hilarité. Vraiment trop drôle. Il faudra que je raconte ça à Mr. Xxx ! » Il examina le formulaire signé tout en continuant de rire. « Tout semble en ordre. » Il hocha la tête. « Y compris l'accord pour l'euthanasie s'il faut finalement en arriver là. » Il gloussa.

« L'accord pour *quoi* ?

— Taisez-vous. J'ai quelque chose pour vous. Tenez. Prenez cette clé. »

Le capitaine rougit. « C'est un grand honneur.

— Ce n'est pas la clé de la cité, idiot ! le rembarra Mr. Iii. Simplement la clé de la Maison. Suivez ce couloir, ouvrez la grande porte, entrez et refermez bien comme il faut. Vous pouvez passer la nuit là-bas. Demain matin, je vous enverrai Mr. Xxx. »

Méfiant, le capitaine prit la clé et resta là à fixer le sol. Ses hommes ne bougeaient pas. Ils semblaient avoir perdu tout leur sang et leur fièvre de voyageurs de l'espace. Ils étaient vidés, à sec.

« Qu'est-ce que vous avez ? Qu'est-ce qui cloche ? demanda Mr. Iii. Qu'est-ce que vous attendez ? Que voulez-vous d'autre ? » Il vint regarder le capitaine sous le nez. « Maintenant ça suffit !

— Je suppose que vous ne pourriez même pas…, suggéra le capitaine. Je veux dire, enfin… essayer, ou envisager… » Il hésita. « Nous avons travaillé dur, nous avons fait un long voyage, alors peut-être pourriez-vous ne serait-ce que nous serrer la main et dire "Bien joué !", vous ne… croyez pas ? » Sa voix se brisa.

Mr. Iii tendit la main avec raideur. « Félicitations ! » Il

grimaça un sourire. «Félicitations.» Il tourna les talons. «À présent il faut que je m'en aille. Servez-vous de cette clé.»

Sans leur accorder plus d'attention, à croire qu'ils s'étaient fondus dans le sol, Mr. Iii s'affaira dans la pièce, bourrant des documents dans une serviette. Il s'attarda encore cinq minutes, mais sans adresser une seule fois la parole au quatuor solennel qui restait planté là, la tête basse, les jambes molles, l'œil éteint. Quand Mr. Iii franchit le seuil de la porte, il était absorbé dans la contemplation de ses ongles.

Ils se traînèrent le long du couloir dans le morne silence de l'après-midi. Arrivèrent à une grande porte d'argent poli qu'ils ouvrirent avec la clé d'argent. Entrèrent, refermèrent la porte et se retournèrent.

Ils se trouvaient dans une vaste salle ensoleillée. Des hommes et des femmes conversaient, assis devant des tables ou debout, formant de petits groupes. Au bruit que fit la porte, ils tournèrent les yeux vers les hommes en uniforme.

Un Martien s'avança et s'inclina. «Je suis Mr. Uuu, dit-il.

— Et moi le capitaine Jonathan Williams, de New York, sur Terre», répondit le capitaine sans conviction.

Ce fut une explosion immédiate dans la salle !

Les chevrons tremblèrent sous les cris et les ovations. La foule se précipita dans un concert de grands gestes et d'acclamations, renversant les tables pour s'agglutiner joyeusement autour des quatre Terriens. On les empoigna et on les souleva pour les porter en triomphe. Six fois de suite, au pas de charge, on leur fit faire un tour complet de la salle en sautant, bondissant et chantant.

Les Terriens étaient tellement ahuris qu'il leur fallut une bonne minute de chevauchée sur cette houle d'épaules avant de se mettre à rire et à s'interpeller.

« Hé ! Nous y voilà enfin !

— Ça, c'est vivre ! Sapristi ! Wouah ! Youpi ! »

Ils échangeaient des clins d'œil euphoriques, levaient les bras en l'air et battaient des mains. « Hip ! Hip !

— Hourra ! » hurla la foule.

On déposa les Terriens sur une table. Les clameurs cessèrent.

Le capitaine faillit fondre en larmes. « Merci. Ça fait du bien, oui, ça fait du bien.

— Racontez-nous votre histoire », suggéra Mr. Uuu.

Le capitaine s'éclaircit la gorge.

L'auditoire poussa des oh ! et des ah ! quand le capitaine prit la parole. Il présenta son équipage ; chacun y alla de son petit discours, embarrassé par le tonnerre des applaudissements.

Mr. Uuu donna une tape sur l'épaule du capitaine. « C'est bon de voir un autre habitant de la Terre. Moi aussi, je viens de la Terre.

— Pardon ?

— Nous sommes nombreux ici, à venir de la Terre.

— Vous ? De la Terre ? » Le capitaine ouvrait de grands yeux. « Mais comment est-ce possible ? Vous êtes venus en fusée ? Les voyages interplanétaires existeraient-ils depuis des siècles ? » Il y avait de la déception dans sa voix. « De… de quel pays êtes-vous ?

— De Tuiereol. Je suis venu par l'esprit de mon corps, il y a des années.

— Tuiereol, articula péniblement le capitaine. Je ne connais pas ce pays-là. Qu'est-ce que c'est que cette histoire d'esprit de votre corps ?

— Et miss Rrr, que voici, vient de la Terre elle aussi, n'est-ce pas, miss Rrr ? »

Miss Rrr acquiesça avec une rire bizarre.

« Et aussi Mr. Www, Mr. Qqq et Mr. Vvv !

— Je viens de Jupiter, déclara un homme en se rengorgeant.

— Et moi de Saturne, lança un autre, une lueur mali-
cieuse dans l'œil.

— Jupiter, Saturne », murmura le capitaine au comble
de l'ahurissement.

Le calme s'était rétabli ; les gens se tenaient debout ou
assis autour des tables étrangement vides pour des tables
de banquet. Leurs yeux jaunes brillaient et l'on apercevait
des ombres bistre sous leurs pommettes. Le capitaine
remarqua pour la première fois qu'il n'y avait pas de
fenêtres ; la lumière semblait sourdre des murs. Il y avait
une seule porte. Le capitaine grimaça. « Je n'y comprends
rien. Où peut bien se trouver ce Tuiereol ? Est-ce près de
l'Amérique ?

— C'est quoi, l'Amérique ?

— Vous n'avez jamais entendu parler de l'Amérique ?
Vous prétendez venir de la Terre et vous ne savez pas de
quoi il s'agit ! »

Mr. Uuu se dressa, furieux. « La Terre n'est couverte
que d'océans, un point c'est tout. Il n'y a pas de continent.
Je le sais puisque j'en viens.

— Attendez. » Le capitaine se carra sur son siège.
« Vous m'avez tout l'air d'un Martien classique. Yeux
jaunes. Peau brune.

— La Terre n'est qu'une vaste *jungle,* déclara fière-
ment miss Rrr. Je viens d'Orri, sur Terre, une civilisation
où tout est en argent ! »

Le capitaine observa successivement Mr. Uuu, puis
Mr. Www, Mr. Zzz, Mr. Nnn, Mr. Hhh et Mr. Bbb. Il vit
leurs yeux jaunes se dilater et se contracter dans la
lumière, tour à tour flous et concentrés. Il se mit à frissonner. Enfin il se tourna vers ses hommes et les consi-
déra d'un air lugubre.

« Vous avez compris ?

— Quoi donc, chef ?

— Ceci n'est pas une réception, reprit le capitaine,
accablé. Ni un banquet. Ces gens ne sont pas les repré-

sentants du gouvernement. Tout ça n'a rien d'une fête. Regardez leurs yeux. Écoutez-les ! »

Ils retenaient tous leur respiration. Il n'y avait plus dans la salle close que les éclairs blancs d'yeux qui se déplaçaient silencieusement.

« À présent, fit le capitaine d'une voix lointaine, je comprends pourquoi tout le monde nous donnait des petits mots et nous renvoyait de l'un à l'autre, jusqu'à ce Mr. Iii qui nous a expédiés au fond d'un couloir avec une clef pour ouvrir et refermer une porte. Voilà où on se retrouve…

— Où ça, chef ?

— Dans un asile de fous », lâcha le capitaine dans un souffle.

Il faisait nuit. Le calme régnait dans la grande salle faiblement éclairée par des sources de lumière cachées dans les murs translucides. Assis autour d'une table en bois, leurs visages décomposés penchés l'un vers l'autre, les quatre Terriens chuchotaient. À même le sol gisait un enchevêtrement de corps. Il y avait des mouvements furtifs dans les coins sombres, des hommes et des femmes isolés qui agitaient les mains. Toutes les demi-heures, un des subordonnés du capitaine essayait d'ouvrir la porte d'argent et revenait à la table. « Rien à faire, chef. On est bel et bien bouclés.

— Ils nous croient vraiment fous, chef ?

— Absolument. C'est pour ça qu'il n'y a pas eu de tralala pour nous accueillir. Ils ont simplement toléré ce qui doit être pour eux une psychose récurrente classique. » Il désigna d'un geste les formes sombres endormies tout autour d'eux. « Des paranoïaques, du premier au dernier ! Quel accueil ils nous ont fait ! Pendant un moment (une brève lueur s'alluma dans ses yeux), j'ai bien cru qu'on avait enfin droit à une vraie réception. Tous ces hurlements, ces chants, ces discours. Plutôt chouette, non… tant que ça a duré ?

— Combien de temps vont-ils nous garder ici, chef ?

— Le temps qu'on leur prouve qu'on n'est pas fous.

— Ça devrait être facile.

— Je l'*espère*.

— Vous n'avez pas l'air très convaincu, chef.

— En effet. Regardez là-bas, dans le coin. »

Un homme était accroupi tout seul dans le noir. De sa bouche sortait une flamme bleue qui prit peu à peu le galbe d'une petite femme nue. Elle se déploya langoureusement dans l'air en volutes de cobalt, tout murmures et soupirs.

Le capitaine désigna un autre coin du menton. Une femme s'y tenait debout, en pleine transformation. D'abord enclose dans une colonne de cristal, elle se mua en une statue d'or, puis s'étira en un fût de cèdre poli avant de redevenir une femme.

Partout dans la salle livrée à la nuit les gens jonglaient avec de minces flammes violettes, changeaient, se transformaient, car les heures nocturnes étaient celles des métamorphoses et de l'affliction.

« Des magiciens, des sorciers, murmura un des Terriens.

— Non, hallucination. Ils nous communiquent leur folie pour nous faire participer à leurs visions. Télépathie. Autosuggestion et télépathie.

— C'est ça qui vous tracasse, chef ?

— Oui. Si des hallucinations peuvent nous sembler à ce point "réelles", à nous comme à n'importe qui, si des hallucinations sont contagieuses et presque dignes de foi, il n'y a pas lieu de s'étonner qu'ils nous aient pris pour des psychotiques. Si cet homme peut faire apparaître des petites femmes de feu bleu et cette femme se muer en une colonne, il est tout à fait naturel que des Martiens normaux croient que notre fusée est une émanation de *notre* esprit.

— Oh ! » firent les hommes dans l'ombre.

Autour d'eux, dans l'immense salle, des flammes

bleues jaillissaient, flamboyaient, s'évanouissaient. De petits démons de sable rouge couraient entre les dents des dormeurs. Des femmes se transformaient en serpents huileux. Le tout dans une odeur animale, reptilienne.

Au matin, chacun était debout, l'air frais et dispos, heureux, normal. Il n'y avait plus de flammes ni de démons dans la pièce. Le capitaine et ses hommes attendaient près de la porte d'argent, dans l'espoir de la voir s'ouvrir.

Mr. Xxx arriva environ quatre heures plus tard. Ils le soupçonnèrent d'avoir attendu à l'extérieur et de les avoir observés au moins trois heures avant d'entrer et de leur faire signe de le suivre jusqu'à son petit bureau.

C'était un homme jovial et souriant, à en croire le masque qu'il portait, car s'y trouvait peint non pas un sourire, mais trois. En revanche, la voix qui en sortait était celle d'un psychiatre beaucoup moins souriant.

« Quel est donc votre problème ?

— Vous nous croyez fous alors que ce n'est pas du tout le cas.

— Au contraire, je ne vous crois pas *tous* fous. » Le psychiatre pointa une petite baguette en direction du capitaine. « Non. Vous seul, monsieur. Les autres ne sont que des hallucinations secondaires. »

Le capitaine s'administra une claque sur le genou. « C'est donc *ça* ! Voilà pourquoi Mr. Iii s'est mis à rire quand j'ai proposé que mes hommes signent aussi !

— Oui, Mr. Iii m'a raconté ça. » Le psychologue riait à travers le sourire de la bouche sculptée. « Elle est bien bonne. Où en étais-je ? Ah oui, les hallucinations secondaires. Des femmes viennent me consulter avec des serpents qui leur sortent des oreilles. Quand je les ai guéries, les serpents disparaissent.

— Nous serons ravis d'être soignés. Allez-y. »

Mr. Xxx parut surpris. « Inhabituel. Peu de gens désirent être soignés. Le traitement est drastique, je vous préviens.

— Allez-y de votre traitement! J'ai confiance : vous nous trouverez tous parfaitement sains d'esprit.

— Attendez que je vérifie vos papiers. Je dois m'assurer que tout est en ordre pour le "traitement". » Il consulta un dossier. «Bon. Vous comprenez, des cas comme le vôtre exigent un "traitement" spécial. Les gens de cette salle constituent des cas plus simples. Mais, je dois vous le signaler, quand on en est arrivé à ce point-là, avec hallucinations primaires, secondaires, auditives, olfactives et labiales, sans parler des fantasmes tactiles et optiques, c'est une sale affaire. Il faut recourir à l'euthanasie. »

Le capitaine bondit en rugissant. «Écoutez, en voilà plus qu'assez! Auscultez-nous, testez nos réflexes, vérifiez nos cœurs, soumettez-nous à des examens, posez-nous des questions!

— Vous avez toute liberté pour parler. »

Le capitaine se laissa aller une heure durant. Le psychiatre écoutait.

«Incroyable, fit-il pensivement. L'imagination onirique la plus riche de détails que j'aie jamais rencontrée.

— Nom de Dieu, on va vous la montrer, cette fusée! hurla le capitaine.

— J'aimerais la voir, en effet. Pouvez-vous la matérialiser dans cette pièce?

— Mais certainement. Elle est dans votre dossier, à la lettre F. »

Mr. Xxx plongea dans son dossier avec le plus grand sérieux. Puis, après quelques tss-tss désapprobateurs, il le referma d'un geste empreint de gravité. «Pourquoi m'avez-vous dit de regarder là-dedans? La fusée n'y est pas.

— Bien sûr que non, pauvre idiot! Je plaisantais. Est-ce qu'un fou plaisante?

— Il y a des gens qui ont un curieux sens de l'humour. Bon, emmenez-moi à votre fusée. J'aimerais bien la voir. »

Il était midi. La chaleur était accablante quand ils atteignirent la fusée.

« Je vois. » Le psychiatre s'approcha du vaisseau et le tapota, le faisant légèrement résonner. « Puis-je entrer à l'intérieur ? demanda-t-il d'un air matois.

— Je vous en prie. »

Mr. Xxx pénétra dans la fusée et y resta un bon moment.

« C'est vraiment à s'arracher les cheveux ! » Le capitaine attendait en mâchonnant un cigare. « Pour un peu je rentrerais au pays pour dire à tout le monde de ne pas se soucier de Mars. Quelle bande de pignoufs suspicieux.

— J'ai l'impression qu'une bonne partie de la population est cinglée, chef. C'est probablement ce qui explique leur scepticisme.

— N'empêche… tout ça est on ne peut plus exaspérant. »

Le psychiatre émergea du vaisseau au bout d'une demi-heure passée à fouiner, tapoter, écouter, humer, goûter.

« *À présent* vous êtes convaincu ! » brailla le capitaine comme si l'autre était sourd.

Le psychiatre ferma les yeux et se gratta le nez. « C'est l'exemple le plus incroyable d'hallucination sensorielle et de suggestion hypnotique que j'aie jamais rencontré. J'ai parcouru votre "fusée", comme vous l'appelez. » Il tapa sur la coque. « Je l'entends. Illusion auditive. » Il renifla. « Je la sens. Hallucination olfactive, provoquée par télépathie sensorielle. » Il embrassa la fusée. « Je la goûte. Illusion gustative ! »

Il serra la main du capitaine. « Puis-je vous féliciter ? Vous êtes un psychotique de génie ! Vous avez accompli un travail absolument complet ! Projeter par télépathie votre vision psychotique dans l'esprit d'autrui sans affaiblissement des hallucinations sensorielles est chose pratiquement impossible. Les gens que vous avez vus à la Maison se concentrent en général sur des illusions optiques ou, au mieux, à la fois optiques et auditives.

Vous, vous êtes parvenu à une synthèse complète. Votre démence est absolument parfaite.

— Ma démence. » Le capitaine était livide.

« Oui, oui, quelle magnifique démence. Métal, caoutchouc, gravigénérateurs, vivres, habillement, combustible, armes, échelles, écrous boulons, cuillères… J'ai répertorié dix mille articles différents dans votre vaisseau. Jamais je n'ai vu une telle complexité. Il y avait même des ombres sous les couchettes, sous *chaque* chose ! Quel pouvoir de concentration ! Et chaque objet, de quelque façon et à quelque moment qu'on le teste, avait une odeur, une densité, un goût, une résonance ! Laissez-moi vous embrasser ! »

Il se recula enfin. « Je consignerai tout cela dans ma plus grande monographie ! J'en parlerai à l'Académie martienne le mois prochain ! *Regardez*-vous ! Bon sang, vous avez même fait virer la couleur de vos yeux du jaune au bleu, celle de votre peau du brun au rose. Et ces vêtements, et vos mains à cinq doigts au lieu de six ! Métamorphose biologique par le biais d'un déséquilibre mental ! Et vos trois amis… »

Il sortit un petit pistolet. « Incurable, évidemment. Pauvre et merveilleux garçon. Vous serez plus heureux mort. Avez-vous une dernière volonté à formuler ?

— Arrêtez, pour l'amour du ciel ! Ne tirez pas !

— Malheureuse créature. Je vais te délivrer de cette détresse qui t'a poussé à imaginer cette fusée et ces trois hommes. Il sera tout à fait fascinant de voir tes amis et ta fusée s'évanouir une fois que je t'aurai tué. J'écrirai un bel article sur la dissolution des images névrotiques à partir de mon expérience d'aujourd'hui.

— Je viens de la Terre ! Je m'appelle Jonathan Williams, et ces…

— Oui, je sais », l'apaisa Mr. Xxx, et il tira.

Le capitaine s'écroula, une balle dans le cœur. Les trois autres se mirent à hurler.

Mr. Xxx les dévisagea. « Vous continuez à exister ? Admirable ! Persistance de l'hallucination dans le temps et dans l'espace ! » Il braqua son arme sur eux. « Eh bien, c'est par la peur que je vais vous forcer à disparaître.

— Non ! s'écrièrent les trois hommes.

— Requête auditive en dépit de la mort du sujet », observa Mr. Xxx en abattant les trois hommes.

Ils gisaient sur le sable, inchangés, immobiles.

Il les poussa du pied. Puis il cogna sur le vaisseau.

« *Ça* persiste ! *Ils* persistent ! » Et de tirer encore et encore sur les cadavres. Puis il recula. Le masque souriant tomba de son visage.

Lentement, l'expression du petit psychiatre s'altéra. Sa mâchoire s'affaissa. Le pistolet lui glissa des doigts. Son regard se fit terne et vide. Il leva les mains et, tel un aveugle, se mit à tourner en rond. Il palpa les cadavres, la bouche envahie de salive.

« Hallucinations, marmonna-t-il, saisi de panique. Goût. Vue. Odorat. Son. Toucher. » Il agitait les mains, les yeux exorbités, un début d'écume aux lèvres.

« Allez-vous-en ! cria-t-il aux cadavres. Va-t'en ! » hurla-t-il au vaisseau. Il examina ses mains tremblantes. « Contaminé, murmura-t-il, affolé. Gagné par la contagion. Télépathie. Hypnose. Maintenant, c'est *moi* qui suis fou. *Moi* qui suis contaminé. Hallucinations sous toutes les formes sensorielles. » Il s'immobilisa et, les doigts engourdis, chercha son arme à tâtons. « Un seul remède. Un seul moyen de les faire partir, disparaître. »

Un coup de feu retentit. Mr. Xxx s'écroula.

Les quatre corps des Terriens gisaient en plein soleil, celui de Mr. Xxx à l'endroit même où il était tombé.

La fusée, toujours couchée sur la petite colline ensoleillée, ne disparaissait pas.

Quand les habitants de la ville la découvrirent à l'approche du crépuscule, ils se demandèrent ce que c'était.

Personne ne savait, aussi fut-elle vendue à un ferrailleur et remorquée en direction de la casse.

Cette nuit-là, il plut sans discontinuer. Le lendemain, il faisait grand beau temps.

MARS 2031

Le contribuable

Il voulait embarquer sur la fusée à destination de Mars.
Tôt le matin, il se rendit à la piste de lancement et, à travers le grillage, cria aux hommes en uniforme qu'il voulait partir pour Mars. Ayant fait valoir sa qualité de contri-
buable, il dit qu'il s'appelait Pritchard et qu'il avait le droit
d'aller sur Mars. N'était-il pas né ici même, dans l'Ohio ?
N'était-il pas un bon citoyen ? Alors pourquoi *lui aussi* ne
pourrait-il pas aller sur Mars ? Il brandit les poings vers
eux et leur dit qu'il voulait quitter la Terre ; n'importe
quelle personne sensée voulait quitter la Terre. Un vaste
conflit nucléaire allait y éclater dans les deux ans, et il ne
voulait pas être là quand la chose se produirait. Lui et des
milliers de ses semblables, s'ils avaient le moindre sens
commun, partiraient pour Mars. Pensez donc ! Échapper
aux guerres, à la censure, à l'étatisme, à la conscription,
au contrôle gouvernemental de ceci et de cela, de l'art et
de la science ! La Terre, vous pouviez vous la garder ! Lui,
il offrait sa main droite, son cœur, sa tête pour avoir l'occasion d'aller sur Mars ! Que fallait-il faire, quels papiers
fallait-il signer, quelles personnes fallait-il connaître pour
embarquer ?

Ils se moquèrent de lui à travers le grillage. Il n'avait
sûrement pas envie de partir pour Mars, dirent-ils. Ne
savait-il pas que les Première et Deuxième Expéditions

avaient échoué, disparu ; que les équipages y étaient sans doute restés ?

Mais ils ne pouvaient pas le prouver, ils n'avaient aucune *certitude*, répliqua-t-il, accroché au grillage. Peut-être était-ce un pays de cocagne, là-haut, et que le capitaine York et le capitaine Williams ne se souciaient tout simplement pas de revenir. Allaient-ils se décider à lui ouvrir la grille et à le laisser monter à bord de la Troisième Fusée expéditionnaire, ou lui faudrait-il la défoncer à coups de pied ?

On lui dit de se taire.

Il vit les hommes qui se dirigeaient vers la fusée.

« Attendez-moi ! cria-t-il. Ne me laissez pas sur ce monde affreux, il faut que je m'en aille ; il va y avoir une guerre nucléaire ! Ne me laissez pas sur la Terre ! »

On l'entraîna de force. La porte du car de police se referma dans un claquement sec et on l'emmena dans le petit matin, le visage collé à la vitre arrière. Et juste avant que la sirène ne se déclenche en haut d'une côte, il vit la flamme rouge, entendit le grondement puissant et sentit l'énorme secousse tandis que la fusée argentée décollait en flèche et l'abandonnait à un banal lundi matin sur la banale planète Terre.

AVRIL 2031

La Troisième Expédition

Le vaisseau entamait sa descente. Il venait des étoiles, des noires vélocités, des rayonnements mouvants et des golfes silencieux de l'espace. C'était un nouveau vaisseau ; il contenait du feu dans ses entrailles et des hommes dans ses cellules de métal, et il se déplaçait, leste et fringant, dans un silence impeccable. Il transportait dix-sept hommes, dont un capitaine. La foule réunie sur l'aire de lancement de l'Ohio avait poussé des acclamations et agité les mains dans le soleil, et la fusée avait craché d'immenses fleurs de chaleur et de couleur avant de s'enfoncer dans l'espace pour le *troisième* voyage à destination de Mars !

À présent elle réduisait sa vitesse de toute l'efficacité de son métal dans les couches supérieures de l'atmosphère martienne. N'ayant rien perdu de sa beauté ni de sa puissance. Elle avait traversé les eaux ténébreuses de l'espace comme un pâle léviathan ; elle avait dépassé la vieille lune et s'était lancée dans une succession de néants. Chacun son tour, ses passagers avaient été malmenés, ballottés, pris de nausée, rendus à la santé. L'un d'eux était mort, mais maintenant les seize survivants, l'œil clair, le visage plaqué aux hublots massifs, regardaient Mars foncer vers eux.

« Mars ! s'écria le navigateur Lustig.

— Cette bonne vieille Mars ! s'exclama Samuel Hinkston, l'archéologue.

— Ça alors », dit le capitaine John Black.

La fusée se posa sur une pelouse de gazon vert. Tout près, dans l'herbe, se dressait une biche en fer. Un peu plus loin s'élevait une grande maison brune de style victorien, paisible dans le soleil, surchargée d'ornements rococo, aux fenêtres arborant des carreaux multicolores, bleus, roses, jaunes et verts. La terrasse couverte était fleurie de géraniums duveteux et une vieille balancelle accrochée au plafond oscillait doucement sous la brise. Au faîte de la maison s'érigeait une coupole avec des vitraux en losange et un toit en poivrière ! Par la fenêtre de façade on pouvait apercevoir, reposant sur un pupitre, un morceau de musique intitulé *Mon bel Ohio*.

Autour de la fusée, dans quatre directions, s'étendait la petite ville, verdoyante et immobile dans le printemps martien. Il y avait des maisons blanches, d'autres en brique rouge, et de grands arbres, ormes, érables, marronniers, qui bruissaient dans le vent. Et des églises pourvues de campaniles où dormaient des cloches dorées.

Voilà ce que virent les occupants de la fusée quand ils regardèrent dehors. Puis ils se dévisagèrent et s'absorbèrent de nouveau dans la contemplation du paysage. Ils se tenaient par les coudes, soudain incapables de respirer, semblait-il. Puis ils pâlirent.

« Le diable m'emporte, murmura Lustig en se frottant la figure, les doigts tout engourdis. Le diable m'emporte.

— Ce n'est pas possible, dit Samuel Hinkston.

— Seigneur ! » s'exclama le capitaine John Black.

Là-dessus arriva un appel du chimiste. « Capitaine, l'atmosphère est plutôt raréfiée. Mais il y a assez d'oxygène. On ne risque rien.

— Alors on va sortir, dit Lustig.

— Attendez, fit le capitaine. Comment savoir à quoi nous avons affaire ?

— C'est une petite ville où l'air est raréfié mais respirable, capitaine.

— Et une petite ville identique à celles de la Terre, ajouta Hinkston, l'archéologue. Incroyable. C'est impossible, mais c'est *comme ça*. »

Le capitaine Black lui jeta un coup d'œil nonchalant. « Pensez-vous que les civilisations de deux planètes puissent progresser au même rythme et évoluer de la même façon, Hinkston ?

— Je m'en serais bien gardé, capitaine. »

Black se tenait près du hublot. « Regardez-moi ça. Les géraniums. Une plante bien spécialisée. Cette variété particulière n'est connue sur Terre que depuis cinquante ans. Pensez aux millénaires que requiert l'évolution des plantes. Et dites-moi s'il est logique que les Martiens possèdent : un, des fenêtres à vitraux ; deux, des coupoles ; trois, des balancelles ; quatre, un instrument qui ressemble à un piano et en *est* probablement un ; et cinq, si vous regardez attentivement dans cette lunette télescopique, est-il logique qu'un compositeur martien ait écrit un morceau de musique intitulé, assez étrangement, *Mon bel Ohio* ? Tout cela signifierait qu'il existe un fleuve du nom d'Ohio sur Mars !

— Le capitaine Williams, bien sûr ! s'écria Hinkston.

— Quoi ?

— Le capitaine Williams et ses trois hommes d'équipage ! Ou Nathaniel York et son compagnon. Ça expliquerait tout !

— Ça n'explique rien du tout. Selon toute probabilité, l'expédition York a explosé le jour où elle a touché Mars, entraînant la mort de York et de son compagnon. Quant à Williams et ses trois hommes, leur vaisseau a explosé le lendemain de leur arrivée. En tout cas, leur radio a cessé d'émettre à ce moment-là, d'où notre supposition que s'ils avaient survécu, ils nous auraient contactés. Et de toute façon, l'expédition York ne remonte qu'à un an, et le capitaine Williams et ses hommes n'ont atterri ici qu'en août dernier. En admettant qu'ils soient encore en vie, auraient-ils pu, même avec l'aide d'une race martienne particulièrement douée, édifier une ville pareille et la *vieillir* en si peu de temps. Regardez-moi ça ; ça fait bien soixante-dix ans que cette ville est là. Regardez le bois des montants d'escalier ; regardez les arbres, tous centenaires ! Non, ce n'est l'œuvre ni de York ni de Williams. Il s'agit d'autre chose. Ça ne me plaît pas, et je ne quitterai pas le vaisseau avant d'en avoir le cœur net.

— D'ailleurs, fit Lustig en approuvant de la tête, Williams et ses hommes, tout comme York, se sont posés sur l'*autre* face de Mars. Nous avons pris grand soin d'atterrir sur ce côté-*ci*.

— Excellente remarque. Juste au cas où une tribu locale de Martiens hostiles aurait tué York et Williams, nous avions instruction de nous poser dans une autre région pour éviter que ne se reproduise une tel désastre. Nous sommes donc, en principe, sur un sol que Williams et York n'ont jamais vu.

— Bon sang ! s'exclama Hinkston. Je veux aller voir cette ville de près, capitaine, si vous le permettez. Il se peut qu'il *existe* des modes de pensée, des courbes de civilisation identiques sur toutes les planètes de notre système solaire. Il se peut que nous soyons au seuil de la plus grande découverte psychologique et métaphysique de notre époque !

— Je reste partisan d'attendre un moment, s'obstina Black.

— Peut-être sommes-nous en présence d'un phénomène qui, pour la première fois, prouverait irréfutablement l'existence de Dieu, capitaine.

— Beaucoup de personnes ont une foi solide sans avoir besoin d'une telle preuve, Mr. Hinkston.

— Je fais partie du nombre, capitaine. Mais une ville comme celle-ci ne saurait se passer d'une intervention divine. Cette précision dans le *détail*. Elle m'inspire de tels sentiments que je ne sais pas si je dois rire ou pleurer.

— Dans ce cas, ne faites ni l'un ni l'autre jusqu'à ce que nous sachions ce que nous affrontons.

— Affrontons ? intervint Lustig. Nous n'affrontons rien, capitaine. C'est là une gentille petite ville, tranquille et verdoyante, qui ressemble beaucoup à la bourgade vieillotte où je suis né. Elle me plaît bien.

— Quand êtes-vous né, Lustig ?

— En 1980, capitaine.

— Et vous, Hinkston ?

— En 1985, capitaine. À Grinnell, dans l'Iowa. Et j'ai l'impression d'être ici chez moi.

— Hinkston, Lustig, je pourrais être votre père à tous les deux. J'ai exactement quatre-vingts ans. Je suis né en 1950, dans l'Illinois, et par la grâce de Dieu et d'une science qui, depuis cinquante ans, sait comment faire retrouver la jeunesse à *certains* vieillards, me voici sur Mars, pas plus fatigué que vous autres, mais infiniment plus méfiant. Cette ville a l'air tout à fait paisible et accueillante, et tellement semblable à Green Bluff, Illinois, que ça me fait peur. Elle ressemble *trop* à Green Bluff. » Il se tourna vers le radio. « Appelez la Terre. Dites-leur que nous avons touché le sol de Mars. C'est tout. Dites-leur que nous transmettrons un rapport complet demain.

— Bien, capitaine. »

Black approcha du hublot un visage qui aurait dû être celui d'un octogénaire, mais n'accusait que la moitié de cet âge. « Voilà ce que nous allons faire, Lustig. Hinkston vous et moi allons jeter un coup d'œil à cette ville. Les autres resteront à bord. S'il arrive quoi que ce soit, ils pourront filer. Mieux vaut perdre trois hommes que toute une expédition. Si les choses tournent mal, notre équipage pourra prévenir la prochaine fusée. Celle du capitaine Wilder, je crois, qui devrait être prête à décoller à Noël.

S'il y a quelque hostilité à redouter de la part de Mars, il faut absolument que la prochaine fusée soit bien armée.

— La nôtre l'est. Nous avons un véritable arsenal à notre disposition.

— Alors dites aux hommes de se mettre en état d'alerte. Allons-y, Lustig, Hinkston. »

Les trois hommes gagnèrent ensemble les niveaux inférieurs du vaisseau.

C'était une superbe journée de printemps. Perché sur un pommier en fleur, un merle n'en finissait plus de siffler. Des pluies de pétales neigeux s'envolaient à chaque souffle du vent dans les branches verdoyantes, imprégnant l'air de leur parfum. Quelque part en ville, quelqu'un jouait du piano, et la musique allait et venait sur un rythme doux, somnolent. L'air était celui de *La Belle Rêveuse*. Ailleurs, un phonographe à la voix grêle et éraillée nasillait un enregistrement de *Giboulées d'avril*, chanté par Al Jolson.

Les trois hommes s'étaient immobilisés à l'extérieur du vaisseau. Ils aspirèrent l'air ténu, ténu, suffoquant à demi, et se mirent lentement en mouvement pour ne pas se fatiguer.

À présent le phonographe jouait :

> *Oh, donnez-moi un soir de juin*
> *Le clair de lune et vous...*

Lustig commença à trembler. Samuel Hinkston en fit autant.

Le ciel était calme et serein. Un ruisseau coulait quelque part dans la fraîcheur ombragée d'une ravine. Ailleurs, on reconnaissait le trot et les cahots d'un cheval et de sa charrette.

« Capitaine, dit Samuel Hinkston, il faut admettre, *force* est d'admettre qu'on a commencé à envoyer des fusées sur Mars avant la Première Guerre mondiale

— Non.

— Alors, comment expliquez-vous ces maisons, la biche en fer, les pianos, la musique ? » Hinkston prit le capitaine par le coude, bien décidé à se montrer persuasif, et le regarda dans les yeux. « Disons qu'il y avait en 1905 des gens qui, détestant la guerre, se sont secrètement entendus avec des scientifiques ; ils ont construit une fusée et sont venus ici, sur Mars…

— Non, non, Hinkston.

— Pourquoi pas ? Le monde était différent en 1905 ; le secret était beaucoup plus facile à garder.

— S'agissant d'une chose aussi complexe qu'une fusée ? Non, impossible de garder ça secret.

— Ils se sont installés ici, et naturellement ils ont construit des maisons semblables à celles de la Terre parce qu'ils emmenaient leur culture avec eux.

— Et ils ont vécu ici toutes ces années ?

— Dans la paix et la tranquillité, oui. Peut-être ont-ils fait plusieurs voyages, assez pour atteindre la population d'une petite ville ; puis ils en sont restés là de peur d'être découverts. Voilà pourquoi cette ville semble si vieillotte. Personnellement, je n'y vois rien qui soit postérieur à 1927, et vous ? À moins, capitaine, que les voyages interplanétaires ne soient plus anciens qu'on ne le croit. Il se peut qu'ils aient commencé quelque part dans le monde il y a des siècles de cela et qu'ils aient été gardés secrets par le petit nombre d'hommes qui sont venus sur Mars pour ne faire qu'occasionnellement des séjours sur la Terre au cours des siècles en question.

— À vous entendre, on est presque convaincu.

— Il ne peut qu'en être ainsi. Nous en avons la preuve sous les yeux ; il ne nous reste qu'à trouver des gens pour confirmer. »

Le tapis de gazon qui étouffait le bruit de leurs bottes sentait l'herbe fraîchement coupée. Malgré lui, le capitaine John Black se sentait envahi par une immense quiétude. Il y avait trente ans qu'il ne s'était pas trouvé dans une petite ville ; le bourdonnement des abeilles printanières le berçait, l'apaisait, et l'air de fraîcheur de chaque chose lui mettait du baume à l'âme.

Ils posèrent le pied sur la terrasse. Le plancher résonna sous leurs pas quand ils se dirigèrent vers la contre-porte treillissée. À l'intérieur ils aperçurent un rideau de perles suspendu en travers du vestibule, un lustre de cristal et un tableau de Maxfield Parrish dans son cadre au-dessus d'un confortable fauteuil Morris. La maison sentait l'ancien, le grenier, et respirait un confort infini. On pouvait entendre un tintement de glaçons dans un pichet de citronnade. Dans une cuisine invisible, en raison de la chaleur du jour, quelqu'un préparait un repas froid. Une femme fredonnait d'une douce voix de tête.

Le capitaine John Black tira la sonnette.

Des pas menus se rapprochèrent dans le vestibule et une femme au visage affable, d'une quarantaine d'années, vêtue d'une robe comme il devait s'en porter en 1939, les dévisagea à travers le treillis.

«En quoi puis-je vous être utile ?

— Je vous demande pardon, dit le capitaine Black d'une voix mal assurée. Mais nous cherchons… c'est-à-dire, pourriez-vous nous aider… » Il s'interrompit. Elle l'enveloppa d'un regard sombre, songeur.

«Si c'est pour me vendre quelque chose…, commença-t-elle.

— Non, attendez ! s'écria-t-il. Quelle est cette ville ?»

Elle le toisa de la tête aux pieds. «Comment ça, quelle est cette ville ? Comment pouvez-vous vous trouver dans une ville sans en connaître le nom ?»

On aurait dit que le plus grand désir du capitaine était d'aller s'asseoir à l'ombre d'un pommier. «Nous ne sommes pas d'ici. Nous aimerions savoir ce qui explique la présence de cette ville en ces lieux, et la vôtre par la même occasion.

« — Vous travaillez pour le recensement ?

— Non.

— Tout le monde sait que cette ville a été construite en 1868. C'est un jeu ?

— Non, ce n'est pas un jeu ! s'écria le capitaine. Nous venons de la Terre.

— Vous voulez dire que vous sortez du *sol* ? s'étonna la femme.

— Non, nous arrivons de la troisième planète, la Terre, en vaisseau spatial. Et nous venons de nous poser ici, sur la quatrième planète, Mars...

— Ici, expliqua la femme comme si elle s'adressait à un enfant, nous sommes à Green Bluff, dans l'Illinois, sur le continent américain, baigné par les océans Atlantique et Pacifique, dans ce que l'on appelle le monde ou, parfois, la Terre. Et maintenant, allez-vous-en. Adieu. »

Elle s'enfonça dans le vestibule, écartant le rideau de perles du bout des doigts au passage.

Les trois hommes se regardèrent.

« Enfonçons la porte, dit Lustig.

— On ne peut pas faire ça. C'est une propriété privée. Bon Dieu ! »

Ils allèrent s'asseoir sur l'escalier de la terrasse.

« Dites-moi, Hinkston, il ne vous est pas venu à l'idée que nous avons peut-être, je ne sais comment, dévié de notre route, rebroussé chemin par accident et atterri sur la Terre ?

— Comment aurait-on pu faire ça ?

— Je ne sais pas, je ne sais pas. Bon sang, laissez-moi réfléchir.

— Enfin, quoi, nous avons contrôlé notre trajectoire tout du long. Nos chronos indiquaient tant et tant de kilomètres. Nous avons dépassé la Lune, plongé dans l'espace et nous voilà ici. Sur Mars, j'en suis *absolument* certain.

— Mais supposons, dit Lustig, que par accident, dans l'espace, dans le temps, nous nous soyons perdus dans les dimensions pour atterrir sur une Terre d'il y a trente ou quarante ans.

— Oh, ça va, Lustig ! »

Lustig revint vers la porte, tira la sonnette et lança dans la fraîche pénombre des pièces : « En quelle année sommes-nous ?

— 1956, bien sûr », répondit la dame. Assise dans un fauteuil à bascule, elle sirotait un verre de citronnade.

« Vous avez entendu ? » Lustig se retourna d'un bloc vers les autres. « 1956 ! Nous avons bel et bien remonté le temps ! Nous sommes bel et bien sur la Terre ! »

Lustig se rassit et les trois hommes se laissèrent aller à l'émerveillement et à la terreur que leur inspirait une telle pensée. Posées sur leurs genoux, leurs mains étaient agitées de tremblements spasmodiques. « Je n'avais pas demandé ça, dit le capitaine. Ça me fout les jetons. Comment est-ce possible ? Si seulement on avait pu emmener Einstein avec nous !

— Est-ce qu'un seul habitant de cette ville va nous croire ? s'inquiéta Hinkston. Est-ce qu'on joue un jeu dangereux ? Avec le temps, je veux dire. Est-ce qu'on ne devrait pas repartir et rentrer chez nous ?

— Non. Pas avant d'avoir fait un autre essai. »

Ils dépassèrent trois maisons et arrivèrent en vue d'un petit cottage blanc dominé par un chêne. « Je tiens à rester aussi logique que possible, dit le capitaine. Et je ne crois pas qu'on ait vraiment mis dans le mille. Supposez, Hinkston, comme vous l'avez d'abord suggéré, que les voyages interplanétaires remontent à des années. Et qu'au bout d'un certain nombre d'années passées ici, nos Terriens aient commencé à avoir le mal du pays. D'abord une légère névrose, puis une psychose en bonne et due forme. Pour arriver à la démence caractérisée. Que feriez-vous, en tant que psychiatre, si vous étiez confronté à un tel problème ? »

Hinkston réfléchit. «Eh bien, je crois que j'infléchirais la civilisation de façon que Mars ressemble tous les jours un peu plus à la Terre. Si j'avais les moyens de reproduire chaque plante, chaque route, chaque lac et même un océan, c'est ce que je ferais. Ensuite, par le biais de quelque hypnose collective, je persuaderais tous les habitants d'une ville comme celle-ci qu'ils se trouvent effectivement sur la Terre, et non sur Mars.

— Pas mal, Hinkston. Je crois que nous sommes sur la bonne voie. Cette femme que nous avons vue tout à l'heure se *croit* sur la Terre. Ça lui permet de conserver sa santé mentale. Elle et tous les habitants de cette ville sont les sujets de la plus grande expérience de migration et d'hypnose que vous aurez jamais l'occasion de contempler.

— Bien vu, capitaine ! s'écria Lustig.

— Tout à fait ! renchérit Hinkston.

— Bon, soupira le capitaine. Nous voilà parvenus quelque part. Je me sens mieux. Tout ça est un peu plus logique. Cette histoire de temps, d'aller et retour et de voyage dans le temps me met l'estomac à l'envers. Mais comme ça... » Le capitaine sourit. «Hé, hé, j'ai l'impression que nous allons être plutôt populaires par ici.

— Est-ce bien sûr ? objecta Lustig. Après tout, comme les Pèlerins[1], ces gens sont venus ici pour fuir la Terre. Peut-être qu'ils ne seront pas tellement contents de nous voir. Peut-être vont-ils essayer de nous chasser ou de nous tuer.

— Notre armement est supérieur. Direction la prochaine maison. En avant. »

Mais à peine avaient-ils traversé la pelouse que Lustig s'arrêta net, le regard fixé côté ville, sur la rue tranquille, absorbée dans son rêve d'après-midi. «Capitaine, dit-il.

1. Nom donné aux premiers colons qui s'établirent à Plymouth d'Amérique (Massachusetts) en 1620. (*N.d.T.*)

— Qu'est-ce qu'il y a, Lustig ?

— Oh, capitaine, *capitaine,* ce que je *vois...* » Et Lustig se mit à pleurer. Ses doigts s'élevèrent, crispés et tremblants, et son visage n'était qu'émerveillement, joie et incrédulité. Il semblait sur le point de devenir fou de bonheur d'une seconde à l'autre. Les yeux rivés sur la rue, il commença à courir, trébuchant, tombant, se relevant, reprenant sa course. « Regardez, regardez !

— Ne le laissons pas s'éloigner ! » Le capitaine s'élança à sa poursuite.

À présent Lustig filait à toute allure en poussant des hurlements. Il tourna dans un jardin à mi-parcours de la rue ombragée et bondit sur la terrasse d'une grande maison verte arborant un coq de fer sur le toit.

Il cognait à la porte, criant et pleurant, quand Hinkston et le capitaine le rejoignirent. Ils étaient tous à bout de souffle, épuisés par leur galopade dans l'air raréfié. « Grand-mère ! Grand-père ! » s'écria Lustig.

Deux vieillards se tenaient dans l'entrée.

« David ! » s'exclamèrent-ils d'une voix fluette. Et ils se précipitèrent pour l'enlacer, lui tapoter le dos et tourner autour de lui. « David, oh, David, ça fait tellement longtemps ! Comme tu as grandi, mon garçon, quel costaud tu es devenu. Oh, mon petit David, comment vas-tu ?

— Grand-mère, grand-père ! sanglotait David Lustig. Vous avez des mines splendides, splendides ! » Il les agrippait, les faisait pivoter, les embrassait, les étreignait, leur pleurait dessus, les tenait de nouveau à bout de bras, contemplant les deux vieillards d'un œil clignotant. Le soleil brillait dans le ciel, le vent soufflait, l'herbe était verte, la porte d'entrée grande ouverte.

« Entre, mon garçon, entre. Il y a du thé glacé pour toi, tout frais, un plein pot !

— J'ai des amis avec moi. » Lustig se retourna, hilare, et adressa des signaux frénétiques au capitaine et à Hinkston. « Allez, capitaine venez.

— Bien le bonjour, dirent les vieux. Entrez donc. Tous les amis de David sont nos amis. Ne restez pas plantés là ! »

Une agréable fraîcheur régnait dans le salon de la vieille maison. Une haute pendule de grand-mère faisait entendre son lent tic-tac de bronze dans un coin. Des coussins moelleux recouvraient de larges divans, les murs étaient remplis de livres, le plancher s'agrémentait d'un tapis en forme de grosse rose et le thé glacé qui s'embuait au creux de la main rafraîchissait les gosiers desséchés.

« À notre santé à tous. » Grand-mère porta son verre à son sourire de porcelaine.

« Depuis combien de temps êtes-vous ici, grand-mère ? demanda Lustig.

— Depuis notre mort, répondit-elle d'un ton sec.

— Depuis votre quoi ? » Le capitaine Black reposa son verre.

« Eh oui. » Lustig hocha la tête. « Il y a trente ans qu'ils sont morts.

— Et vous restez assis là bien tranquillement ! s'écria le capitaine.

— Peuh ! » La vieille femme cligna un œil pétillant. « Qui êtes-vous pour mettre en question ce qui arrive ? Nous sommes ici. Qu'est-ce que la vie, après tout ? Qui décide des pourquoi, des comment et des où ? Tout ce que nous savons, c'est que nous sommes ici, rendus à la vie, et qu'il n'y a pas de questions à se poser. Une seconde chance. » Elle s'approcha de Black à petits pas et lui tendit son mince poignet. « Touchez. » Le capitaine toucha. « Résistant, n'est-ce pas ? » Il acquiesça. « Alors, fit-elle, triomphante, pourquoi se fatiguer à poser des questions ?

— Eh bien, dit le capitaine, c'est simplement que nous n'avons pas pensé une seconde que nous trouverions quelque chose de ce genre sur Mars.

— Et voilà que vous l'avez trouvé. Laissez-moi vous

dire qu'il y a sur chaque planète bien des choses qui vous montreront que les voies de Dieu sont infinies.

— Est-ce là le paradis ? demanda Hinkston.

— Absurde. Non. C'est un monde où l'on a une deuxième chance. Personne ne nous a dit pourquoi. Mais personne ne nous a dit pourquoi nous étions sur la Terre, non plus. Cette autre Terre, je veux dire. Celle d'où vous venez. Comment savoir s'il n'y en avait pas encore *une autre* avant *celle-là* ?

— Bonne question », dit le capitaine.

Lustig continuait de sourire à ses grands-parents. « Ça alors, ça fait plaisir de vous voir. Ça alors, ça fait plaisir. »

Le capitaine se leva et se frappa la cuisse d'un geste désinvolte. « Il faut qu'on y aille. Merci pour les rafraîchissements.

— Vous reviendrez, bien entendu, dirent les vieillards. Ce soir pour dîner ?

— On tâchera, merci. Il y a tellement à faire. Mes hommes attendent mon retour à la fusée et… »

Il s'interrompit. Regarda vers la porte, stupéfait.

Au loin, dans le soleil, on distinguait un concert de voix, des cris et une immense clameur.

« Qu'est-ce qui se passe ? demanda Hinkston.

— Nous n'allons pas tarder à le savoir. » Et le capitaine Black d'être déjà dehors, en train de traverser la pelouse au pas de course pour gagner la rue de la petite ville martienne.

Il s'immobilisa en vue de la fusée. Les trappes étaient ouvertes et l'équipage se déversait dehors en agitant les mains. Une foule s'était rassemblée et, au milieu de tous ces gens, les membres de l'équipage s'empressaient, parlaient, riaient, serraient des mains. On se lançait dans de petites danses. On s'agglutinait. La fusée restait vide et abandonnée.

Une fanfare éclata dans le soleil, envoyant un air allègre de ses tubas et trompettes haut levés qu'accompagnait le roulement des tambours et le son aigu des fifres. Des petites filles blondes comme les blés sautaient à pieds joints. Des petits garçons lançaient des hourras. De gros messieurs offraient des cigares de dix *cents* à la ronde. Le maire fit un discours. Puis chaque membre de l'équipage, une mère à un bras, un père ou une sœur à l'autre, disparut le long de la rue comme par enchantement dans de petits cottages ou de grandes maisons.

« Arrêtez ! » s'écria le capitaine Black.

Les portes se refermèrent en claquant.

La chaleur s'accrut dans la clarté du ciel printanier, et tout redevint silencieux. La fanfare se tut à l'angle d'un carrefour, laissant la fusée briller toute seule, éblouissante, sous le soleil.

« Déserteurs ! dit le capitaine. Ils ont déserté le vaisseau, ma parole ! J'aurai leur peau, nom de Dieu ! Ils avaient des ordres !

— Capitaine, dit Lustig, ne soyez pas trop dur avec eux. Tous ces gens étaient d'anciens parents et amis.

— Ce n'est pas une excuse !

— Pensez à ce qu'ils ont pu ressentir, capitaine, en voyant des visages familiers à l'extérieur du vaisseau.

— Les ordres sont les ordres, bon sang !

— Et vous, capitaine, comment auriez-vous réagi ?

— J'aurais obéi aux ordres… » La bouche du capitaine demeura ouverte.

Le long du trottoir, marchant à grandes enjambées sous le soleil martien, grand, souriant, les yeux d'un bleu étonnamment clair, s'avançait un jeune homme dans les vingt-six ans. « John ! » lança-t-il, et il se mit à courir.

« Quoi ? » Black vacilla.

« John, vieille canaille ! »

Le jeune homme arriva à sa hauteur, lui empoigna la main et lui assena de grandes claques dans le dos.

« C'est toi, dit le capitaine Black.

— Bien sûr, qui croyais-tu que c'était ?

— Edward ! » Le capitaine se tourna vers Lustig et Hinkston sans lâcher la main de l'étranger. « Voici mon frère Edward. Ed, je te présente mes hommes, Lustig, Hinkston. Mon frère ! »

Ils se tirèrent par les mains et les bras et finirent par s'embrasser.

« Ed !

— John, sacré bon à rien !

— Tu as une mine splendide, Ed, mais dis-moi, Ed, qu'est-ce que c'est que *tout ça ?* Tu n'as pas changé depuis tout ce temps. Tu es mort, je m'en souviens, à vingt-six ans. J'en avais alors dix-neuf. Bon Dieu, il y a tellement longtemps, et te voilà, et… zut, qu'est-ce qui se passe ?

— Maman attend, dit Edward Black avec un grand sourire.

— Maman ?

— Et papa aussi.

— Papa ? » Le capitaine faillit en tomber à la renverse, comme assommé. Il se mit à marcher d'un pas raide, sans coordination. « Papa et maman vivants ? Où ça ?

— À la vieille maison d'Oak Knoll Avenue.

— La vieille maison… » Le capitaine ouvrit de grands yeux ravis. « Vous avez entendu ça, Lustig, Hinkston ? »

Hinkston était déjà parti. Il avait vu sa propre maison au bout de la rue et s'y rendait à toutes jambes. Lustig riait. « Vous voyez, capitaine, ce qui est arrivé à tout l'équipage ? C'était plus fort qu'eux.

— Oui. Oui. » Le capitaine ferma les paupières. « Quand j'ouvrirai les yeux, tu auras disparu. » Il cilla. « Tu es encore là. Bon Dieu, Ed, mais tu as l'air *en pleine forme !*

— Viens, le déjeuner t'attend. J'ai prévenu maman.

— Capitaine, dit Lustig, si vous avez besoin de moi, je serai chez mes grands-parents.

— Quoi ? Oh, très bien, Lustig. Alors, à plus tard. »

Edward le prit par le bras et l'entraîna. «Voilà la maison. Tu te souviens?

— Et comment! Je te parie que j'arrive le premier à la terrasse!»

Ils s'élancèrent. Les arbres filaient au-dessus de la tête du capitaine Black; le sol filait sous ses pieds. Il vit la silhouette dorée d'Edward le distancer dans le rêve étonnant qu'était la réalité. Il vit la maison se précipiter vers lui, la contre-porte treillissée s'ouvrir à la volée. «Battu! cria Edward.

— Je suis un vieil homme, haleta le capitaine, et tu es toujours jeune. Mais bon, tu me battais *régulièrement,* je m'en souviens!»

Sur le seuil, maman, rose, bien en chair, rayonnante. Derrière elle, poivre et sel, papa, sa pipe à la main.

«Maman, papa!»

Il avala les marches comme un enfant pour les rejoindre.

Ce fut un long et bel après-midi. Ils s'attardèrent à table, puis allèrent s'asseoir dans le salon, et il leur raconta tout de sa fusée. Ils hochaient la tête en le couvant de leur sourire. Maman était toujours la même, papa trancha d'un coup de dents le bout de son cigare et l'alluma pensivement comme autrefois. Le soir, il y eut de la dinde à dîner et encore du temps passé ensemble. Quand il ne resta plus dans les assiettes que des pilons nettoyés jusqu'à l'os, le capitaine se renversa en arrière en poussant un grand soupir de satisfaction. La nuit envahissait les arbres et colorait le ciel; les lampes formaient des halos de lumière rose dans le calme de la maison. Dans toutes les autres maisons qui jalonnaient la rue, on entendait jouer des pianos, claquer des portes.

Maman mit un disque sur le gramophone et le capitaine Black dansa avec elle. Elle avait le même parfum que celui dont il gardait le souvenir depuis l'été où papa et elle avaient été tués dans l'accident de train. Il la sentait bien réelle dans ses bras tandis qu'ils effleuraient le sol au rythme de leurs pas. «Ce n'est pas tous les jours, dit-elle, qu'on a la chance de vivre une deuxième fois.

— Je vais me réveiller demain matin, dit le capitaine. Je serai dans ma fusée, dans l'espace, et tout ça aura disparu.

— Non, ne pense pas de choses pareilles, le gronda-t-elle doucement. Dieu est bon pour nous. Soyons heureux.

— Excuse-moi, maman. »

Le disque s'acheva sur un grésillement répété.

«Tu es fatigué, fiston.» Papa pointa sa pipe vers le plafond. «Ton ancienne chambre t'attend, le lit de cuivre et tout le reste

— Il faut que je rappelle mes hommes.

— Pourquoi ça ?

— Pourquoi ? Mais… je ne sais pas. Il n'y a pas de raison, je suppose. Non, pas la moindre raison. Ils sont tous en train de dîner ou au lit. Une bonne nuit de sommeil ne leur fera pas de mal.

— Bonne nuit, mon petit.» Maman déposa un baiser sur sa joue. «C'est si bon de t'avoir au bercail.

— C'est bon d'*être* au bercail.»

Il quitta ce pays de fumée de cigare, de parfum, de livres et de douce lumière et gravit l'escalier sans cesser de bavarder avec Edward. Celui-ci poussa une porte, et il y avait là le lit de cuivre jaune, les vieux fanions du collège et une peau de raton laveur à la forte odeur de moisi qu'il caressa avec attendrissement. «Je n'en peux plus, dit le capitaine. Je suis moulu. Il est arrivé trop de choses aujourd'hui. J'ai l'impression d'avoir passé quarante-huit heures sous une pluie battante sans manteau ni parapluie. Je suis trempé d'émotion jusqu'aux os.»

Edward rabattit les draps neigeux et fit gonfler les oreillers. Il ouvrit la fenêtre à guillotine, laissant l'odeur nocturne du jasmin flotter à l'intérieur de la pièce. Il y avait clair de lune et l'on entendait au loin des bruits de danse et de conversation.

« Voilà donc Mars, fit le capitaine en se déshabillant.

— Eh oui. » Edward se dévêtait avec des mouvements mesurés, sans se presser. Il tira sa chemise par-dessus sa tête, révélant des épaules dorées et une nuque solidement musclée.

Les lumières furent éteintes. Ils étaient désormais au lit, côte à côte, comme autrefois, il y avait de cela combien de lustres ? Le capitaine se prélassait, se repaissant des bouffées de jasmin qui soulevaient les rideaux de dentelle dans l'obscurité. Parmi les arbres, sur une pelouse, quelqu'un avait remonté un phonographe portatif qui jouait à présent *Toujours*.

Il se mit à penser à Marilyn.

« Est-ce que Marilyn est ici ? »

Son frère, allongé en plein dans le clair de lune qui tombait de la fenêtre, ne répondit pas tout de suite. « Oui. Elle n'est pas en ville. Mais elle sera là demain matin. »

Le capitaine ferma les yeux. « J'ai très envie de voir Marilyn. »

L'ordre et le calme de la pièce ne furent troublés que par le bruit de leur respiration.

« Bonne nuit, Ed. »

Un temps. « Bonne nuit, John. »

Tranquillement allongé, il laissa flotter ses pensées. Pour la première fois, la tension de la journée se relâchait ; il pouvait laisser la logique reprendre ses droits. Tout n'avait été qu'émotion. Les flonflons, les visages familiers. Mais maintenant...

Comment ? se demanda-t-il. Comment tout cela pouvait-il se faire ? Et pourquoi ? Dans quel but ? Un effet de la bonté de la divine providence ? Dieu était-il donc à ce point attentionné envers ses enfants ? Comment, pourquoi et à quelle fin ?

Il reconsidéra les diverses théories avancées dans les

premières fièvres de l'après-midi par Hinkston et Lustig. Il laissa toutes sortes de nouvelles hypothèses s'enfoncer paresseusement dans son esprit comme autant de petits cailloux qui tournaient sur eux-mêmes, émettant de vagues lueurs. Maman. Papa. Edward. Mars. La Terre. Mars. Les Martiens.

Qui vivait sur Mars un millier d'années auparavant ? Les Martiens ? Ou en avait-il toujours été comme aujourd'hui ?

Les Martiens. Il laissait le mot revenir indolemment dans sa tête.

Il faillit rire tout haut. La plus ridicule des théories venait de lui traverser l'esprit. Il en éprouva comme un frisson. Non, il ne valait pas la peine de s'y arrêter. Hautement improbable. Stupide. À écarter. Ridicule.

Et pourtant, songea-t-il, *supposons*... Supposons, là, qu'il y ait des Martiens vivant sur Mars, qu'ils aient vu notre vaisseau arriver, qu'ils nous aient vus à l'intérieur, et qu'ils se soient pris de haine pour nous. Supposons, là, juste pour s'amuser, qu'ils aient eu envie de nous détruire, en tant qu'envahisseurs, indésirables, et qu'ils aient voulu procéder de façon très astucieuse, en trompant notre vigilance. Quelle serait alors la meilleure arme qu'un Martien pourrait utiliser contre des Terriens munis d'armes nucléaires ?

La réponse était intéressante. Télépathie, hypnose, mémoire et imagination.

Supposons que ces maisons, ce lit, n'aient aucune réalité, qu'il ne s'agisse que de créations de mon imagination, matérialisées par le pouvoir télépathique et hypnotique des Martiens, songeait le capitaine Black. Supposons que ces maisons présentent un tout autre *aspect,* un aspect martien, mais qu'en jouant sur mes désirs et mes besoins, ces Martiens leur aient donné l'apparence de ma ville natale, de mon ancienne maison, pour endormir mes soupçons. Quel meilleur moyen de berner quelqu'un que de se servir de ses propres parents comme appât ?

Et cette ville, si ancienne, de 1956, bien avant la naissance de *n'importe lequel* de mes hommes. De l'année de mes six ans, d'un temps où il existait en effet des disques de Al Jolson, des tableaux de Maxfield Parrish aux murs, des rideaux de perles, *Mon bel Ohio* et une architecture fin de siècle. Et si les Martiens avaient puisé les souvenirs d'une ville dans ma *seule* mémoire ? On dit que les souvenirs d'enfance sont les plus nets. Et qu'après avoir construit cette ville à partir de *mes* souvenirs, ils l'aient peuplée des êtres les plus chers dont les passagers de la fusée gardaient le souvenir ?

Et supposons que ces deux personnes endormies dans la pièce à côté ne soient nullement mon père et mère. Mais deux Martiens, incroyablement doués, ayant le pouvoir de me maintenir dans cet état d'hypnose.

Et cette fanfare ? Quel admirable plan. D'abord, tromper Lustig, puis Hinkston, puis rassembler la foule ; et tout l'équipage, reconnaissant mères, tantes, oncles, bienaimés morts depuis dix, vingt ans, passe naturellement outre aux ordres, se précipite hors du vaisseau, l'abandonne. Quoi de plus naturel ? Quoi de moins suspect ? Quoi de plus simple ? Un homme ne pose pas tellement de questions quand sa mère est soudain ramenée à la vie ; il est trop heureux. Et nous voilà tous ce soir, dans différentes maisons, différents lits, sans armes pour nous protéger, tandis que la fusée repose au clair de lune, vide. Ne serait-ce pas horrible, terrifiant, de découvrir que tout cela fait partie d'un vaste plan ingénieusement élaboré par les Martiens pour nous diviser, nous subjuguer et nous tuer ? Durant la nuit, à un moment ou un autre, mon frère couché là, dans ce lit, va peut-être changer de forme, se remodeler, devenir autre chose, quelque chose de terrible, un Martien. Il serait si simple pour lui de se retourner dans le lit et de me planter un couteau dans le cœur. Et dans toutes

les autres maisons de la rue, ce serait une douzaine
d'autres frères ou pères qui se transformeraient soudain,
s'armeraient de couteau et s'en serviraient sur les Terriens
endormis, sans méfiance…

Ses mains tremblaient sous les couvertures. Son corps
était glacé. Soudain, ce ne fut plus une hypothèse.
Soudain, il fut saisi de terreur.

Il se redressa dans le lit et écouta. La nuit était parfaitement calme. La musique s'était tue. Le vent était tombé.
Son frère dormait à côté de lui.

Prudemment, il souleva les couvertures, les rabattit et
se glissa hors du lit. Il traversait la pièce à pas de loup
quand la voix de son frère lança : « Où vas-tu ?

— Quoi ?»

La voix d'Edward manquait de chaleur. « J'ai dit : où
vas-tu ?

— Boire un verre d'eau.

— Mais tu n'as pas soif.

— Si, si.

— Non, c'est faux. »

Le capitaine John Black fonça à travers la pièce. Il
hurla. Il hurla deux fois.

Il n'atteignit jamais la porte.

Le lendemain matin, la fanfare jouait une marche
funèbre. De chaque maison sortirent de petits cortèges
solennels portant des caisses oblongues, et, dans la rue
ensoleillée, en larmes, s'avancèrent les grand-mères,
mères, sœurs, frères, oncles et pères pour se rendre au
cimetière où des fosses fraîchement creusées s'ouvraient
au pied de nouvelles pierres tombales. Seize fosses en tout,
et seize pierres tombales.

Le maire prononça un petit discours attristé ; son visage
ressemblait tantôt à celui du maire, tantôt à tout autre
chose.

Papa et maman Black étaient là, avec l'aîné des deux

frères, Edward, en pleurs, et voilà que leurs traits familiers se décomposaient pour prendre un tout autre aspect.

Grand-père et grand-mère Lustig étaient là eux aussi, en larmes, leurs visages se remodelant comme de la cire, disparaissant dans le flou miroitant qui baigne toute chose par grande chaleur.

Les cercueils furent descendus dans les fosses. Quelqu'un parla à voix basse du «décès inattendu et soudain de seize braves garçons durant la nuit»…

Quelques poignées de terre furent jetées sur les couvercles des cercueils.

La fanfare, jouant *Columbia, joyau de l'océan,* reprit d'un pas martial la direction de la ville, et chacun se mit en congé pour la journée.

JUIN 2032

… Et la lune qui luit

Il faisait si froid quand ils sortirent pour la première fois de la fusée pour s'aventurer dans la nuit martienne que Spender commença par rassembler du bois sec pour préparer un petit feu. Il ne parla pas de festivités ; il se contenta de rassembler le bois, de l'allumer et de le regarder brûler.

À la lueur des flammes qui palpitaient dans l'air ténu de cette mer desséchée de Mars, il regarda par-dessus son épaule et vit la fusée qui les avait tous emmenés, le capitaine Wilder, Cheroke, Hathaway, Sam Parkhill et lui-même, à travers le noir silence interstellaire pour se poser sur un monde de rêve désormais mort.

Jeff Spender attendait le tapage. Il regardait les autres hommes et attendait qu'ils se mettent à sauter et à brailler. Cela se produirait dès que se serait dissipée l'hébétude d'être les « premiers » hommes sur Mars. Aucun d'eux ne parlait, mais beaucoup espéraient, peut-être, que les autres expéditions avaient échoué et que celle-ci, la Quatrième, serait *la* bonne. Ils n'y mettaient aucune malice. Mais ils y songeaient quand même, nourrissaient des rêves d'honneur et de gloire, tandis que leurs poumons s'acclimataient à l'atmosphère raréfiée, qui saoulait presque si l'on se déplaçait trop vite.

Gibbs s'approcha du feu qui venait d'être allumé et dit :

« Pourquoi ne pas se servir du feu chimique du vaisseau à la place de ce bois ?

— T'occupe », fit Spender sans lever les yeux.

Ce ne serait pas bien, la première nuit sur Mars, de faire du boucan, d'exhiber un engin aussi bizarre, stupide et clinquant qu'un poêle. Ce serait comme importer une sorte de blasphème. On aurait le temps pour cela plus tard ; le temps de jeter des boîtes de lait condensé dans les fiers canaux martiens ; le temps de laisser des numéros du *New York Times* voleter, cabrioler et froufrouter sur le désert gris auquel se réduisait le fond des mers martiennes ; le temps des peaux de banane et des papiers gras dans les ruines délicatement cannelées des anciennes villes martiennes. On aurait tout le temps. Il en éprouva un petit frisson intérieur.

Il alimentait le feu à la main, et c'était comme une offrande à un géant mort. Ils s'étaient posés sur un immense tombeau. Ici était morte toute une civilisation La plus élémentaire des courtoisies imposait que cette première nuit se passe dans le silence.

« C'est pas ma conception de la fête. » Gibbs se tourna vers le capitaine Wilder. « Je pensais qu'on pourrait distribuer des rations de gin et de nourriture et faire un peu la bringue. »

Le capitaine Wilder avait les yeux fixés sur une cité morte à un ou deux kilomètres de là. « Nous sommes tous fatigués », dit-il d'un air absent, comme si toute son attention était retenue par la cité et ses habitants oubliés. « Demain soir, peut-être. Ce soir, on devrait simplement se réjouir d'avoir traversé tout cet espace sans se ramasser un météore dans la coque et sans mort d'homme. »

L'équipage commençait à s'agiter. Vingt hommes en tout, qui se tenaient par les épaules ou ajustaient leurs ceinturons. Spender les observait. Ils n'étaient pas contents. Ils avaient risqué leur vie pour réaliser un exploit. Maintenant ils avaient envie de se saouler, de crier et de tirer en l'air pour montrer quels types formidables ils étaient d'avoir foré l'espace à bord d'une fusée jusqu'à la planète Mars.

Mais personne ne braillait.

Le capitaine donna un ordre d'une voix calme. Un des hommes se précipita dans le vaisseau et ramena des boîtes de rations qui furent ouvertes et distribuées sans trop de bruit. À présent les hommes commençaient à bavarder. Le capitaine s'assit et leur retraça le voyage. Ils connaissaient déjà tout cela, mais ça faisait plaisir à entendre, comme une aventure menée à bien et rangée en lieu sûr. Pas question de parler du retour. Quelqu'un aborda le sujet, mais on lui dit de se taire. Les cuillères allaient et venaient dans le double clair de lune; la nourriture avait bon goût et le vin était encore meilleur.

Un trait de feu traversa le ciel, et un instant plus tard la fusée auxiliaire se posait non loin du camp. Spender regarda la petite trappe s'ouvrir et Hathaway, le médecin-géologue — chaque homme cumulait deux spécialités pour que le vaisseau ne soit pas trop encombré pendant le voyage —, en émerger. Celui-ci rejoignit lentement le capitaine.

« Alors ? » fit Wilder.

Hathaway contempla les cités lointaines qui brillaient à la lueur des étoiles. Après avoir dégluti et concentré son regard, il dit : « Cette cité là-bas, capitaine, est morte, morte depuis des millénaires. Même remarque pour ces trois autres cités dans les collines. Mais cette cinquième cité, à trois cents kilomètres d'ici, capitaine…

— Eh bien ?

— Elle était encore habitée la semaine dernière, capitaine. »

Spender se dressa d'un bond.

« Par des Martiens, ajouta Hathaway.

— Où sont-ils passés ?

— Ils sont morts. Je suis entré dans une maison. Je la

croyais morte depuis des siècles, comme les autres villes et les autres maisons. Bon Dieu, j'y ai trouvé des cadavres. C'était comme marcher dans un tas de feuilles d'automne. Dans du bois sec et des morceaux de papier journal carbonisé, voilà. Le tout *de fraîche date*. Dix jours au maximum.

— Avez-vous visité d'autres villes ? Y avez-vous trouvé une *quelconque* forme de vie ?

— Absolument aucune. Quatre villes sur cinq étaient vides depuis des millénaires. Qu'est-ce qui est arrivé aux habitants d'origine ? Je n'en ai pas la moindre idée. Mais la cinquième ville contenait la même chose. Des cadavres Des milliers de cadavres.

— De quoi sont-ils morts ? » Spender s'avança. « Vous n'allez pas le croire.

— Qu'est-ce qui les a tués ?

— La varicelle, dit simplement Hathaway.

— Dieu du ciel, non !

— Si. J'ai fait des tests. La varicelle. Elle a entraîné chez les Martiens des effets que l'on n'a jamais connus sur la Terre. Leur métabolisme a réagi différemment, je suppose. Ça les a carbonisés, réduits en une espèce de poussier. Mais c'est quand même la varicelle. York, le capitaine Williams et le capitaine Black ont donc dû atteindre Mars, les trois expéditions. Dieu sait ce qui leur est arrivé. Mais au moins savons-nous ce qu'ils ont involontairement fait aux Martiens.

— Vous n'avez vu aucun être vivant ?

— Il est possible que quelques Martiens aient été assez malins pour se réfugier dans les montagnes Mais trop peu nombreux, je vous en fiche mon billet, pour constituer un problème local. Cette planète est bien finie. »

Spender tourna les talons et alla s'asseoir près du feu pour s'absorber dans la contemplation des flammes. La varicelle, bon sang, la varicelle, quand on y pense ! Une race s'édifie pendant un million d'années, s'affine, érige des cités comme celles qui nous entourent, fait tout son possible pour acquérir respect et beauté, et meurt. Une partie meurt lentement, en son temps, avant notre ère, avec dignité. Mais le reste ? Ce qui reste de Mars meurt-il d'une maladie portant un nom élégant, terrifiant ou auguste ? Non, par tous les saints, il faut que ce soit de la varicelle, une maladie infantile, une maladie qui ne tue même pas les *enfants* sur la Terre ! Ce n'est pas bien et ce n'est pas juste. Autant dire que les Grecs sont morts des oreillons, ou que les fiers Romains, sur leurs magnifiques collines, ont succombé à la mycose. Si seulement nous avions donné aux Martiens le temps de préparer leur costume funèbre, de s'étendre gaillardement, et de trouver une *autre* raison de mourir ! Impossible que ce soit quelque chose d'aussi sale et stupide que la varicelle. Ça ne cadre pas avec l'architecture ; ça ne cadre pas avec l'ensemble de ce monde !

« Très bien, Hathaway, allez vous chercher à manger.

— Merci, capitaine. »

Tout était déjà oublié. Et les hommes de se remettre à discuter.

Spender ne les quittait pas des yeux. Sa nourriture restait sur son assiette. Il sentait le sol se refroidir. Les étoiles se rapprochaient, d'une netteté parfaite.

Quand quelqu'un parlait trop fort, le capitaine répliquait à mi-voix, obligeant l'assemblée à baisser le ton à son exemple.

L'air sentait le propre et le neuf. Spender resta longtemps à se contenter d'en apprécier les composantes. Beaucoup d'entre elles restaient impossibles à identifier : fleurs, processus chimiques, poussières, vents…

« Et il y a eu cette fois, à New York, où je me fais cette blonde, comment elle s'appelait déjà ? Ginnie ! vociféra Biggs. C'est ça ! »

Spender se raidit. Sa main se mit à trembler. Ses yeux s'agitèrent derrière ses paupières mi-closes.

« Alors Ginnie me dit… », continuait Biggs.

Les hommes s'esclaffèrent.

« La beigne qu'elle s'est prise ! » gueula Biggs, une bouteille à la main.

Spender posa son assiette. Il écouta le vent frais qui murmurait à ses oreilles, regarda la blancheur de glace des constructions martiennes, là-bas, sur les mers vides.

« Quelle femme, quelle femme ! » Biggs vida sa bouteille dans sa large bouche. « J'en ai jamais vu de pareille ! »

L'odeur du corps suant de Biggs flottait dans l'air. Spender laissa le feu s'éteindre. « Hé, haut les cœurs, Spender ! dit Biggs en lui jetant un coup d'œil avant de revenir à sa bouteille. Bon, alors un soir, Ginnie et moi… »

Un nommé Schoenke sortit son accordéon et se lança dans une espèce de danse piquée en soulevant la poussière autour de lui.

« Holà… on se remue ! cria-t-il.

— Ouais ! » rugirent les hommes. Ils jetèrent leurs assiettes vides. Trois d'entre eux s'alignèrent et se mirent à lever la jambe comme des danseuses de music-hall en plaisantant grassement. Les autres, claquant des mains, demandèrent à grands cris que ça aille plus loin. Cheroke ôta sa chemise et l'on vit transpirer sa poitrine nue tandis qu'il tournait sur lui-même. Le clair de lune brillait sur ses cheveux en brosse et ses joues de jeune homme rasées de près.

Au fond de la mer, le vent agitait des vapeurs vagues et, du haut des montagnes, de grands visages de pierre considéraient la fusée argentée et le petit feu.

Le chahut s'accentua, d'autres hommes sautèrent sur leurs pieds, l'un se mit à téter un harmonica, un autre à souffler sur un peigne recouvert de papier de soie. Vingt bouteilles supplémentaires furent ouvertes et vidées. Biggs, titubant, dirigeait les danseurs à grands gestes des bras.

« Avec nous, chef ! » lança Cheroke au milieu de la chanson qu'il braillait.

Le capitaine fut obligé d'entrer dans la danse. Il n'en avait nulle envie. Son visage restait grave. Spender regardait en songeant : Le malheureux, quelle soirée ! Ils ne savent pas ce qu'ils font. Avant de les expédier sur Mars, on aurait dû leur faire suivre un stage pour leur apprendre à se comporter correctement l'espace de quelques jours.

« Ça ira comme ça », s'excusa le capitaine, et il se rassit, prétendant qu'il n'en pouvait plus. Spender regarda la poitrine du capitaine. Elle se soulevait et s'abaissait à un rythme presque normal. Et son visage ne transpirait pas.

Accordéon, harmonica, vin, cris, danse, ululements, vociférations, rondes, bruits de gamelles, rires.

Biggs zigzagua jusqu'au bord du canal martien. Il portait six bouteilles vides qu'il lâcha une par une dans le bleu profond des eaux. Elles coulèrent avec des gargouillis caverneux.

« Je te baptise, je te baptise, je te baptise…, dit Biggs d'une voix pâteuse. Je te baptise, Biggs, Biggs, canal Biggs… »

Spender s'était dressé, avait enjambé le feu et rejoint Biggs avant que quiconque ait eu le temps de réagir. Il lui décocha deux coups de poing, dans les gencives et sur l'oreille. Biggs perdit l'équilibre et tomba dans l'eau du canal. Après le plouf, Spender attendit silencieusement que Biggs remonte sur la berge de pierre. À ce moment-là, on l'avait déjà empoigné.

« Hé, qu'est-ce qui vous prend, Spender ? Hé ? » lui demandait-on.

Biggs remonta et se campa sur ses jambes, ruisselant. Il vit les hommes qui tenaient Spender. « Voyez-vous ça… », dit-il. Et il s'avança.

« Ça suffit ! » lança sèchement le capitaine Wilder. Les hommes s'écartèrent de Spender. Biggs s'immobilisa et regarda le capitaine.

« Très bien, Biggs, allez vous changer. Vous autres, continuez votre petite fête ! Spender, suivez-moi. »

Les réjouissances reprirent. Wilder s'éloigna un peu et fit face à Spender. « Si vous m'expliquiez ce qui vient de se passer ? » dit-il

Spender regarda le canal. « Je n'en sais rien. J'avais honte. De Biggs, de nous, de tout ce boucan. Bon sang, quel spectacle.

— Le voyage a été long. Il leur fallait se payer un peu de bon temps.

— Où est le respect dans tout ça, capitaine ? Où est le sens des convenances ?

— Vous êtes fatigué, et vous avez une autre façon de voir les choses, Spender. Je vous mets à l'amende de cinquante dollars.

— Bien, capitaine. Je pensais simplement à Eux en train de nous regarder faire les imbéciles.

— Eux ?

— Les Martiens, morts ou non.

— Très certainement morts. Croyez-vous qu'Ils savent que nous sommes ici ?

— Ce qui est ancien ne sait-il pas toujours quand il arrive du nouveau ?

— Peut-être. On dirait que vous croyez aux esprits.

— Je crois à ce qui a été accompli, et bien des choses l'ont été sur Mars, les preuves sont là. Il y a des rues et des maisons, il y a des livres, j'imagine, de grands canaux, des horloges et des endroits pour abriter sinon des chevaux, du moins des animaux domestiques quelconques, à douze pattes si ça se trouve, qui sait ? Où que je tourne les yeux, je vois des choses qui ont *servi*. Qui ont été touchées et maniées pendant des siècles.

« Demandez-moi donc si je crois à l'esprit des choses dans la mesure où elles ont servi, et je répondrai oui. Elles sont toutes là. Toutes les choses qui avaient une fonction. Toutes les montagnes qui avaient un nom. Et nous ne pourrons jamais nous en servir sans éprouver un sentiment de gêne. Et d'une façon ou d'une autre, les montagnes ne sonneront jamais juste à nos oreilles ; nous leur donnerons de nouveaux noms, mais les anciens noms sont là, quelque part dans le temps, et ces montagnes ont été modelées et contemplées sous ces noms-là. Les noms que nous donnerons aux canaux, aux montagnes, aux cités glisseront dessus comme l'eau sur les plumes d'un canard. Peu importe la façon dont nous y toucherons, nous ne toucherons jamais Mars. Alors ça nous mettra en rage contre cette planète, et savez-vous ce que nous ferons ? Nous la dépècerons, la dépiauterons et la transformerons à notre convenance.

— Nous n'abîmerons pas Mars. C'est un monde trop vaste et trop avantageux.

— Vous croyez ? Nous autres Terriens avons le don d'abîmer les belles et grandes choses. Si nous n'avons pas installé des marchands de hot dogs au milieu du temple égyptien de Karnak, c'est uniquement parce qu'il était situé à l'écart et n'offrait pas de perspectives assez lucratives. Et l'Égypte n'est qu'une petite partie de la Terre. Mais ici, tout est ancien et différent, et il va falloir s'installer quelque part et commencer à tout dénaturer. On appellera tel canal le canal Rockefeller, telle montagne le mont King George, telle mer la mer Dupont de Nemours, il y aura des villes du nom de Roosevelt, Lincoln, Coolidge, et ça ne tombera jamais juste, puisque tous ces lieux ont déjà un nom qui leur est *propre*.

— Ce sera votre travail, à vous autres archéologues, de retrouver les anciens noms pour que nous les utilisions.

— Une poignée d'hommes comme nous contre tous ces intérêts commerciaux… » Spender regarda les montagnes gris acier. « *Ils* savent que nous sommes ici ce soir, prêts à cracher dans leur vin, et j'imagine qu'ils nous haïssent. »

Le capitaine secoua la tête. « Il n'y a pas de haine ici. » Il écouta le vent. « À en juger d'après leurs cités, c'était un peuple épris d'élégance, de beauté et de philosophie. Ils acceptaient leur destin. Pour autant que nous sachions, leur race s'est éteinte naturellement, sans une ultime guerre de dépit pour détruire leurs villes. Celles que nous avons vues jusqu'ici étaient absolument intactes. Sans doute ne se soucient-ils pas plus de notre présence ici que de celle d'enfants qui joueraient sur une pelouse et doivent être pris pour ce qu'ils sont. D'ailleurs, il se peut que tout cela nous rende meilleurs.

« Avez-vous remarqué le calme particulier des hommes, Spender, jusqu'à ce que Biggs les force à la gaieté ? Ils avaient l'air plutôt humbles et effrayés. À voir tout ceci, nous savons que nous ne sommes pas de tels géants ; nous sommes des gosses en barboteuses, nous poussons de grands cris avec ces joujoux que sont nos fusées et notre énergie nucléaire, turbulents et pleins de vie. Mais un jour la Terre sera comme Mars aujourd'hui. Ça nous dégrisera. C'est une leçon de choses sur la notion de civilisation. Nous apprendrons de Mars. Et maintenant, rentrez le menton. Retournons là-bas et jouons les joyeux drilles. Cette amende de cinquante dollars tient toujours. »

La fête manquait un peu d'entrain. Le vent continuait de souffler de la mer morte. Il s'enroulait autour des hommes, il s'enroulait autour du capitaine et de Jeff Spender quand ils rejoignirent le groupe. Il s'en prenait à la poussière, à la fusée luisante, à l'accordéon, et la poussière s'infiltra dans l'harmonica de fortune, dans les yeux. Puis, après un sifflement aigu, aussi soudainement qu'il s'était levé, le vent cessa.

Mais la fête avait cessé elle aussi.

Les hommes se tenaient droits sur le fond noir et glacé du ciel.

« Allez, les gars, allez ! » Biggs surgit du vaisseau dans un uniforme propre, sans regarder une seule fois Spender. Sa voix faisait penser à quelqu'un qui se retrouverait dans

un auditorium vide. Elle était l'image de la solitude.
« Allez ! »

Personne ne bougea.

« Allez, Whitie, ton harmonica ! »

L'interpellé souffla un accord qui sonna faux, à la limite
du comique. Il secoua la salive de son instrument et le
rempocha.

« Vous appelez *ça* une fête ? » interrogea Biggs.

Quelqu'un écrasa l'accordéon entre ses bras. Il rendit
un cri de bête à l'agonie. Et ce fut tout.

« Okay, moi et ma bouteille on va rigoler tout seuls. »
Biggs s'accroupit contre la fusée et se mit à boire au gou-
lot.

Spender l'observa un long moment sans bouger, puis,
lentement, ses doigts remontèrent le long de sa jambe fré-
missante jusqu'à l'étui de son pistolet pour en palper le
cuir.

« Tous ceux que ça intéresse peuvent venir avec moi
voir la cité, annonça le capitaine. Les autres resteront de
garde à la fusée et nous partirons armés, à tout hasard. »

Les hommes se consultèrent. Quatorze étaient volon-
taires pour l'expédition, y compris Biggs, qui s'avança,
rigolard, en brandissant sa bouteille. Il en restait six sur
place.

« En avant ! » cria Biggs.

Le groupe s'éloigna silencieusement dans le clair de
lune. Ils gagnèrent les abords de la cité noyée dans ses
songes. Dans leur course, les lunes jumelles projetaient
des ombres doubles à leurs pieds. Ils cessèrent de respirer, ou du moins en donnèrent-ils l'impression, un certain
nombre de minutes. Ils guettaient un mouvement dans la
cité morte, attendaient que se dresse quelque forme grise,
quelque silhouette ancestrale qui s'élancerait à travers la
mer vide au galop d'un destrier caparaçonné d'un lignage
impossible, d'une souche incroyable.

Spender emplissait les rues de son regard et de son ima-

gination. Des gens se déplaçaient comme des lueurs vapo-
reuses, bleuâtres, dans les avenues pavées ; de vagues murmures se faisaient entendre ; d'étranges animaux déta-
laient à travers les étendues de sable gris-roux. À chaque
fenêtre se penchait quelqu'un qui saluait lentement de la
main, comme sous une eau intemporelle, une forme mou-
vante dans les abîmes d'espace au pied des tours baignées
de lune. Une musique jouait sur quelque oreille interne, et
Spender imaginait la forme des instruments qui pouvaient
produire une telle musique. Ce pays était hanté.

« Hé ! hurla Biggs, dressé de toute sa taille, les mains
en porte-voix. Hé, vous autres là-bas !

— Biggs ! » fit le capitaine.

Biggs se tut.

Ils s'avancèrent sur une avenue dallée. À présent tout
le monde baissait le ton, car c'était comme pénétrer dans
une vaste bibliothèque à ciel ouvert ou un mausolée habité
par le vent et éclairé par les étoiles. Le capitaine parlait
doucement. Il se demandait où les gens étaient partis, à
quoi ils ressemblaient, quels étaient leurs rois, comment
ils étaient morts. Et aussi, un peu plus haut, comment ils
avaient construit cette cité capable de défier le temps, s'ils
étaient jamais venus sur la Terre. Étaient-ils les lointains
ancêtres des Terriens ? Avaient-ils éprouvé des amours et
des haines semblables à celles des hommes, fait à l'occasion les mêmes bêtises ?

Personne ne bougeait. Les lunes les statufiaient ; le vent
palpitait lentement autour d'eux.

« Lord Byron, dit Jeff Spender.

— Lord qui ? » Le capitaine se retourna et le dévisagea.

« Lord Byron, un poète du XIXe siècle. Il a écrit autrefois un poème qui s'applique à cette cité et aux sentiments
que doivent éprouver les Martiens, si ce qu'il en reste a
encore la faculté de sentir. Il aurait pu être écrit par le dernier poète martien. »

Les hommes se tenaient immobiles, leurs ombres à leurs pieds.

« Et qu'est-ce que dit ce poème, Spender ? » demanda le capitaine.

Spender changea de position, tendit la main pour se souvenir et, les yeux plissés, resta un instant silencieux ; puis, la mémoire lui revenant, il récita d'une voix calme au milieu des hommes attentifs à chaque mot :

> *Ainsi nous n'irons plus errer*
> *Au plus tard de la nuit,*
> *Malgré un cœur anxieux d'aimer*
> *Et la lune qui luit.*

La cité se dressait de toute sa hauteur, grise et immobile. Les visages étaient tournés vers la lumière.

> *Car le glaive use sa gaine*
> *Et l'âme le sein qui l'abrite,*
> *Et le cœur doit reprendre haleine,*
> *Et l'amour rester au gîte.*

> *La nuit est faite pour aimer,*
> *Et l'aube est importune,*
> *Pourtant nous n'irons plus errer*
> *Aux rayons de la lune.*

Sans un mot, les Terriens écoutaient au milieu de la cité. La nuit était claire. Pas un bruit en dehors de celui du vent. À leurs pieds s'étendait un dallage figurant des animaux et des personnages de quelque lointain passé. Ils se penchèrent pour l'examiner.

Biggs eut un hoquet. Le regard vague, il porta ses mains à sa bouche, s'étrangla, ferma les yeux et, plié en deux, vomit le flot épais qui lui avait empli la bouche, éclaboussant le dallage et ses motifs. Il fit cela deux fois. Une âcre odeur de vinasse se répandit dans l'air frais.

Personne ne fit le moindre geste pour aider Biggs, toujours secoué de haut-le-cœur.

Spender garda un moment les yeux fixes, puis il se détourna et s'éloigna dans les avenues de la cité, seul dans le clair de lune. Pas un instant il ne s'arrêta pour regarder la petite troupe qu'il laissait derrière lui.`

Ils regagnèrent le camp à quatre heures du matin. Ils s'allongèrent sur leurs couvertures et fermèrent les yeux, respirant l'air calme. Le capitaine Wilder, assis près du feu, l'entretenait en y jetant de petits bouts de bois.

McClure ouvrit les yeux deux heures plus tard. « Vous ne dormez pas, capitaine ?

— J'attends Spender. » Wilder sourit vaguement.

McClure réfléchit un instant. « Vous savez, capitaine, à mon avis il ne reviendra pas. Je ne sais pas ce qui me fait dire ça, mais c'est mon impression, capitaine ; il ne reviendra jamais. »

McClure se retourna pour se rendormir. Le feu crépita et s'éteignit.

Spender ne reparut pas de toute la semaine suivante. Le capitaine envoya des petits détachements à sa recherche, mais ils rentrèrent en disant qu'ils ne savaient pas où Spender avait pu aller. Il reviendrait quand ça lui chanterait. C'était un râleur. Il pouvait aller au diable !

Le capitaine ne dit rien mais consigna la chose dans son livre de bord…

Ce matin-là aurait pu être un lundi, un mardi ou n'importe quel autre jour sur Mars. Biggs était assis au bord du canal, les pieds trempant dans l'eau fraîche, le visage tourné vers le soleil.

Un homme s'approcha le long de la berge. Son ombre se posa sur Biggs, qui leva les yeux.

« Ça c'est trop fort ! fit Biggs.

— Je suis le dernier des Martiens, déclara l'homme en sortant un pistolet.

— Qu'est-ce que vous dites ?

— Je vais te tuer.

— Arrêtez votre char. Qu'est-ce que c'est que cette blague, Spender ?

— Lève-toi, que je te troue la panse.

— Rangez ce pistolet, bon Dieu ! »

Spender appuya une seule fois sur la détente. Biggs resta un instant assis au bord du canal avant de basculer en avant et de tomber dans l'eau. Le pistolet n'avait fait entendre qu'un léger bourdonnement. Le corps s'enfonça avec une lente indifférence dans le courant paresseux. Il émit un gargouillement caverneux qui cessa au bout d'un moment.

Spender rengaina son arme et s'éloigna sans bruit. Le soleil brillait sur Mars, lui brûlant les mains et caressant les côtés de son visage contracté. Il ne courait pas ; il marchait comme s'il n'y avait rien de nouveau en ce jour en dehors de la lumière du jour. Il alla jusqu'à la fusée. Quelques hommes absorbaient un petit déjeuner tout juste apprêté sous un abri construit par Cookie.

« Tiens, voilà le Cavalier solitaire, dit l'un d'eux.

— Salut, Spender ! Ça fait une paye ! »

Les quatre hommes attablés observaient le personnage silencieux qui les toisait.

« Vous et ces fichues ruines ! s'esclaffa Cookie en remuant une substance noire dans un pot de faïence. Vous êtes comme un chien dans un tas d'os.

— Peut-être, dit Spender. J'ai fait quelques découvertes. Que diriez-vous si j'avais trouvé un Martien en train de rôder dans les parages ? »

Les quatre hommes posèrent leurs fourchettes.

« Vraiment ? Où ça ?

— Peu importe. Laissez-moi vous poser une question.

Comment réagiriez-vous si vous étiez martiens et que des étrangers débarquent dans votre pays et commencent à le mettre en pièces ?

— Je sais très bien comment je réagirais, dit Cheroke. J'ai du sang cherokee dans les veines. Mon grand-père m'a raconté des tas de choses sur l'Oklahoma et le *territoire indien*. S'il y a un Martien dans le coin, je suis à fond pour lui.

— Et vous autres ? » demanda Spender, attentif.

Personne ne répondit ; leur silence était éloquent. Prends ce qui te tombe sous la main, ce que tu trouves est à toi, si l'autre tend la joue, mets-lui-en une bonne, etc.

« Eh bien, dit Spender, j'ai trouvé un Martien. »

Les autres le lorgnèrent.

« Là-bas, dans une ville morte. Je ne pensais pas en trouver un. Je ne songeais même pas à en chercher un. Je ne sais pas ce qu'il faisait là. Je suis resté environ une semaine dans une petite ville au fond d'une vallée, à apprendre à lire les anciens livres et à examiner leurs formes d'art passées. Et un jour j'ai vu ce Martien. Il est resté là un moment, puis il a disparu. Un autre jour s'est écoulé sans qu'il revienne. J'ai continué de traîner dans le coin, à apprendre à lire les vieux textes, et le Martien est revenu, chaque fois un peu plus près, jusqu'au jour où je suis parvenu à déchiffrer le langage martien — c'est extraordinairement simple et il y a des idéogrammes pour faciliter les choses. Là, le Martien m'est apparu et m'a dit : "Donne-moi tes bottes." Et je les lui ai données. Puis : "Donne-moi ton uniforme et tous tes autres vêtements." Et je lui ai donné tout ça. Puis : "Donne-moi ton pistolet." Et je le lui ai donné. Et enfin : "Maintenant viens avec moi et regarde ce qui se passe." Et le Martien est allé jusqu'au camp, et le voilà.

— Je ne vois aucun Martien, dit Cheroke.

— Désolé. »

Spender sortit son pistolet. Il bourdonna légèrement. La

première balle atteignit l'homme qui se trouvait à gauche ; les deux suivantes abattirent ceux qui se tenaient à droite et au centre de la table. Cookie se détourna du foyer, horrifié, pour encaisser la quatrième balle. Il tomba à la renverse dans le feu et resta là sans bouger tandis que ses vêtements s'enflammaient.

La fusée reposait en plein soleil. Trois hommes, les mains sur la table, se tenaient immobiles devant leur petit déjeuner qui refroidissait. Cheroke, seul à rester indemne, fixait sur Spender un regard pétrifié par l'incrédulité.

« Tu peux venir avec moi », dit Spender.

Cheroke demeura coi.

« Tu peux te mettre de mon côté. » Spender attendait.

Enfin, Cheroke retrouva la parole. « Vous les avez tués, dit-il en risquant un œil sur le carnage.

— Ils le méritaient.

— Vous êtes fou !

— Peut-être. Mais tu peux venir avec moi.

— Venir avec vous, pour quoi faire ? cria Cheroke, livide, les yeux au bord des larmes. Allez, fichez le camp ! »

Le visage de Spender se durcit. « Je pensais que *toi* au moins tu comprendrais.

— Foutez le camp ! » Cheroke tendit la main vers son pistolet.

Spender tira une dernière fois. Cheroke cessa de bouger.

Alors Spender vacilla sur ses jambes. Il porta une main à son visage en sueur, jeta un coup d'œil à la fusée et se mit à trembler de tous ses membres. Il faillit tomber tant la réaction physique était violente. Il avait l'air de se réveiller d'un sommeil hypnotique, d'un rêve. Il s'assit un moment et s'exhorta au calme.

« Arrête, arrête ! » ordonnait-il à son corps. Il frissonnait de toutes ses fibres. « Arrête ! » Il pesa sur son corps de toute sa force mentale jusqu'à l'expulsion du moindre frémissement. Désormais ses mains reposaient sagement sur ses genoux.

Il se leva et fixa un casier de rations portable sur son dos avec une tranquille efficacité. Sa main se remit à trembler l'espace d'une petite seconde, mais un «Non!» lancé d'une voix ferme eut raison de cette incartade. Puis, d'un pas raide, il s'enfonça dans la touffeur des collines rouges sans autre compagnie que la sienne.

Le soleil poursuivit sa brûlante ascension dans le ciel. Une heure plus tard, le capitaine descendit de la fusée pour avoir sa part d'œufs au jambon. Au moment même où il saluait les quatre hommes déjà attablés, il s'arrêta, flairant une vague odeur d'explosif. Il vit le cuistot gisant sur le sol, en travers du feu de camp. Les quatre hommes étaient assis devant des petits déjeuners froids.

Un moment après, Parkhill et deux autres gars descendirent. Le capitaine leur barrait le passage, fasciné par les hommes silencieux et la façon dont ils se tenaient autour de la table.

«Rassemblement général», dit-il.

Parkhill s'empressa d'aller longer le canal.

Le capitaine toucha Cheroke, qui pivota doucement et tomba de son siège. Le soleil alluma ses cheveux en brosse et ses hautes pommettes.

Les hommes se présentèrent.

«Qui manque à l'appel?

— Toujours Spender, capitaine. On a trouvé Biggs en train de flotter dans le canal.

— Spender!»

Le capitaine vit les collines qui s'élevaient dans la lumière du jour. Le soleil le fit grimacer. «Bon sang, fit-il d'un ton las. Pourquoi n'est-il pas venu me parler?

— Il aurait dû venir me parler à *moi!* s'écria Parkhill, des éclairs dans les yeux. Je lui aurais foutu une balle dans le crâne à ce salaud, voilà ce que j'aurais fait, crénom!»

Le capitaine Wilder pointa le menton vers deux de ses hommes. « Allez chercher des pelles », dit-il.

Ce ne fut pas une sinécure de creuser les tombes. Un vent chaud venu de la mer vide leur soufflait la poussière en plein visage tandis que le capitaine tournait les pages de la Bible. Quand il l'eut refermée, quelqu'un commença à pelleter de lents flots de sable sur les linceuls.

Ils regagnèrent la fusée, firent jouer les mécanismes de leurs fusils, se chargèrent le dos de lourdes grappes de grenades et s'assurèrent de l'aisance avec laquelle ils pouvaient dégainer leurs pistolets. Le capitaine donnait ses ordres sans élever la voix, sans un geste, les bras ballants.

« En avant », dit-il.

Lorsqu'il vit les nuages de fine poussière qui s'élevaient ici et là dans la vallée, Spender sut que la chasse avait commencé. Il posa le mince livre d'argent qu'il était en train de lire, tranquillement assis sur un rocher plat. Les pages du livre, d'argent pur, minces comme du papier de soie, étaient ornées d'enluminures noir et or. C'était un ouvrage de philosophie datant d'au moins dix mille ans qu'il avait trouvé dans une des demeures de quelque ville martienne. Il ne l'abandonna qu'à contrecœur.

Un instant il s'était dit : À quoi bon ? Je vais rester assis ici à lire jusqu'à ce qu'ils arrivent et me descendent.

Sa première réaction au meurtre des six hommes ce matin-là avait déclenché en lui une période d'hébétude, puis des nausées, et désormais une étrange paix. Mais cette paix se dissipait à son tour, car la vue des nuages de poussière qui s'élevaient dans le sillage de ses poursuivants ravivait son ressentiment.

Il but une gorgée d'eau fraîche à sa gourde. Puis il se leva, s'étira, bâilla et écouta le silence enchanteur de la vallée autour de lui. Quel bonheur si lui et quelques autres personnes de sa connaissance sur la Terre pouvaient s'installer ici et y passer toute leur vie, sans bruit ni souci.

Tenant le livre d'une main, son pistolet armé de l'autre, il alla jusqu'à un petit torrent jonché de galets et de rochers blancs où, après s'être déshabillé, il barbota le temps d'une toilette rapide. Il prit tout son temps avant de se rhabiller et de récupérer son arme.

La fusillade commença vers trois heures de l'après-midi. Spender était alors très haut dans les collines. Ils le suivirent à travers trois bourgades à flanc de coteau. Au-dessus des agglomérations, disséminées comme des cailloux, s'élevaient des résidences où d'anciennes familles avaient trouvé un ruisseau, un coin de verdure, et construit une pièce d'eau dallée, une bibliothèque, une cour ornée d'un jet d'eau. Spender passa une demi-heure à nager dans un des bassins rempli d'eau de pluie, attendant d'être rejoint par ses poursuivants.

Des détonations retentirent au moment où il quittait la petite villa. Des morceaux de carrelage volèrent en éclats à six ou sept mètres derrière lui. Il prit le trot, passa derrière une série de petits ressauts, se retourna et, de sa première balle, abattit un des hommes qui le pistaient.

Ils allaient le cerner, Spender le savait. Le cercle se resserrerait et ils finiraient par l'avoir. Curieux qu'ils n'utilisent pas leurs grenades. Le capitaine Wilder pouvait facilement donner des ordres pour cela.

Mais je suis quelqu'un de trop bien pour être transformé en chair à pâté, réfléchit Spender. C'est ce que pense le capitaine. Il me veut avec un seul trou dans la peau. Bizarre, n'est-ce pas ? Il veut que ma mort soit propre. Pas de boucherie. Pourquoi ? Parce qu'il me comprend. Et parce qu'il me comprend, il accepte de risquer la vie de braves garçons pour me mettre, nettement et proprement, une balle dans la tête. Pas vrai ?

Neuf, dix coups crépitèrent, faisant gicler des éclats de roche autour de lui. Spender ripostait mécaniquement, parfois en jetant un coup d'œil au livre qu'il n'avait pas lâché.

Le capitaine s'élança sous le soleil brûlant, un fusil

entre les mains. Spender le suivit dans son viseur mais ne tira pas. En revanche, il déplaça sa ligne de mire et fit sauter la pointe d'un rocher qui abritait Whitie, à en juger par le cri de colère qui s'ensuivit.

Soudain, le capitaine se redressa. Il brandissait un mouchoir blanc. Il lança quelques mots à ses hommes et se mit à gravir la pente après avoir déposé son fusil. Spender resta allongé sur le sol, puis se mit debout, son pistolet prêt à tirer.

Le capitaine arriva à sa hauteur, s'assit sur un rocher tiède et resta un moment sans regarder Spender. Puis il glissa une main dans la poche de sa vareuse. Les doigts de Spender se crispèrent sur le pistolet.

« Cigarette ? proposa le capitaine.

— Merci. » Spender se servit.

« Du feu ?

— J'ai le mien. »

Ils tirèrent une ou deux bouffées en silence.

« Fait chaud, dit Wilder

— En effet.

— Vous êtes bien, par ici ?

— Tout à fait bien.

— Combien de temps pensez-vous tenir ?

— Le temps de descendre une douzaine d'hommes.

— Pourquoi ne pas nous avoir tous tués ce matin, quand vous en aviez l'occasion ? Vous auriez pu, vous savez.

— Je sais. En fait, j'ai eu un malaise. Quand on crève d'envie de faire quelque chose, on se ment à soi-même. On se dit que tous les autres ont tort. Bref, après avoir commencé à tuer ces types, je me suis rendu compte que ce n'étaient que des imbéciles et que je n'avais pas le droit de les tuer. Mais il était trop tard. Je n'ai pas pu continuer, alors je suis monté ici, où je pouvais recommencer à me mentir, nourrir ma colère, faire remonter la pression.

— Elle est remontée ?

— Pas très haut. Mais suffisamment. »

Wilder contempla sa cigarette. « Pourquoi avez-vous fait ça ? »

Spender posa discrètement son pistolet à ses pieds. « Parce que j'ai constaté que ce que ces Martiens possédaient était largement aussi bien que tout ce que nous pourrons jamais espérer obtenir. Ils se sont arrêtés là où nous aurions dû le faire il y a cent ans. Je me suis promené dans leurs cités, je connais ces gens-là et je serais heureux de les avoir pour ancêtres.

— Il y a une magnifique cité là-bas. » Le capitaine indiqua de la tête une des agglomérations.

« Ce n'est pas la seule. Oui, leurs villes sont belles. Ils savaient associer l'art à la vie. Pour les Américains, ça a toujours été une chose à part. Quelque chose qu'on relègue dans la chambre du haut, celle de l'idiot de la famille. Dont on prend une dose le dimanche, avec éventuellement un petit coup de religion. Chez les Martiens, tout coexiste, art, religion et le reste.

— Vous croyez qu'ils avaient des lumières particulières ?

— Dur comme fer.

— Et c'est pour ça que vous vous êtes mis à massacrer vos congénères.

— Quand j'étais gosse, mes parents m'ont emmené visiter Mexico. Je me souviendrai toujours de l'attitude de mon père — tapageuse, fanfaronnante. Et ma mère n'aimait pas les habitants parce qu'ils étaient basanés et ne se lavaient pas assez. Ma sœur, elle, ne leur adressait pratiquement pas la parole. J'étais le seul de la famille à apprécier. Et je vois d'ici mon père et ma mère débarquant sur Mars et se conduisant de la même façon.

« Tout ce qui sort de l'ordinaire est détestable pour l'Américain moyen. Si ça ne porte pas l'estampille de Chicago, ça ne vaut rien. Imaginez un peu ! Bon Dieu, imaginez un peu ! Et avec ça... la guerre. Vous avez entendu les discours du Congrès avant notre départ. Si les choses tournent bien, ils espèrent établir trois centres de recherche nucléaire et autant de dépôts de bombes atomiques sur Mars. Autrement dit, Mars est fichu ; toutes ces merveilles anéanties. Que diriez-vous si un Martien vomissait sa vinasse sur les tapis de la Maison-Blanche ? »

Wilder ne répondit pas. Il écoutait.

« Et il y a les autres intérêts majeurs en jeu. Les compagnies minières et les organismes de tourisme. Vous vous souvenez de ce qui est arrivé au Mexique quand Cortés et ses valeureux amis sont arrivés d'Espagne ? Toute une civilisation détruite par des rapaces vertueux, des fanatiques. L'histoire ne pardonnera jamais à Cortés.

— Vous n'avez pas agi de façon particulièrement morale aujourd'hui, remarqua Wilder.

— Que pouvais-je faire ? Discuter avec vous ? C'est simplement moi contre toute cette saloperie vorace de machine à broyer que l'on a sur la Terre. Ils vont balancer leurs maudites bombes atomiques ici, se battre pour des bases d'où ils pourront faire leurs guerres. Ne leur suffit-il pas d'avoir détruit une planète ? Leur faut-il aussi polluer la mangeoire des autres ? Pauvres baudruches sans cervelle. En arrivant ici, je ne me suis pas seulement senti libéré de leur prétendue culture, mais aussi de leur morale et de leurs coutumes. Me voilà hors de leur système de références, me suis-je dit. Je n'ai qu'à tous les tuer et vivre ma propre vie.

— Mais ça n'a pas marché.

— Non. Après la cinquième exécution au petit déjeuner, j'ai découvert que je n'étais pas complètement autre, complètement martien, en fin de compte. Je ne pouvais pas rejeter comme ça tout ce que j'avais appris sur la Terre. Mais à présent j'ai retrouvé ma détermination. Je vais tous vous supprimer. Cela retardera la prochaine fusée de cinq bonnes années. Celle qui nous a emmenés est actuellement la seule existante. Les gens de la Terre attendront un an, deux ans, et n'ayant toujours aucune nouvelle de nous, ils auront scrupule à construire une autre fusée. Ils y emploieront deux fois plus de temps et fabriqueront une centaine de modèles expérimentaux supplémentaires pour se prémunir contre un nouvel échec.

— Vous avez raison.

— D'un autre côté, un rapport favorable de votre part, en cas de retour, précipiterait l'invasion totale de Mars. Avec un peu de chance, je vivrai jusqu'à soixante ans. Chaque expédition qui débarquera sur Mars tombera sur moi. Il n'y aura pas plus d'un vaisseau à la fois, disons à peu près un par an, avec un équipage d'une vingtaine d'hommes au maximum. Une fois que je me serai lié d'amitié avec eux et que je leur aurai expliqué que notre fusée a explosé — j'ai l'intention de la faire sauter après en avoir fini avec ma tâche dès cette semaine —, je les exterminerai, jusqu'au dernier. Mars restera inviolé pendant encore un demi-siècle. Par la suite, les gens de la Terre renonceront peut-être à leur projet. Comme quand ils se sont mis à regarder d'un mauvais œil l'idée de construire des zeppelins qui tombaient régulièrement en flammes, vous vous souvenez ?

— Vous avez pensé à tout, reconnut le capitaine.

— En effet.

— Nous sommes quand même supérieurs en nombre. D'ici une heure nous vous aurons encerclé. D'ici une heure vous serez mort.

— J'ai découvert des passages souterrains et une retraite que vous ne trouverez jamais. Je vais m'y réfugier pour quelques semaines. Le temps que votre garde se relâche. Et là, je vous descendrai l'un après l'autre. »

Le capitaine hocha la tête. « Parlez-moi un peu de cette civilisation, dit-il en désignant d'un geste de la main les villes environnantes.

— Ils savaient vivre avec la nature et s'entendre avec elle. Ils ne s'acharnaient pas à éliminer en eux l'animal pour n'être que des hommes. C'est l'erreur que nous avons commise quand Darwin est entré en scène. Nous l'avons serré dans nos bras, tout sourires, et Huxley et Freud avec lui. Puis nous avons découvert que Darwin et nos religions ne s'accordaient pas. Ou du moins, nous n'avons pas pensé la chose possible. Pauvres imbéciles que nous étions ! Nous avons essayé d'ébranler Darwin, Huxley et Freud. Mais ils ne se sont pas laissé faire. Alors, comme des idiots, nous avons essayé d'abattre la religion.

« Là, nous avons assez bien réussi. Nous avons perdu la foi et sommes allés nous demandant quel était le but de la vie. Si l'art n'était rien de plus que l'expression d'un désir frustré, si la religion n'était qu'aveuglement, quel était l'intérêt de la vie ? La foi avait toujours donné réponse à tout. Mais elle a été reléguée aux oubliettes avec Freud et Darwin. Nous étions et sommes encore des hommes perdus.

— Et ces Martiens se seraient *trouvés* ?

— Oui. Ils savaient marier science et religion de façon que l'une et l'autre s'épaulent, s'enrichissent mutuellement au lieu de se nier.

— L'idéal !

— Absolument. J'aimerais vous montrer comment les Martiens y sont arrivés.

— Mes hommes attendent.

— Nous ne serons absents qu'une demi-heure. Informez-en vos hommes, capitaine. »

Wilder hésita, puis il se leva et lança un ordre vers le bas de la colline.

Spender le mena dans un petit village martien entièrement fait d'un marbre sans défaut. Il y avait là de longues frises d'animaux magnifiques, félins aux membres blancs et symboles solaires aux membres jaunes, des statues de créatures taurines, d'hommes et de femmes et d'énormes molosses aux traits pleins de délicatesse.

« Voilà la réponse, capitaine.

— Je ne vois pas.

— Les Martiens ont découvert le secret de la vie dans le monde animal. L'animal ne s'interroge pas sur la vie. Il vit. Sa seule raison de vivre *est* la vie ; il jouit de la vie et la savoure. Vous voyez… les statues, les symboles animaux un peu partout.

— Ça a un air païen.

— Au contraire, ce sont des symboles divins, des symboles de la vie. Sur Mars aussi, l'homme était devenu trop humain et pas assez animal. Et les Martiens ont compris que, pour survivre, il leur fallait renoncer à toujours se poser cette question : *Pourquoi vivre ?* La vie fournissait sa propre réponse. La vie consistait à engendrer encore de la vie et à vivre la meilleure vie possible. Les Martiens se sont aperçus qu'ils se posaient la question du pourquoi de la vie au sommet d'une période de guerre et de désespoir, quand il n'y avait pas de réponse. Mais une fois la civilisation revenue au calme, à la sagesse, une fois les guerres finies, la question est devenue absurde d'une nouvelle façon. Désormais il faisait bon vivre et toute discussion était inutile.

— À vous entendre, les Martiens étaient plutôt naïfs.

— Seulement quand ils y trouvaient leur avantage. Ils ont cessé de s'acharner à tout détruire, à tout abaisser. Ils ont mêlé religion, art et science parce qu'à la base la science n'est rien de plus que l'exploration d'un miracle que nous n'arrivons pas à expliquer, et l'art l'interprétation de ce miracle. Ils n'ont jamais laissé la science écraser l'art et la beauté. C'est une simple question de degré. Un Terrien se dit : "Dans ce tableau, la couleur n'a pas de véritable existence. Un homme de science peut prouver que la couleur tient seulement à la façon dont sont disposées les cellules dans un matériau donné pour réfléchir la lumière. Par conséquent, la couleur ne fait pas vraiment partie de ce que j'ai sous les yeux." Un Martien, beaucoup plus avisé, dirait : "Voilà un superbe tableau. Sorti de la main et de la tête d'un homme inspiré. Son sujet et ses tons sont empruntés à la vie. Voilà quelque chose de bien."»

Un temps. Assis dans le soleil de l'après-midi, Wilder promenait un regard curieux sur la petite ville fraîche et silencieuse. «J'aimerais vivre ici, dit-il.

— Vous le pouvez si vous le voulez.

— C'est à *moi* que vous demandez ça ?

— Un seul des hommes placés sous vos ordres pourra-t-il jamais comprendre tout ceci ? Ce sont des cyniques professionnels, et il est trop tard pour eux. Pourquoi voulez-vous retourner auprès d'eux ? Pour ne pas être en reste avec vos voisins ? Pour vous offrir un hélico comme celui de M. Tout-le-monde ? Pour écouter la musique avec votre manuel plutôt qu'avec vos tripes ? Il y a là-bas un petit patio où se trouve une bobine de musique martienne vieille d'au moins cinquante mille ans. Elle fonctionne encore. Une musique comme vous n'en entendrez jamais de toute votre vie. Vous pourriez l'écouter. Il y a aussi des livres. J'arrive déjà à les lire. Vous pourriez en faire autant.

— Tout ça a l'air absolument merveilleux, Spender.

— Mais vous n'allez pas rester ?

— Non. Merci quand même.

— Et vous n'allez sûrement pas me laisser en paix. Il faudra que je vous tue tous.

— Vous êtes optimiste.

— J'ai une raison de vivre et de combattre, ce qui me rend plus dangereux. J'ai à présent l'équivalent d'une religion. À savoir réapprendre à respirer. À me dorer au soleil, à laisser le soleil se glisser en moi. À écouter de la musique et à lire un livre. Qu'est-ce qu'offre votre civilisation ?»

Wilder remua les pieds, secoua la tête. «Tout cela est bien regrettable. Je suis vraiment désolé.

— Moi aussi. Je crois que je ferais bien de vous ramener pour que vous puissiez lancer l'attaque.

— En effet.

— Capitaine, je ne vous tuerai pas. Quand tout sera fini, vous serez encore vivant.

— Quoi?

— Dès le départ, j'avais décidé de vous épargner.

— Tiens donc…

— Je vous sauverai des autres. Quand ils seront morts, peut-être changerez-vous d'avis.

— Non. J'ai trop de sang terrien dans les veines. Il me faudra continuer à vous traquer.

— Même en ayant une chance de rester ici?

— C'est bizarre, mais oui, même dans ces conditions. Je ne sais pas pourquoi. Je ne me suis pas posé la question. Ah, nous y voilà.» Ils avaient rejoint leur point de départ. «Voulez-vous m'accompagner sans résister, Spender? C'est ma dernière offre.

— Merci, non.» Spender tendit la main. «Un dernier mot. Si vous l'emportez, soyez gentil, voyez ce qui peut être fait pour limiter le massacre de cette planète, au moins pendant cinquante ans, le temps que les archéologues aient leur petite chance, d'accord?

— Entendu.

— Et enfin… si ça peut être de quelque secours, ne voyez en moi qu'un pauvre fou qui a fondu les plombs un jour d'été et n'a jamais retrouvé sa raison. Ça vous facilitera un peu les choses.

— J'y songerai. Salut, Spender. Bonne chance.

— Vous êtes vraiment un drôle de type», dit Spender au moment où le capitaine redescendait la pente dans la chaude haleine du vent.

Pareil à quelque objet perdu, le capitaine rejoignit ses hommes empoussiérés. Il ne cessait de lorgner le soleil, au bord de la suffocation.

«Est-ce qu'il y a quelque chose à boire?» demanda-t-il. Il sentit la fraîcheur d'une gourde dans sa main. «Merci.»

Il but, s'essuya la bouche. « Bon, reprit-il. Faites bien attention. Nous avons tout notre temps. Je ne veux plus aucune perte. Il vous faudra le tuer. Il ne veut pas descendre. Faites ça proprement si possible. Pas de boucherie. Finissons-en.

— Je vais lui foutre une balle dans le crâne, à ce salaud, dit Sam Parkhill.

— Non, tirez au cœur. » Le capitaine revoyait le visage puissant et déterminé de Spender.

« Une balle dans le crâne, oui », insista Parkhill.

Le capitaine lui tendit la gourde d'un geste saccadé. « Vous avez entendu ce que j'ai dit. Tirez au cœur. »

Parkhill grommela entre ses dents.

« Allons-y », fit le capitaine.

Ils se redéployèrent, tantôt en marchant, tantôt en courant au flanc de la colline brûlante où des grottes fraîches qui sentaient la mousse succédaient soudain à des fournaises qui sentaient le soleil sur la pierre.

Je déteste l'ingéniosité, se disait le capitaine, surtout quand on n'est pas vraiment ingénieux et qu'on n'a pas envie de l'être. De faire patte de velours, d'élaborer des plans et d'en tirer gloire. Je déteste penser que j'agis comme il faut alors que je n'en suis pas vraiment persuadé. Qui sommes-nous, de toute façon ? La majorité ? Est-ce là la réponse ? La majorité a toujours raison, n'est-ce pas ? Toujours, toujours ; elle n'a jamais tort ne serait-ce qu'un tout petit moment de rien du tout, n'est-ce pas ? N'a jamais eu tort en dix millions d'années ?

Quelle est cette majorité, se demanda-t-il, et qui la compose ? Qu'est-ce qu'on y pense, comment en est-on venu là, évoluera-t-elle et comment diable ai-je été embarqué dans cette galère ? Je me sens gêné aux entournures. Claustrophobie, crainte de la foule ou simple bon sens ? Un seul homme peut-il avoir raison quand tous les autres estiment que ce sont *eux* qui ont raison ? N'y pensons pas.

Continuons de crapahuter, offrons-nous des sensations fortes et appuyons sur la détente. Un coup ici, un coup *là* !

Les hommes couraient, se baissaient brusquement, se remettaient à courir et s'accroupissaient dans les coins d'ombre, les dents à découvert, haletants, car l'air était ténu, peu propice à la course ; si peu propice qu'ils devaient s'arrêter cinq bonnes minutes, la respiration sifflante, des points noirs dans les yeux, en quête d'air, les paupières serrées dans leur effort pour en avaler toujours plus, avant de se relever, haussant leurs fusils pour déchirer cet air rare de plein été, le cribler de trous hurlants et brûlants.

Spender, toujours au même endroit, ne tirait qu'à l'occasion.

« En bouillie, sa fichue cervelle ! » hurla Parkhill en gravissant la pente à toutes jambes.

Le capitaine l'épingla dans sa ligne de mire, puis il lâcha son fusil et le contempla d'un air horrifié. « Qu'est-ce que tu allais faire ? » demanda-t-il à sa main inerte et à son arme.

Il avait failli tirer dans le dos de Parkhill.

« Dieu du ciel. »

Il vit Parkhill continuer sa course, puis se jeter à plat ventre.

Spender était peu à peu enfermé dans une nasse plus ou moins lâche d'hommes en mouvement. Allongé derrière deux rochers en haut de la pente, il souffrait du manque d'air, les dents à nu, deux larges îlots de sueur sous les bras. Le capitaine vit les deux rochers. Il y avait entre eux un intervalle d'une dizaine de centimètres donnant sur la poitrine de Spender.

« Hé, toi là-haut ! cria Parkhill. J'ai là du plomb pour ta cervelle ! »

Le capitaine Wilder attendait. Allez, Spender, songeait-il. File comme tu as dit que tu le ferais. Tu n'as plus que quelques minutes pour t'échapper. File et reviens plus

tard. Allez. C'était ton plan. Enfonce-toi dans ces souterrains que tu dis avoir découverts, et restes-y planqué des
mois, des années, à lire tes beaux livres et à te baigner dans
les bassins de tes temples. Vas-y, mon gars, tout de suite,
avant qu'il soit trop tard.

Spender ne bougeait pas de sa position.

«Qu'est-ce qui lui prend?» se demanda le capitaine.

Wilder ramassa son fusil et observa ses hommes qui
couraient de cachette en cachette. Il regarda les tours du
petit village martien immaculé, pareilles à des pièces
d'échecs fermement sculptées dans la lumière de l'après-
midi. Il vit les deux rochers et l'intervalle qui exposait la
poitrine de Spender.

Parkhill chargea dans un hurlement de rage.

«Non, Parkhill, dit le capitaine. Je ne peux pas te laisser faire ça. Ni toi, ni les autres. Aucun d'entre vous. C'est
moi seul qui dois m'en charger.»

Serai-je net après cela? s'interrogea-t-il. Convient-il
que ce soit moi qui accomplisse ce geste? Oui. Je sais ce
que je fais, pourquoi je le fais, et c'est légitime parce que
je suis la personne qui convient. J'espère que je serai à la
hauteur, je prie pour cela.

Il hocha la tête en direction de Spender. «Vas-y,
lança-t-il dans un grondement contenu que personne n'entendit. Je te donne encore trente secondes pour filer.
Trente secondes!»

Le capitaine regarda les secondes s'égrener sur sa
montre. Les hommes couraient. Spender ne bougeait pas.
Le compte à rebours se poursuivait, interminable, assour-
dissant. «Vas-y, Spender, vas-y, fiche le camp!»

Les trente secondes étaient écoulées.

Le fusil pointé sur sa cible, le capitaine inspira à fond.
«Spender», dit-il en relâchant son souffle.

Il appuya sur la détente.

Un peu de poussière s'éleva dans le soleil et ce fut tout.
Les échos de la détonation s'éteignirent.

Le capitaine se redressa et lança à ses hommes : « Il est mort. »

Les autres n'arrivaient pas à le croire. Leurs différentes positions les avaient empêchés de repérer cette fameuse fissure dans les rochers. Ils virent leur supérieur gravir la pente en courant, seul, et pensèrent qu'il était ou très courageux ou complètement fou.

Ils le rejoignirent quelques minutes plus tard.

Ils se rassemblèrent autour du cadavre et quelqu'un dit : « Touché au cœur ? »

Le capitaine se pencha. « Au cœur, oui », dit-il. Les rochers avaient changé de couleur sous le corps de Spender. « Je me demande pourquoi il a attendu, pourquoi il ne s'est pas sauvé comme il l'avait prévu. Je me demande pourquoi il s'est fait tuer.

— Qui sait ? » dit quelqu'un.

Spender gisait, les mains crispées, l'une sur son arme, l'autre sur le livre d'argent qui brillait au soleil.

Est-ce à cause de moi ? songea le capitaine. Est-ce parce que j'ai refusé de me laisser convaincre ? Est-ce que l'idée de me tuer lui faisait horreur ? Suis-je un tant soit peu différent de ces autres hommes ? Est-ce là l'explication ? Croyait-il pouvoir me faire confiance ? Où trouver ailleurs la réponse ?

Nulle part. Il s'accroupit près du corps sans vie.

Il faut que je sois à la hauteur de mon acte, se dit-il. À présent, je ne peux pas lui faire faux bond. Si, quelque part, il voyait en moi un autre lui-même et n'a pas pu me tuer pour cette raison, me voilà avec du pain sur la planche ! C'est ça, oui, c'est ça. Spender revit en moi, mais je réfléchis avant de tirer. Je ne tire même pas, je ne tue pas. Je coopère. Et il ne pouvait pas me tuer parce que j'étais son double dans un contexte légèrement différent.

Le capitaine prit conscience de la chaleur du soleil sur sa nuque. Il s'entendit déclarer : « Si seulement il était venu me parler avant de descendre qui que ce soit, on aurait pu trouver une solution.

— Quelle solution ? protesta Parkhill. Quelle solution aurait-on pu trouver avec un type *pareil ?* »

La canicule emplissait le paysage de son chant, un chant qui venait des rochers, du ciel bleu. « Je crois que vous avez raison, dit le capitaine. On n'aurait jamais pu s'entendre. Spender et moi, peut-être. Mais Spender et vous, et les autres, non, jamais. Il est mieux comme ça. Passez-moi cette gourde que je boive un coup. »

Ce fut le capitaine qui suggéra d'utiliser le sarcophage vide pour Spender. Ils avaient découvert un ancien cimetière martien. Ils placèrent Spender dans une longue caisse d'argent avec des figurines de cire et des vins vieux de dix mille ans, les mains croisées sur sa poitrine. La dernière vision qu'ils eurent de lui fut son visage paisible.

Ils se tinrent un moment immobiles dans l'antique caveau. « Je crois que vous seriez bien inspirés de penser de temps à temps à Spender », dit le capitaine.

Ils sortirent du caveau et refermèrent la porte de marbre.

L'après-midi suivant, Parkhill faisait du tir à la cible dans une des cités mortes, canardant les fenêtres de cristal et abattant la pointe des tours graciles. Le capitaine le surprit et, d'un coup de poing, lui fit cracher ses dents.

Les pionniers

Les hommes de la Terre vinrent sur Mars.

Ils venaient parce qu'ils avaient peur ou ignoraient la peur, parce qu'ils étaient heureux ou malheureux, parce qu'ils se sentaient ou ne se sentaient pas des âmes de Pèlerins. Chacun avait ses raisons. Ils quittaient des femmes, des occupations ou des villes odieuses ; ils venaient pour découvrir, fuir ou obtenir quelque chose, ils venaient pour ·déterrer, enterrer ou abandonner quelque chose. Ils venaient avec des rêves étriqués ou grandioses, ou pas de rêves du tout. Mais dans beaucoup de villes un doigt gouvernemental jaillissait d'affiches en quadrichromie pour leur dire : DU TRAVAIL VOUS ATTEND DANS LE CIEL : PARTEZ POUR MARS ! Et les hommes s'avançaient en traînant les pieds, quelques-uns pour commencer, une quarantaine, car la plupart sentaient le haut mal les envahir avant même que la fusée ne se soit élancée dans l'espace. Et ce mal avait pour nom l'Isolement. Car en voyant sa ville natale rapetisser jusqu'à atteindre la grosseur du poing, puis d'un citron vert, puis d'une tête d'épingle, pour s'évanouir dans le sillage de feu, on avait l'impression de n'être jamais né, il n'y avait plus de ville, on n'était nulle part, perdu dans l'espace, sans points de repère, sans autre compagnie que des étrangers. Et quand l'Illinois, l'Iowa, le Missouri ou le Montana disparaissait dans des mers de nuages, et que, pour comble, les États-Unis se réduisaient à un îlot brumeux et toute la planète Terre à une balle de base-ball boueuse expédiée au loin, c'était là que l'on se sentait vraiment seul, errant dans les plaines de l'espace, en route pour un endroit inimaginable.

Rien de surprenant, donc, si les premiers émigrants furent rares. Leur nombre s'accrut régulièrement en proportion des Terriens déjà recensés sur Mars. Les chiffres étaient une source de réconfort. Mais les premiers Solitaires ne durent compter que sur eux-mêmes.

DÉCEMBRE 2032

Le matin vert

Au coucher du soleil, il s'accroupit au bord du sentier, se fit cuire un frugal dîner et écouta le feu crépiter tandis qu'il portait la nourriture à sa bouche et mastiquait pensivement. Encore une journée passée, comme les trente précédentes, à creuser dès l'aube une multitude de trous bien nets, à y déposer des semences et à apporter de l'eau des canaux brasillants. À présent, allongé par terre, son corps frêle écrasé de fatigue, il regardait le ciel s'assombrir de nuance en nuance.

Il s'appelait Benjamin Driscoll et avait trente et un ans. Et son unique désir était de voir Mars verdoyer, se couvrir d'arbres et de feuillage qui produiraient de l'air, toujours plus d'air, et croîtraient au fil des saisons ; des arbres pour rafraîchir les villes au plus fort de l'été, des arbres pour faire obstacle aux vents d'hiver. Un arbre avait tellement de fonctions : apporter une note de couleur, fournir de l'ombre, donner des fruits, servir de terrain de jeu aux enfants, leur offrir tout un univers aérien où grimper et se suspendre ; une architecture dispensatrice de nourriture et de plaisir, voilà ce qu'était un arbre. Mais avant tout les arbres distilleraient un air revigorant pour les poumons et un bruissement doux à l'oreille, berceur, quand, la nuit, dans un lit neigeux, on s'abandonnerait au sommeil.

Il écoutait la terre sombre se recueillir dans l'attente du soleil, des pluies encore à venir. L'oreille collée au sol, il entendait le pas lointain des années futures et imaginait les graines semées du matin surgissant du sol en pousses vertes, prenant possession du ciel, déployant une branche après l'autre, jusqu'à ce que Mars ne soit qu'une forêt l'après-midi, un verger resplendissant.

Au petit matin, quand un soleil pâlichon commencerait à se lever dans le moutonnement des collines, il serait debout et, après avoir expédié en quelques minutes un petit déjeuner au goût de fumée et piétiné les cendres de son feu, il se mettrait en route avec ses sacs à dos pour éprouver le sol, creuser, planter graines et pousses, tasser légèrement la terre, arroser et ainsi de suite, tout en sifflant et en regardant le ciel de plus en plus lumineux aller vers un midi brûlant.

«Il te faut de l'air», dit-il à son feu nocturne, ce compagnon rougeoyant et pétulant qui vous retournait des réponses crépitantes, dormait à côté de vous, dispensant tout au long de la nuit frisquette la chaleur de ses yeux roses ensommeillés. «Nous avons tous besoin d'air. Il est rare sur Mars. On se fatigue tellement vite. C'est comme si on vivait dans les Andes, en Amérique du Sud, sur les sommets. On respire et rien ne vient. On reste sur sa faim.»

Il palpa sa cage thoracique. Comme elle s'était développée en un mois! Pour avaler plus d'air, tout le monde devait se construire des poumons adéquats. Ou planter toujours plus d'arbres.

«C'est pour ça que je suis là», dit-il. Le feu pétilla. «À l'école on nous racontait l'histoire de Johnny Pépin de pomme, qui arpentait l'Amérique en plantant des pommiers. Eh bien, je fais mieux. Je plante des chênes, des ormes, des érables, toutes sortes d'arbres, des trembles, des cèdres, des châtaigniers. Au lieu de faire simplement pousser des fruits pour le ventre, je fabrique de l'air pour les poumons. Quand, un jour, ces arbres auront grandi, *songe* à l'oxygène qu'ils produiront ! »

Il se souvenait de son arrivée sur Mars. Comme un millier d'autres, il avait écarquillé les yeux sur un matin silencieux et pensé : Comment vais-je trouver ma place ici ? Que vais-je y faire ? Y a-t-il un travail pour moi ?

Puis il s'était évanoui.

Quelqu'un lui avait fourré une fiole d'ammoniaque sous le nez et il était revenu à lui en toussant.

« Ça va aller, lui dit le docteur.

— Qu'est-ce qui m'est arrivé ?

— C'est la raréfaction de l'air. Certains ne le supportent pas. Je crains que vous ne soyez obligé de retourner sur la Terre.

— Non ! » Il s'assit et sentit presque aussitôt un voile noir lui tomber sur les yeux et Mars tourner deux fois au-dessous de lui. Ses narines se dilatèrent et il força ses poumons à aspirer une grande bouffée de vide. « Ça ira, dit-il. Il faut que je reste ici ! »

Ils le laissèrent allongé, suffoquant, en proie à d'atroces mouvements convulsifs, comme un poisson hors de l'eau. Et il pensait : L'air, l'air, l'air. Ils veulent me renvoyer à cause de l'air. Il tourna la tête pour regarder les plaines et les collines martiennes. Il accommoda, et la première chose qu'il remarqua fut le manque d'arbres, l'absence totale d'arbres à perte de vue. Le sol était nu, un sol de terreau, mais sans rien dessus, pas même de l'herbe L'air, songea-t-il, cette chose impalpable qui siffle dans les narines. L'air, l'air. Et au sommet des collines, ou dans leur ombre, ou même au bord des ruisseaux, pas un arbre, pas le moindre brin d'herbe verte. Bien sûr ! La réponse ne venait pas de son intelligence, mais de ses poumons et de sa gorge. Et cette pensée lui fit l'effet d'une brusque bouffée d'oxygène pur et le remit debout. Des arbres et de l'herbe. Il abaissa les yeux sur ses mains et les retourna. Il planterait des arbres et de l'herbe. Tel serait son travail :

combattre ce qui précisément risquait de l'empêcher de rester ici. Il mènerait une guerre horticole personnelle contre Mars. Le sol d'autrefois était là, ainsi que ses plantes si anciennes qu'elles s'étaient épuisées. Mais si l'on introduisait des espèces nouvelles ? Des arbres de la Terre, de grands mimosas, des saules pleureurs, des magnolias et de magnifiques eucalyptus. Hein ? Allez savoir quelles richesses minérales étaient cachées dans le sol, inexploitées en raison de l'exténuation des antiques fougères, fleurs, broussailles et arbres.

« Laissez-moi me lever ! cria-t-il. Il faut que je voie le Coordinateur ! »

Le Coordinateur et lui avaient passé toute une matinée à discuter pousses et verdure. Il faudrait des mois, sinon des années, avant qu'une plantation organisée soit entreprise. Jusqu'à présent, on faisait venir des aliments congelés de la Terre dans des blocs de glace volants ; quelques jardins communautaires verdissaient dans des usines hydroponiques.

« En attendant, dit le Coordinateur, ce sera votre travail. Nous vous fournirons ce que nous pourrons en matière de semences et un petit équipement. On ne dispose plus que d'un espace très limité dans les fusées. Nos premières villes étant des communautés minières, je crains que vos plantations d'arbres ne suscitent guère de sympathie..

— Mais vous m'en donnez l'autorisation ? »

On la lui donna. Muni d'une simple motocyclette, sa remorque chargée d'un riche assortiment de graines et de pousses, il avait arrêté son véhicule au beau milieu de la désolation et commencé à sillonner le paysage à pied.

Il y avait trente jours de cela, et il n'avait jamais jeté un coup d'œil en arrière. Car ce coup d'œil lui aurait fait mal au cœur. Une extrême sécheresse sévissait ; il était douteux que des graines aient déjà germé. Toute sa campagne, ces quatre semaines passées à se casser les reins et à creuser étaient peut-être perdues. Il gardait les yeux fixés devant lui, s'enfonçant dans cette vallée peu encaissée, loin de Ville Un, appelant les pluies de ses vœux.

Et voilà que des nuages s'amoncelaient sur les sommets desséchés au moment où il tirait sa couverture sur ses épaules. Mars était un monde aussi imprévisible que la ligne du temps. Il sentait les collines recuites se refroidir à mesure qu'elles sombraient dans la nuit glaciale, et songeait au sol riche, noir d'encre, si noir et luisant qu'il semblait doué de vie au creux de la main, un sol de premier ordre, susceptible de produire des tiges de haricots gigantesques qu'il suffirait de secouer assez fort pour qu'il en tombe des géants hurlants.

Le feu tremblota, se réduisant peu à peu à des cendres ensommeillées. Le ciel fut ébranlé par le roulement lointain d'une roue de charrette. Le tonnerre. Une soudaine odeur d'eau. Cette nuit, se dit-il, et il tendit la main dans l'espoir de sentir des gouttes. Cette nuit.

Une petite tape sur le front le réveilla.

De l'eau lui coulait le long du nez pour s'infiltrer entre ses lèvres. Une autre goutte lui toucha l'œil, lui brouillant la vue. Une autre lui éclaboussa le menton.

La pluie.

Pure, douce, clémente, élixir de choix distillé par le ciel, elle avait un goût d'enchantements, d'étoiles et d'air, relevé d'une pointe de poivre, et glissait sur sa langue comme un sherry exceptionnellement léger.

La pluie.

Il s'assit, laissa retomber sa couverture et se consteller sa chemise de toile bleue tandis que les gouttes se faisaient plus substantielles. On aurait dit qu'un animal invisible dansait sur le feu, le tassant jusqu'à qu'il ne soit plus qu'un filet de fumée irritée. La pluie tombait. Le grand couvercle du ciel se brisa en six éclats bleuâtres pulvérulents, tel un vernis fendillé à souhait, et s'effondra. Il vit des milliards de gouttes cristallines hésiter le temps qu'il fallait pour être photographiées dans le flash de la décharge électrique. Puis il n'y eut plus qu'eau et ténèbres.

Il était trempé jusqu'à l'os, mais, le visage levé, laissant l'eau lui fouetter les paupières, il riait. Il frappa des mains, bondit sur ses pieds, se mit à marcher autour de son modeste bivouac, et il était une heure du matin.

La pluie tomba sans interruption deux heures durant, puis s'arrêta. Les étoiles réapparurent, lavées de frais et plus brillantes que jamais.

Après avoir enfilé des vêtements secs prélevés dans leur emballage de plastique, Benjamin Driscoll s'allongea et, tout joyeux, se rendormit.

Le soleil se leva lentement parmi les collines, inonda le paysage en toute tranquillité et réveilla Benjamin Driscoll là où il s'était couché.

Il attendit un moment avant de se mettre debout. Il avait travaillé et patienté tout un long mois torride et, une fois sur ses jambes, il se retourna enfin et regarda dans la direction d'où il était venu.

C'était un matin vert.

À perte de vue, les arbres se dressaient sur la toile de fond du ciel. Non pas un ou deux arbres, ni une douzaine, mais les milliers qu'il avait plantés en pousses ou en graines. Et non de petits arbres, non, ni de jeunes arbres, ni de petites pousses tendres, mais de grands, d'immenses arbres, hauts comme dix hommes, verts, verts, énormes, ronds et pleins, des arbres qui miroitaient de toutes leurs feuilles aux reflets métalliques, des arbres murmurants, des arbres en ligne continue qui submergeaient les collines, citronniers, limettiers, séquoias et mimosas, chênes, ormes et trembles, cerisiers, érables, frênes, pommiers, orangers, eucalyptus, aiguillonnés par une pluie tumultueuse, nourris par un sol étranger et magique et, sous ses propres yeux, continuant de lancer de nouvelles branches, de faire éclater de nouveaux bourgeons.

« Impossible ! » s'écria Benjamin Driscoll.

Mais la vallée et le matin étaient verts.

Et l'air !

De partout, comme une eau vive, un torrent de montagne, affluait l'air nouveau, l'oxygène dégagé par la verdure. On pouvait le voir chatoyer tout là-haut en tourbillons cristallins. L'oxygène, frais, pur, vert, l'oxygène qui transformait froidement la vallée en un véritable delta. D'un instant à l'autre, les portes de la ville s'ouvriraient en grand, les gens sortiraient en courant pour se précipiter dans cet oxygène miraculeux, le reniflant, s'en gorgeant à pleines goulées, les joues rosies, le nez gelé, les poumons revivifiés, le cœur bondissant et le corps, si usé soit-il, soulevé par des envies de danser.

Mr. Benjamin Driscoll s'octroya une grande gorgée de cet air vert d'eau et s'évanouit.

Avant qu'il n'ait repris connaissance, cinq mille arbres nouveaux s'étaient dressés dans le jaune du soleil.

FÉVRIER 2033

Les sauterelles

Les fusées mettaient le feu aux plaines décharnées,
transformaient la roche en lave, le bois en charbon,
convertissaient l'eau en vapeur, vitrifiaient le sable et la
silice en plaques qui, partout, tels les éclats d'un miroir
brisé, reflétaient l'invasion. Les fusées arrivaient
comme autant de tambours qui labouraient la nuit de
leurs roulements. Comme des sauterelles, par nuages
entiers qui se posaient dans une floraison de fumée
rosâtre. Et des fusées s'élançaient des hommes armés de
marteaux pour reforger ce monde étrange, lui donner un
aspect familier, en écraser toute l'étrangeté ; la bouche
frangée de clous, pareils à des carnivores aux dents
d'acier, ils les crachaient dans leurs mains lestes à
mesure qu'ils dressaient de petites maisons en bois,
galopaient sur les toits avec des bardeaux destinés à
masquer toutes ces étoiles peu rassurantes, installaient
des stores verts aux fenêtres pour que la nuit reste invisible. Et quand les charpentiers avaient décampé, les
femmes s'amenaient avec leurs pots de fleurs, leur tissu
imprimé, leurs casseroles, et le bruit de vaisselle qui
s'ensuivait couvrait le silence de Mars à l'affût derrière
les portes et les fenêtres aux stores tirés.

En six mois, une douzaine de petites villes furent fon-
dées sur la planète dénudée, remplies de tubes au néon

grésillants et d'ampoules électriques jaunes. Au total, quelque quatre-vingt-dix mille personnes avaient débarqué sur Mars, et d'autres, sur la Terre, faisaient leurs bagages…

Rencontre nocturne

Avant de s'engager dans les collines bleues, Tomás Gomez s'arrêta pour se ravitailler en essence à la station isolée.

« Vous vous sentez pas un peu seul dans le coin, papy ? »

Le vieil homme donna un coup de chiffon au pare-brise de la camionnette. « Pas d'trop.

— Comment vous trouvez Mars, papy ?

— Très bien. Toujours du neuf. Quand je suis venu ici, l'année dernière, j'étais décidé à ne rien attendre, ne rien demander, ne m'étonner de rien. Il faut qu'on oublie la Terre et comment c'était là-bas. Il faut regarder ce qu'on a ici, et à quel point c'est *différent*. Je m'amuse comme un petit fou rien qu'avec la météo. Une météo vraiment *martienne*. Une chaleur de tous les diables le jour, un froid de tous les diables la nuit. Je me régale avec les fleurs, différentes, et la pluie, différente elle aussi. Je suis venu sur Mars pour y prendre ma retraite, et pour ça, la retraite, je voulais du changement. Les vieux ont besoin de changement. Les jeunes n'ont pas envie de leur causer, les autres vieux les ennuient à mort. Alors je me suis dit que le mieux pour moi, c'était un endroit tellement différent qu'il n'y aurait qu'à ouvrir les yeux pour avoir de la distraction. J'ai cette station-service. Si les affaires s'emballent, j'irai me réinstaller sur une vieille route moins fréquentée où je pourrai gagner juste de quoi vivre et continuer d'avoir le temps de profiter de tout ce qu'il y a de *différent* ici.

— Vous avez bien raison, papy », dit Tomás, ses mains basanées négligemment posées sur le volant. Il se sentait bien. Il venait de travailler dix jours d'affilée à l'une des nouvelles colonies et saisissait à présent l'occasion de deux jours de congé pour se rendre à une petite fête.

« Plus rien ne me surprend, dit le vieil homme. Je me contente de regarder. De ressentir. Si on n'est pas capable d'accepter Mars comme elle est, autant retourner sur la Terre. Tout est fou ici, le sol, l'air, les canaux, les indigènes (j'en ai encore jamais vu, mais il paraît qu'il y en a dans les environs), les horloges. Même celle que j'ai se comporte bizarrement. Même le *temps* est fou ici. Des fois, j'ai l'impression d'être tout seul ici, sans personne d'autre sur toute cette fichue planète. J'en mettrais ma main à couper. Des fois, j'ai l'impression d'avoir huit ans, d'avoir rapetissé et de tout trouver grand. Bon sang, c'est l'endroit rêvé pour un vieux. Ici, je suis toujours gaillard et content. Vous savez ce qu'est Mars ? C'est comme un truc que j'ai eu à Noël il y a de ça soixante-dix ans — j'sais pas si vous en avez jamais eu un —, on appelait ça un kaléidoscope, des cristaux, des morceaux de tissu, des perles et de la verroterie. On tournait ça vers le jour, on regardait dedans et c'était à couper le souffle. Tous ces motifs ! Eh bien, c'est Mars. Profitez-en. Ne lui demandez rien d'autre que ce qu'elle est. Bon sang, vous savez que cette route, là, a été construite par les Martiens il y a plus d'une quinzaine de siècles et qu'elle est toujours en bon état ? Ça fait un dollar cinquante, merci et bonne nuit. »

Tomás reprit la vieille route avec un petit rire de gorge.

Il avait un long trajet à faire dans les collines et l'obscurité, et il ne lâchait pas le volant, sauf de temps en temps, pour prendre une sucrerie dans sa mallette-repas. Il roulait depuis une heure ; pas une seule voiture ni la moindre lumière à l'horizon, rien que la route qui s'engouffrait sous le capot, le ronronnement du moteur, et Mars dehors, si calme. Mars était toujours calme, mais plus particulièrement cette nuit-là. Les déserts et les mers vides défilaient sur les côtés, et les montagnes de même, sur fond de ciel étoilé.

Il y avait dans l'air comme une odeur de Temps. Il sourit et retourna cette drôle d'idée dans sa tête. Il y avait là quelque chose à creuser. À quoi pouvait bien ressembler l'odeur du Temps ? À celle de la poussière, des horloges et des gens. Et si on se demandait quelle sorte de bruit faisait le Temps, ce ne pouvait qu'être celui de l'eau ruisselant dans une grotte obscure, des pleurs, de la terre tombant sur des couvercles de boîtes aux échos caverneux, de la pluie. Et en allant plus loin, quel *aspect* présentait temps ? Le temps était de la neige en train de tomber silencieusement dans une pièce plongée dans le noir, ou un film muet dans un cinéma d'autrefois, des milliards de visages dégringolant comme ces ballons du Nouvel An, sombrant, s'abîmant dans le néant. Tels étaient l'odeur, le bruit et l'aspect du Temps. Et ce soir — Tomás plongea une main dans le vent à l'extérieur de la camionnette —, ce soir, on pouvait presque *toucher* le Temps.

Il roulait entre des collines de Temps. Il en éprouva des picotements sur la nuque et se carra dans son siège, fixant son regard sur la route.

Il s'arrêta en plein milieu d'une bourgade morte, coupa le moteur et s'abandonna au silence environnant. Retenant sa respiration, il regardait les constructions blanches dans le clair de lune. Inhabitées depuis des siècles. Parfaites, sans défauts, en ruine, certes, mais néanmoins parfaites.

Il remit le moteur en marche et fit encore deux ou trois kilomètres avant de s'arrêter de nouveau. Sa mallette-repas à la main, il mit pied à terre et grimpa sur un petit promontoire d'où l'on dominait la cité poudreuse. Il ouvrit son thermos et se versa une tasse de café. Un oiseau de nuit passa. Tomás était pénétré d'un profond sentiment de bien-être et de paix.

Peut-être cinq minutes plus tard, il entendit un bruit. Là-bas, dans les collines, là où la vieille route s'incurvait, il perçut un mouvement, une faible lueur, puis un murmure.

Il pivota lentement sans lâcher sa tasse.

Et une étrange chose sortit des collines.

C'était une machine pareille à un insecte vert jade, à une mante religieuse, qui filait en douceur dans l'air froid, indistincte, constellée de diamants verts clignotants et de rubis qui scintillaient comme autant d'yeux à facettes. Ses six pattes se posèrent sur la vieille route avec un bruit d'ondée qui se calme progressivement, et de l'arrière de la machine un Martien aux yeux d'or fondu regarda Tomás comme s'il se penchait au-dessus d'un puits.

Tomás leva la main et pensa automatiquement : « Salut ! » mais sans remuer les lèvres, car c'était *là* un Martien. Mais Tomás s'était baigné dans des rivières bleues sur la Terre, le long de routes où passaient des étrangers, s'était restauré dans des maisons inconnues en compagnie d'inconnus, et sa seule arme avait toujours été son sourire. Il ne portait pas de pistolet. Et n'en éprouvait pas le besoin en cet instant, même avec la légère angoisse qui lui pinçait le cœur.

Le Martien avait lui aussi les mains vides. Ils se dévisagèrent un certain temps dans l'air frisquet.

Ce fut Tomás qui fit le premier mouvement.

« Salut ! lança-t-il.

— Salut ! » lança le Martien dans sa propre langue.

Ils ne se comprirent point.

« Vous avez dit salut ? demandèrent-ils en même temps.

— Qu'est-ce que vous avez dit ? » firent-ils, chacun dans une langue différente.

Ils se renfrognèrent.

« Qui êtes-vous ? interrogea Tomás dans sa langue.

— Qu'est-ce que vous faites ici ? » En martien ; les lèvres de l'étranger bougeaient.

« Où allez-vous ? » demandèrent-ils ensemble. Et ils parurent tout désorientés.

« Je m'appelle Tomás Gomez

— Je m'appelle Muhe Ca. »

Ni l'un ni l'autre ne comprit, mais ils avaient accompagné leurs paroles d'une petite tape sur leur poitrine et tout devint clair.

Alors le Martien éclata de rire. « Attendez ! » Tomás eut l'impression qu'on lui touchait la tête, mais nulle main ne l'avait touché. « Là ! dit le Martien dans la langue de Tomás. C'est mieux comme ça !

— Avec quelle vitesse vous avez appris ma langue !

— Un jeu d'enfant ! »

Gênés par un nouveau silence, ils regardèrent le café qui n'avait pas quitté la main de Tomás.

« Nouveau ? » dit le Martien en lorgnant Tomás et le café — et en se référant peut-être aux deux.

« Puis-je vous offrir quelque chose à boire ? proposa Tomás.

— Volontiers. »

Le Martien glissa à bas de sa machine.

Une deuxième tasse fut produite et remplie de café fumant. Tomás la tendit.

Leurs mains se rencontrèrent et — comme de la brume — se traversèrent.

« Bon sang ! » s'écria Tomás. Et il lâcha la tasse.

« Par tous les dieux ! s'exclama le Martien dans sa propre langue.

— Vous avez vu ça ? » murmurèrent-ils ensemble.

Ils étaient soudain glacés de terreur.

Le Martien se baissa pour toucher la tasse mais n'y parvint pas.

« Sapristi ! fit Tomás.

— C'est le mot. » Le Martien essaya encore et encore

de saisir la tasse. Peine perdue. Il se redressa, réfléchit un moment, puis tira un couteau de sa ceinture.

«Hé là! cria Tomás.

— Vous vous méprenez, attrapez!» Et le Martien lui lança le couteau. Tomás mit ses mains en coupe. Le couteau tomba à travers la chair et heurta le sol. Tomás se baissa pour le ramasser, mais il ne parvint pas à le toucher. Il recula, parcouru de frissons.

Il regarda alors le Martien qui se découpait sur le ciel.

«Les étoiles! dit-il.

— Les étoiles!» dit le Martien en regardant Tomás à son tour.

Les étoiles étaient visibles, nettes et blanches, à travers la chair du Martien, dans laquelle elles semblaient cousues telles des paillettes en suspension dans la fine membrane phosphorescente de quelque créature marine gélatineuse. On les voyait scintiller comme des yeux violets dans le ventre et la poitrine du Martien et comme des bijoux à travers ses poignets.

«Je vois à travers vous! dit Tomás.

— Et moi à travers vous!» dit le Martien en reculant d'un pas.

Tomás tâta son propre corps et, percevant sa chaleur, se sentit rassuré. *Je* suis bien réel, se dit-il.

Le Martien se toucha le nez et les lèvres. «*Je* sens ma chair, dit-il presque à haute voix. *Je* suis vivant.»

Tomás regarda fixement l'étranger. «Et si *je* suis réel, c'est que *vous* devez être mort.

— Non, vous!

— Un spectre!

— Un fantôme!»

Ils se désignaient mutuellement du doigt, la lumière des étoiles constellant leurs membres comme autant de dagues, de glaçons et de lucioles. Puis ils se remirent à examiner leur corps, et chacun de se trouver intact, brûlant, en émoi, stupéfait, intimidé, alors que l'autre — ah oui, cet autre, là — était dépourvu de réalité, ne pouvait être qu'un prisme fantomatique réfléchissant la lumière accumulée de mondes lointains.

Je suis ivre, se dit Tomás. Ne surtout pas parler de tout ça à quelqu'un demain, oh, non !

Ils se tenaient sur la vieille route, aussi immobiles l'un que l'autre.

« D'où venez-vous ? demanda enfin le Martien.

— De la Terre.

— Qu'est-ce que c'est que ça ?

— C'est là-bas, précisa Tomás avec un mouvement de tête vers le ciel.

— Quand ?

— On a débarqué ici il y a un peu plus d'un an, vous vous souvenez ?

— Non.

— Et vous étiez tous morts, à quelques exceptions près. Vous êtes devenus une rareté, vous ne *savez* pas ça ?

— Ce n'est pas vrai.

— Si, morts. J'ai vu les corps. Tout noirs, dans les pièces, dans les maisons, morts. Par milliers.

— C'est ridicule. Nous sommes *vivants* !

— Vous vous êtes fait envahir, mon vieux, seulement vous l'ignorez. Vous devez être un rescapé.

— Je ne suis pas un rescapé ; rescapé de quoi, d'abord ? Là, je vais à un festival sur le canal, près des monts Eniall. J'y étais hier soir. Vous ne voyez pas la cité là-bas ? » Le Martien la désigna du doigt.

Tomás regarda et ne vit que les ruines. « Allons, cette ville est morte depuis des milliers d'années. »

Le Martien s'esclaffa. « Morte. J'y ai dormi hier !

— Et moi j'y suis passé la semaine dernière et la semaine d'avant, et je viens juste de la traverser, et c'est un tas de ruines. Vous voyez ces colonnes brisées ?

— Brisées ? Enfin, je les vois très bien. Surtout avec le clair de lune. Et ces colonnes sont debout.

— Les rues sont pleines de poussière.

— Les rues sont propres !

— Les canaux sont à sec.

— Les canaux sont pleins de vin de lavande !

— Tout ça est mort.

— Tout ça est vivant ! protesta le Martien en riant de plus belle. Vous vous trompez complètement. Vous ne voyez pas toutes ces lumières de carnaval ? Il y a de superbes bateaux sveltes comme des femmes, de superbes femmes sveltes comme des bateaux, des femmes couleur de sable, des femmes avec des fleurs de feu dans les mains. Je les vois d'ici, toutes petites, en train de courir dans les rues.

« C'est là que je me rends ce soir, au festival ; on va passer toute la nuit sur l'eau ; on va chanter, on va boire, on va faire l'amour. Vous ne *voyez* pas ?

— Cette ville est aussi morte qu'un lézard desséché, mon vieux. Demandez à n'importe lequel d'entre nous. Moi, ce soir, je vais à Verteville ; c'est la nouvelle colonie qu'on vient juste de bâtir là-bas, près de la route de l'Illinois. Vous vous emmêlez les pédales. On a importé quelque trois cents kilomètres de planches de l'Oregon, deux douzaines de tonnes de bons clous d'acier, et construit avec ça deux des plus jolis villages qu'on ait jamais vus. Ce soir on en inaugure un. Deux fusées viennent d'arriver de la Terre avec nos femmes et nos petites amies. On va danser la gigue, boire du whisky… »

Le Martien avait perdu de son aplomb. « *Là-bas,* dites-vous ?

— Tenez, voilà les fusées. » Tomás l'emmena au bord du surplomb rocheux et désigna la vallée du doigt. « Vous voyez ?

— Non.

— Bon Dieu, elles *sont* pourtant là ! Ces longues formes argentées.

— Non. »

Ce fut au tour de Tomás de s'esclaffer. « Vous êtes aveugle !

— Je vois très bien. C'est vous qui ne voyez pas.

— Mais vous voyez la *nouvelle* ville, non ?

— Je ne vois qu'un océan et des eaux à marée basse.

— Il y a quarante siècles que ces eaux se sont évaporées, mon vieux.

— Bon, maintenant, ça suffit !

— C'est la vérité, je vous le garantis. »

Le Martien prit un air extrêmement sérieux. « Redites-moi ça. Vous ne voyez pas la cité telle que je la décris ? Les colonnes si blanches, les bateaux si sveltes, les lumières du festival... oh, moi, je les vois *très bien !* Et prêtez l'oreille ! J'entends des gens chanter. C'est là, tout près. »

Tomás écouta et secoua la tête. « Non.

— Et de mon côté, reprit le Martien, je ne vois pas ce que vous décrivez. Nous voilà bien. »

Une fois de plus, ils étaient transis. Leur chair se transformait en glace.

« Se pourrait-il... ?

— Quoi ?

— Vous dites "du ciel" ?

— De la Terre.

— La Terre, un nom, rien. Mais... en arrivant au sommet du col tout à l'heure... » Il se toucha la nuque. « J'ai eu une impression de...

— Froid ?

— Oui.

— Et maintenant ?

— Ça recommence. Une sensation bizarre. Il y avait je ne sais quoi dans la lumière, les collines, la route. Quelque chose d'étrange que j'ai ressenti, la route, la lumière, et j'ai eu un instant l'impression d'être le dernier homme vivant en ce monde...

— Moi aussi ! » s'écria Tomás, qui aurait soudain pu

se croire en train de parler à un vieil ami, de se confier, de se laisser emporter dans le feu de la conversation.

Le Martien ferma les yeux et les rouvrit. «Je ne vois qu'une seule explication. Ça a à voir avec le Temps. Oui. Vous êtes une vision du Passé !

— Non, c'est vous qui venez du Passé», dit le Terrien, qui avait eu le temps de retourner la question dans sa tête.

«Vous êtes bien sûr de vous. Comment pouvez-vous prouver qui vient du Passé, qui vient du Futur ? En quelle année sommes-nous ?

— En 2033 !

— Qu'est-ce que cela signifie pour *moi ?* »

Tomás réfléchit et haussa les épaules. «Rien.

— C'est comme si je vous disais que l'on est en 4 462 853 S.E.C. Ce n'est rien et ce n'est pas rien ! Où est l'horloge qui va nous montrer quelle est la position des étoiles ?

— Mais les ruines le prouvent ! Elles prouvent que *je* représente le futur, que *je* suis vivant et *vous* mort !

— Tout en moi affirme le contraire. Mon cœur bat, mon ventre a faim, ma bouche a soif. Non, non, l'un comme l'autre, nous ne sommes ni morts ni vivants. Plutôt vivants, quand même. Plus exactement, entre les deux. Deux étrangers qui passent dans la nuit, voilà tout. Deux étrangers qui passent. Des ruines, dites-vous ?

— Oui. Cela vous fait peur ?

— Qui a envie de voir le Futur, est-ce *seulement* imaginable ? On peut faire face au Passé, mais songer… les colonnes *écroulées*, dites-vous ? Et la mer vide, les canaux à sec, les jeunes filles mortes, les fleurs flétries ?» Le Martien se tut, puis il regarda devant lui. «Mais tout ça est *là*. Je le *vois*. N'est-ce pas suffisant pour moi ? Tout ça m'attend, peu importe ce que pouvez dire. »

Tomás, *lui*, était attendu par les fusées, là-bas, par la ville et les femmes de la Terre. «Impossible de se mettre d'accord, dit-il.

— Alors soyons d'accord sur notre désaccord. Peu importe qui représente le Passé ou le Futur, si nous sommes tous deux vivants, car ce qui doit suivre suivra, demain ou dans dix mille ans. Qu'est-ce qui vous assure que ces temples ne sont pas ceux de votre propre civilisation d'ici une centaine de siècles, en ruine, brisés ? Vous n'en savez rien. Alors ne vous posez pas de questions. Mais la nuit est courte. Voilà les feux du festival qui montent dans le ciel, et les oiseaux. »

Tomás tendit sa main. Le Martien l'imita.

Leurs mains ne se touchèrent point ; elles s'interpénétrèrent.

« Nous reverrons-nous ?

— Qui sait ? Peut-être une autre nuit.

— J'aimerais vous accompagner à ce festival.

— Et j'aimerais pouvoir me rendre à votre ville nouvelle, voir ce vaisseau dont vous parlez, voir ces hommes, apprendre tout ce qui s'est passé.

— Au revoir, dit Tomás.

— Bonne nuit. »

Le Martien réintégra son véhicule de métal vert et s'éloigna en douceur dans les collines. Le Terrien fit faire demi-tour à sa camionnette et prit discrètement la direction opposée.

« Seigneur Dieu, quel rêve », soupira Tomás, les mains sur le volant, songeant aux fusées, aux femmes, au bon whisky artisanal, aux danses de Virginie, à la fête.

Quelle étrange vision, se disait le Martien lancé à toute vitesse, songeant au festival, aux canaux, aux bateaux, aux femmes aux yeux d'or, aux chansons.

La nuit était sombre. Les lunes s'étaient couchées. Les étoiles scintillaient sur la route vide où il n'y avait plus un bruit, plus de voiture, plus personne, plus rien. Et qui demeura ainsi, dans le noir et la froidure, tout le reste de la nuit.

OCTOBRE 2033

Le rivage

Mars était un rivage lointain sur lequel les hommes se répandaient par vagues. Chaque vague était différente, et chaque vague plus forte. La première apporta des hommes habitués aux grands espaces, au froid et à la solitude, qui vivaient au milieu des coyotes et du bétail, des hommes sans la moindre once de graisse, au visage émacié par les années, aux yeux en têtes de clous, aux mains parcheminées comme de vieux gants, prêtes à se poser sur n'importe quoi. Mars ne pouvait rien contre eux, car ils avaient pour élément naturel des plaines et des prairies aussi vastes que les étendues martiennes. Ils arrivèrent et rendirent tout ce vide un peu moins vide, pour en encourager d'autres à les suivre. Ils mirent des carreaux aux fenêtres béantes et des lumières derrière les carreaux.

C'étaient les premiers hommes.

Chacun savait qui seraient les premières femmes.

Les seconds émigrants auraient dû venir d'autres pays, avec d'autres accents et d'autres idées. Mais les fusées étaient américaines, les hommes étaient américains, et les choses en restèrent là, tandis que l'Europe, l'Asie, l'Amérique du Sud, l'Australie et les îles regardaient les chandelles romaines partir sans eux. Le reste du monde était plongé dans la guerre ou des pensées de guerre.

Les seconds émigrants furent donc encore des Améri-

cains. Issus des quartiers populaires et des couloirs de
métro, ils trouvèrent un repos immensément réparateur
auprès de ces hommes taciturnes qui venaient des États
fertiles en épineux et connaissaient si bien la valeur du
silence qu'on se sentait rempli de paix à leur contact après
tant d'années de compression dans des tubes, des boîtes et
des caisses à New York.

Et parmi les seconds émigrants s'en trouvaient certains
qui, à en juger par leurs yeux, avaient l'air d'être en route
vers Dieu…

NOVEMBRE 2033

Les ballons de feu

Des gerbes de feu se déployaient au-dessus des pelouses dans la nuit estivale. On voyait s'illuminer des visages d'oncles et de tantes. Des fusées explosaient dans les yeux bruns de quelques cousins installés sur la terrasse, et les baguettes calcinées retombaient avec un bruit sourd au loin, dans les prés grillés par la sécheresse.

Le Très Révérend Père Joseph Daniel Peregrine ouvrit les yeux. Quel rêve ! Lui et ses cousins tout à leur joie pyrotechnique à l'ancienne maison de son grand-père, dans l'Ohio, en des temps si lointains !

Il demeura allongé, à l'écoute du grand vide de l'église, des autres cellules où reposaient les autres Pères. S'étaient-ils couchés, eux aussi, à la veille du vol de la fusée *Crucifix*, avec des souvenirs de 4 juillet ? Oui. Chacun retenait sa respiration, comme en ces aubes de fête de l'Indépendance, quand on attendait la première secousse pour se précipiter sur les trottoirs humides de rosée, les mains pleines de miracles sonores.

Ils étaient là, les Pères de l'Église épiscopale, à jouir du dernier répit de l'aube avant de filer vers Mars, laissant flotter leur encens dans la cathédrale veloutée de l'espace.

« Faut-il vraiment que nous y allions ? murmura Père Peregrine. Ne devrions-nous pas nous laver de nos propres péchés sur la Terre ? Ne fuyons-nous pas la vie que nous avons ici ? »

Il se leva, déplaçant avec lourdeur son corps bien en chair, haut en couleur avec ses nuances de fraise, de lait et de filet de bœuf.

« Ou est-ce simple mollesse ? se demanda-t-il. Craindrais-je le voyage ? »

Il s'avança sous la pluie d'aiguilles de la douche.

« Je t'emmènerai quand même sur Mars, mon bon-homme, lança-t-il à sa propre adresse. On laisse les anciens péchés ici. Et direction Mars pour en trouver de nouveaux ? » Une pensée délicieuse, ou peu s'en fallait. Des péchés auxquels personne n'avait jamais pensé. N'avait-il pas écrit un petit livre sur la question, *Le Problème du péché sur les autres mondes,* ignoré au nom d'un certain manque de sérieux par la confrérie épisco-pale ?

Pas plus tard que la veille au soir, savourant un dernier cigare, il avait abordé le sujet avec Père Stone.

« Sur Mars, le péché risque de passer pour vertu. Nous devrons être vigilants en matière d'actes vertueux qui, par la suite, pourraient se révéler des péchés ! avait dit Père Peregrine, rayonnant. N'est-ce pas exaltant ? Il faut remonter des siècles en arrière pour voir pareille aventure accompagner la perspective d'être missionnaire !

— Personnellement, avait affirmé avec force Père Stone, je reconnaîtrai le péché, *même* sur Mars.

— Oh, nous autres prêtres nous targuons d'être du papier de tournesol, de changer de couleur en présence du péché, mais à supposer que la chimie martienne soit telle que nous n'ayons plus cette faculté ? S'il existe d'autres formes de sensibilité sur Mars, vous devez admettre la possibilité de péchés non reconnaissables.

— S'il n'y a pas intention de faire le mal, il n'y a ni péché, ni punition afférente — c'est ce que nous dit le Seigneur, avait répliqué Père Stone.

— Sur la Terre, certes. Mais un péché martien pourrait très bien informer le subconscient de son caractère pernicieux, par télépathie, tout en laissant la part consciente de l'individu libre d'agir, apparemment en toute innocence ! Que faisons-nous dans ce cas-*là* ?

— Quels nouveaux péchés voulez-vous qu'on rencontre ? »

Père Peregrine s'était penché pesamment en avant. « *Seul*, Adam n'a pas péché. Ajoutez Ève et vous ajoutez la tentation. Ajoutez un deuxième homme et vous rendez l'adultère possible. Avec l'ajout du sexe ou des gens, vous ajoutez le péché. Si les hommes n'avaient pas de bras, ils ne pourraient pas étrangler. Vous n'auriez pas ce péché particulier qu'est le meurtre. Ajoutez les bras, et vous ajoutez la possibilité d'une nouvelle violence. Les amibes ne peuvent pas pécher parce qu'elles se reproduisent par scissiparité. Elles ne convoitent pas la femme d'autrui ni ne s'entre-tuent. Donnez-leur un sexe, des bras et des jambes, et c'est la porte ouverte au meurtre et à l'adultère. Ajoutez ou enlevez un bras, une jambe ou une personne, et vous ajoutez ou retranchez un mal possible. Et s'il existe sur Mars cinq nouveaux sens, organes, membres invisibles dont nous n'avons même pas idée… ne pourrait-il pas exister cinq nouveaux péchés ? »

Père Stone avait failli s'étrangler. « Je crois que vous *prenez plaisir* à ce genre de chose !

— Je garde l'esprit agile, mon Père ; agile, c'est tout.

— Votre esprit n'arrête pas de jongler, n'est-ce pas ? Avec des miroirs, des torches, des assiettes.

— Oui. Parce qu'il arrive que l'Église ressemble à ces tableaux vivants au cirque, quand le rideau se lève et que des hommes se figent telles des statues blanches, oxyde de zinc, talquées, pour représenter la Beauté dans son abstraction. Une merveille. Mais j'espère avoir toujours la possibilité d'aller zigzaguer au milieu de ces statues, pas vous, Père Stone ? »

Celui-ci s'était éloigné. « Je crois que nous ferions bien d'aller nous coucher. Dans quelques heures nous ferons le grand saut pour aller voir vos *nouveaux* péchés, Père Peregrine. »

La fusée était prête pour la mise à feu.

Après avoir accompli leurs dévotions, les Pères affrontèrent le froid du matin, toute une assemblée d'excellents prêtres de New York, Chicago ou Los Angeles — l'Église dépêchait ses meilleurs éléments — qui traversèrent la ville en direction de l'aire de décollage couverte de givre. Tout en marchant, Père Peregrine se remémorait les paroles de l'évêque.

« Père Peregrine, vous commanderez aux missionnaires, avec l'assistance de Père Stone. Les raisons qui m'ont poussé à vous choisir pour cette tâche ô combien sérieuse me paraissent déplorablement obscures, mon Père, mais votre opuscule sur le péché extraplanétaire n'est pas passé inaperçu. Vous êtes un homme souple. Et Mars est comme un placard malpropre que nous aurions négligé durant des millénaires. Le péché s'y est accumulé en une espèce de bric-à-brac. Mars est deux fois plus âgé que la Terre et a donc connu deux fois plus de samedis soir, de beuveries et d'yeux exorbités au spectacle de femmes nues comme des otaries blanches. Quand nous ouvrirons ce placard, son contenu va nous dégringoler dessus. Nous avons besoin d'un homme à l'esprit vif et souple — prompt à l'esquive. Quelqu'un d'un tant soit peu dogmatique risquerait d'être brisé en deux. Je sens que vous aurez du ressort. Mon Père, vous voilà chargé de mission. »

L'évêque et les Pères s'agenouillèrent.

La bénédiction fut donnée et la fusée aspergée de quelques gouttes d'eau bénite. Puis l'évêque se releva et s'adressa à eux.

« Je sais que vous partez en compagnie de Dieu préparer les Martiens à recevoir Sa Vérité. Je vous souhaite à tous un voyage *voué à la méditation.* »

Ils défilèrent devant l'évêque, vingt hommes, dans un bruissement de soutanes, pour confier leurs mains à la bonté des siennes avant de passer dans le projectile purifié.

« Je me demande, dit Père Peregrine au dernier moment, si Mars n'est pas l'enfer. N'attendant que notre arrivée pour faire éclater ses tourments.

— Que Dieu soit avec nous », fit Père Stone.

La fusée se mit en mouvement.

Sortir de l'espace leur fit l'effet de sortir de la plus extraordinaire cathédrale qu'ils aient jamais vue. Toucher Mars revenait à toucher la banalité du pavé à l'extérieur de l'église cinq minutes après avoir pris *pleinement* conscience de votre amour de Dieu.

Les Pères sortirent précautionneusement de la fusée fumante et s'agenouillèrent sur le sable martien tandis que Père Peregrine rendait grâce.

« Seigneur, nous Te remercions pour ce voyage dans Tes demeures. Nous avons atteint une terre nouvelle, aussi devons-nous avoir de nouveaux yeux. Nous allons entendre de nouveaux sons, aussi devons-nous avoir de nouvelles oreilles. Et nous allons rencontrer de nouveaux péchés, pour lesquels nous demandons le don d'un cœur plus charitable, plus ferme et plus pur. Amen. »

Ils se relevèrent.

Et Mars était là, pareil à une mer dans les profondeurs de laquelle ils allaient se traîner à la façon de biologistes sous-marins en quête de vie. Là était le territoire du péché qui ne disait pas son nom. Oh, avec quel soin ils allaient devoir tout peser, comme des plumes grises, dans ce nouvel élément, redoutant qu'il y ait du péché dans le *simple* fait de marcher, de respirer ou même de jeûner !

Et le maire de Ville Un était là pour les accueillir, la

main tendue. «Que puis-je faire pour vous, Père Peregrine ?

— Nous aimerions avoir des informations sur les Martiens. Car ce n'est qu'autant que nous les connaîtrons que nous pourrons dresser intelligemment les plans de notre église. Font-ils trois mètres de haut ? Nous prévoirons de grandes portes. Ont-ils la peau bleue, rouge, verte ? Nous devons le savoir afin d'employer les bonnes couleurs lorsque nous placerons des figures humaines dans nos vitraux. Sont-ils lourds ? Nous leur construirons des sièges solides.

— Mon Père, dit le maire, je ne crois pas que vous ayez à vous inquiéter pour les Martiens. Ils se divisent en deux races. L'une est pratiquement éteinte ; le peu qu'il en reste se cache. Et l'autre… eh bien, ils ne sont pas vraiment humains.

— Ah ?» Le cœur de Père Peregrine s'emballa.

«Ce sont des globes de lumière phosphorescente, mon Père, qui vivent dans ces collines. Hommes ou bêtes, qui pourrait le dire ? Mais ils agissent intelligemment, à ce que j'ai entendu dire.» Le maire haussa les épaules. «Bien sûr, ce ne sont pas des humains, je ne pense donc pas que vous serez intéressé…

— Au contraire, répliqua Père Peregrine. Intelligents, dites-vous ?

— Nous en avons un témoignage. Un prospecteur s'était cassé la jambe dans ces collines et aurait dû y mourir. Les sphères de lumière bleue l'ont approché. Quand il est revenu à lui, il se trouvait sur une route sans savoir comment il y était arrivé.

— Un ivrogne, dit Père Stone.

— C'est pourtant comme ça. Père Peregrine, étant donné que la plupart des Martiens ont disparu et qu'il ne reste plus que ces sphères bleues, je pense sincèrement que vous seriez plus à votre place à Ville Un. Mars est en train de s'ouvrir. C'est désormais une frontière, comme autrefois sur la Terre, dans l'Ouest et en Alaska. Des flots d'émigrants se déversent ici. Il y a à Ville Un quelque deux mille mécaniciens, mineurs et journaliers irlandais qui ont besoin de trouver le salut, parce qu'il y a trop de femmes de mauvaise vie qui sont venues avec eux, et trop de vin martien de dix siècles d'âge… »

Père Peregrine scrutait les collines bleu tendre.

Père Stone s'éclaircit la gorge. « Eh bien, mon Père ? »

Père Peregrine n'entendit pas. « Des sphères de *feu* bleu ?

— Oui, mon Père.

— Ah, soupira Père Peregrine.

— Des ballons bleus. » Père Stone secoua la tête. « Un cirque ! »

Père Peregrine sentait son pouls battre dans ses poignets. Il vit la petite ville frontière avec ses péchés tout crus, de fraîche date, et il vit les collines avec tout leur poids d'anciens péchés qui, peut-être, n'en étaient pas moins (en tout cas pour lui) absolument nouveaux.

« Monsieur le Maire, est-ce que vos ouvriers irlandais peuvent rôtir encore un jour dans les flammes de l'enfer ?

— Je ferai tourner la broche et les arroserai pour vous, mon Père. »

Père Peregrine désigna les collines de la tête. « Alors c'est là-bas que nous irons. »

Murmure général.

« Il serait si simple d'aller en ville, expliqua Père Peregrine. Je préfère penser que si le Seigneur venait fouler cette terre et entendait les gens Lui dire : "Voilà le chemin le plus fréquenté", il répondrait : "Montrez-moi la mauvaise herbe. Je m'y *fraierai* un chemin."

— Mais…

— Père Stone, songez au faix que ce serait pour nous si nous passions devant des pécheurs sans leur tendre la main.

— Mais des globes de feu !

— J'imagine que l'homme a fait un drôle d'effet aux autres animaux la première fois où il leur est apparu. Et pourtant il a une âme, malgré sa laideur. Jusqu'à preuve du contraire, admettons que ces sphères ardentes ont une âme.

— Très bien, concéda le maire. Mais vous reviendrez en ville.

— On verra. D'abord, le petit déjeuner. Puis vous et moi, Père Stone, irons seuls dans les collines. Je ne veux pas effrayer ces Martiens incandescents avec des machines ou des hordes de gens. Alors, ce petit déjeuner ?»

Les Pères se restaurèrent en silence.

À la tombée de la nuit Père Peregrine et Père Stone avaient grimpé haut dans les collines. Ils s'arrêtèrent et s'assirent sur un rocher pour souffler un peu et attendre. Les Martiens ne s'étaient pas encore manifestés et ils éprouvaient tous deux un vague sentiment de déception.

«Je me demande…» Père Peregrine s'épongea le visage. «Pensez-vous que si on criait "Ohé !" ils répondraient ?

— Père Peregrine, serez-vous jamais sérieux ?

— Pas question tant que notre bon Seigneur ne l'est pas. Allez, ne prenez pas cet air scandalisé ! Notre Seigneur n'est pas sérieux. En fait, il est assez difficile de savoir au juste ce qu'Il est excepté amour. Et l'amour n'est pas sans rapport avec l'humour, non ? Car pour aimer quelqu'un, il faut le supporter. Et comment supporter constamment quelqu'un sans pouvoir rire de lui, hein ? Nous ne sommes sans doute que de ridicules petits animaux qui nous vautrons dans l'absurdité, et Dieu doit nous aimer d'autant plus que nous répondons à son sens de l'humour.

— Que Dieu ait le sens de l'humour, voilà une chose à laquelle je n'avais jamais songé.

— Le Créateur de l'ornithorynque, du chameau, de l'autruche et de l'homme ? Allons donc ! » s'esclaffa Père Peregrine.

À cet instant, d'entre les collines crépusculaires, comme une série de lampes bleues allumées pour guider leur chemin, arrivèrent les Martiens.

Père Stone les vit le premier. « Regardez ! »

Père Peregrine se retourna, et son rire s'étrangla dans sa gorge.

Les globes de feu bleu flottaient dans le pétillement des étoiles, animés d'une vague palpitation.

« Des monstres ! » Père Stone bondit sur ses pieds.

Mais Père Peregrine l'agrippa. « Attendez !

— On aurait mieux fait de se rendre en ville !

— Non, écoutez, regardez ! l'adjura Père Peregrine.

— J'ai peur !

— N'ayez pas peur. C'est là l'œuvre de Dieu !

— Du diable !

— Non. Calmez-vous ! » lui intima Père Peregrine d'une voix douce, et ils s'accroupirent, la douce lumière bleue baignant leurs visages levés tandis que les globes de feu s'approchaient.

Me revoilà le soir de la fête de l'Indépendance, songea Père Peregrine, tout frémissant. Il se retrouvait enfant en ces soirs de 4 juillet, quand le ciel explosait, éclatait en une poudre d'étoiles et de déflagrations, faisant vibrer les fenêtres des maisons comme la glace d'un millier de petites mares. Les « Ah ! » lancés par les oncles, tantes et cousins à quelque médecin céleste penché sur leurs gorges. Les couleurs du ciel d'été. Et les Ballons de Feu, allumés par un grand-père indulgent, tendrement maintenus dans ses grosses mains. Oh, le souvenir de ces jolis Ballons de Feu, de ces bouts de papier crépon doucement éclairés, gonflés d'air chaud, simples ailes d'insectes au départ, pareils à des guêpes recroquevillées dans les boîtes où ils reposaient, et à la fin, après tout une journée de bruit et de fureur, enfin sortis de leurs boîtes, délicatement dépliés, bleus, blancs, rouges, patriotiques... les Ballons de Feu ! Il revoyait les visages à peine distincts de parents chers morts depuis longtemps et recouverts de mousse tandis que grand-père allumait la minuscule bougie et laissait l'air chaud emplir le ballon, le transformer en une grosse boule lumineuse dans ses mains, véritable apparition qu'elles retenaient, rechignant à la laisser partir ; car une fois lâchée, c'était encore une année de passée, encore un 4 juillet, encore un brin de Beauté envolés. Et là-haut, là-haut, toujours plus haut dans les constellations de la douce nuit d'été, les Ballons de Feu dérivaient, tandis que des yeux bleu-blanc-rouge les suivaient, sans un mot, des terrasses familiales. Là-bas, au fin fond de l'Illinois, au-dessus des rivières enténébrées et des demeures endormies, les Ballons de Feu rapetissaient avant de disparaître à jamais...

Père Peregrine sentit ses yeux s'embuer de larmes. Au-dessus de lui planaient les Martiens, non pas un mais, semblait-il, un *millier* de Ballons de Feu chuchotants. D'un instant à l'autre, il allait trouver son cher grand-père depuis longtemps disparu à ses côtés, les yeux levés vers la Beauté.

Mais ce fut Père Stone.

« Partons, je vous en supplie, mon Père !

— Il faut que je leur parle. » Père Peregrine s'avança dans un bruissement de tissu sans savoir quoi dire, car tout ce qu'il avait jamais dit aux Ballons de Feu d'autrefois se réduisait à un message mental — *Vous êtes magnifiques, vous êtes magnifiques* — et ce n'était pas suffisant pour l'heure. Il ne put que lever ses bras massifs et lancer en l'air, comme il avait souvent souhaité le faire avec les Ballons enchantés : « Salut ! »

Mais les sphères ardentes se contentaient de brûler comme des images dans un miroir sombre. On les aurait dites clouées sur place, gazeuses, miraculeuses, à jamais.

« Nous venons avec Dieu, dit Père Peregrine au ciel.

— Idiot, complètement idiot. » Père Stone se mordillait le dos de la main. « Au nom de Dieu, Père Peregrine, arrêtez ! »

Mais voilà que les sphères phosphorescentes s'éloignaient dans les collines. Un instant plus tard, elles avaient disparu.

Père Peregrine les héla de nouveau, et l'écho de son dernier appel ébranla les rochers en surplomb. Il se retourna et vit une avalanche secouer sa poussière, marquer une pause, puis, dans un tonnerre de roues de pierre, se précipiter sur eux.

« Regardez ce que vous avez fait ! » s'écria Père Stone.

Père Peregrine en fut presque fasciné, puis horrifié. Il fit demi-tour, sachant qu'ils ne pourraient couvrir que quelques mètres avant d'être écrabouillés. Il eut le temps de murmurer : « *Oh, Seigneur !* » et les rochers s'abattirent !

« Mon Père ! »

Ils furent séparés comme la paille du grain. Il y eut un brasillement de sphères bleues, un changement de position dans les étoiles glacées, un grondement, puis ils se retrouvèrent debout sur une corniche, une trentaine de mètres plus loin, à regarder l'endroit où leurs corps auraient dû être ensevelis sous des tonnes de pierre.

La lumière bleue se dissipa.

Les deux ecclésiastiques s'agrippèrent l'un à l'autre. « Qu'est-ce qui s'est passé ?

— Les feux bleus nous ont soulevés !

— Nous avons couru, oui !

— Non, les globes nous ont sauvés.

— Impossible !

— C'est pourtant ce qu'ils ont fait. »

Le ciel était vide. On avait l'impression qu'une énorme cloche venait de s'arrêter de sonner. Des vibrations s'attardaient dans leurs dents et la moelle de leurs os.

«Partons d'ici. Vous allez nous faire tuer

— Il y a bon nombre d'années que je ne crains plus la mort, Père Stone.

— Nous n'avons rien prouvé. Ces lumières bleues se sont enfuies au premier cri. Inutile d'insister.

— Non.» Père Peregrine baignait dans un émerveillement obstiné. «D'une façon ou d'une autre, ils nous ont sauvés. Ce qui prouve qu'ils ont une âme.

— Ça prouve seulement qu'ils nous ont *peut-être* sauvés. On était en pleine confusion. Il se peut qu'on en ait réchappé tout seuls.

— Cé ne sont pas des animaux, Père Stone. Les animaux ne sauvent pas la vie, et surtout pas celle des étrangers. Il y a là de la miséricorde et de la compassion. Peut-être pourrons-nous prouver davantage demain.

— Prouver quoi ? Comment ?» Père Stone était immensément fatigué ; la violence faite à son esprit et à son corps se lisait sur son visage gourd. «En les suivant en hélicoptère, en leur citant la Bible ? Ils ne sont pas humains. Ils n'ont pas d'yeux, ni d'oreilles, ni de corps comme nous.

— N'empêche que je sens quelque chose en eux, répliqua Père Peregrine. Je sais que nous sommes au bord d'une grande révélation. Ils nous ont sauvés. Ils *pensent*. Ils avaient le choix ; nous laisser vivre ou mourir. Ce qui prouve leur libre arbitre !»

Père Stone entreprit de confectionner un feu, fixant d'un œil mauvais les brindilles qu'il avait en main, s'étranglant au voisinage de la fumée grise. «En ce qui me concerne, j'ouvrirai un couvent pour les oies en bas âge, un monastère pour les porcs sanctifiés, et je construirai une abside miniature dans un microscope pour que les paramécies puissent assister aux offices et égrener leur chapelet avec leurs cils vibratiles.

— Allons, Père Stone.

— Excusez-moi.» Père Stone cligna des yeux dans le

rougeoiement du feu. «Mais c'est comme bénir un crocodile avant qu'il ne vous mâchouille. Vous êtes en train de risquer l'ensemble de la Mission. Notre place est à Ville Un, à laver les hommes de l'alcool qui imprègne leur gorge et du parfum qui imprègne leurs mains !

— Seriez-vous incapable de reconnaître l'humain dans l'inhumain ?

— Je reconnaîtrais plutôt l'inhumain dans l'humain.

— Mais si je prouve que ces créatures pèchent, connaissent le péché, connaissent une vie morale, ont leur libre arbitre et sont intelligentes, Père Stone ?

— Il faudra que ce soit très convaincant.»

La nuit se rafraîchit rapidement. Tout en mangeant des biscuits et des fruits secs, ils s'absorbèrent dans la contemplation du feu pour y trouver leurs pensées les plus folles, et ils ne furent pas longs à s'empaqueter en direction du sommeil sous le carillon des étoiles. Juste avant de se retourner une dernière fois, Père Stone, qui cherchait depuis de longues minutes quelque chose pour embêter Père Peregrine, plongea son regard dans le lit de braises rose tendre et dit : «Pas d'Adam et Ève sur Mars. Pas de péché originel. Il se peut que les Martiens vivent en état de grâce. Dans ce cas, nous pouvons redescendre en ville et nous mettre au travail sur les Terriens.»

Père Peregrine se promit de faire une petite prière pour Père Stone, qui était sorti de ses gonds et devenait maintenant vindicatif, Dieu lui vienne en aide. «Oui, Père Stone, mais les Martiens ont tué certains de nos colons. C'est un péché. Il a dû y avoir un péché originel et un Adam et une Ève martiens. Nous les trouverons. Les hommes sont les hommes, malheureusement, peu importe leur forme, et enclins au péché.»

Mais Père Stone faisait semblant de dormir.

Père Peregrine gardait les yeux ouverts.

Bien entendu, ils ne pouvaient pas laisser ces Martiens

aller en enfer, n'est-ce pas ? Au prix d'un compromis avec leur conscience, pouvaient-ils s'en retourner dans les nouvelles villes coloniales, ces villes pleines de gosiers en proie au péché et de femmes aux yeux scintillants, au corps blanc comme nacre, qui s'esbaudissaient en compagnie d'ouvriers solitaires ? N'était-ce pas là la place des Pères ? Cette randonnée dans les collines n'était-elle pas simple caprice personnel ? Pensait-il vraiment à l'Église de Dieu, ou étanchait-il la soif d'une curiosité qui tenait de l'éponge ? Ces globes bleus, ces boules de feu Saint-Elme — comme ils brûlaient dans son esprit ! Quel défi ! Trouver l'homme derrière le masque, l'humain derrière l'inhumain. Quelle ne serait pas sa fierté s'il pouvait dire, ne serait-ce qu'en son for intérieur, qu'il avait converti une énorme table de billard toute caracolante de sphères ardentes ! Quel péché d'orgueil ! Méritant pénitence ! Mais l'on commettait plus d'un péché d'orgueil par Amour, et l'amour qu'il portait au Seigneur était si grand, et si grande sa joie, qu'il voulait communiquer celle-ci à tout le monde.

Sa dernière vision avant de s'endormir fut celle du retour des feux bleus, tel un vol d'anges flamboyants qui auraient silencieusement bercé de leur chant son repos préoccupé.

Ronds et bleus, les rêves étaient toujours là dans le ciel quand il s'éveilla dans les premières heures du matin.

Père Stone dormait comme une souche. Père Peregrine observa les Martiens en suspension qui l'observaient. Ils étaient humains — il le *savait.* Mais il lui fallait le prouver ou comparaître devant un évêque qui, la bouche sèche, *les yeux secs,* le prierait aimablement de ne pas insister.

Mais comment prouver cette humanité s'ils se cachaient dans les hautes voûtes du ciel ? Comment les faire approcher et répondre à toutes les questions qu'il se posait ?

« Ils nous ont sauvés de l'avalanche. »

Père Peregrine se leva, s'en fut parmi les rochers et

entreprit de gravir l'éminence la plus proche jusqu'au moment où il arriva à un à-pic donnant sur un plateau une cinquantaine de mètres plus bas. Le souffle coupé par sa vigoureuse ascension dans l'air glacé, il s'arrêta pour reprendre haleine.

« Si je tombais d'ici, je n'y survivrais pas. »

Il lâcha un caillou dans le vide. Quelques secondes plus tard, il l'entendit rebondir sur les rochers.

« Jamais le Seigneur ne me pardonnerait. »

Il jeta un autre caillou.

« Ce ne serait pas un suicide, n'est-ce pas, si je faisais ça par Amour… ? »

Il leva les yeux vers les sphères bleues. « Mais d'abord, un autre essai. » Et il les appela. « Ohé, ohé ! »

Une cascade d'échos s'ensuivit, mais les foyers bleus restèrent sans réaction.

Il leur parla cinq minutes durant. Quand il s'arrêta, il baissa les yeux et vit Père Stone, toujours honteusement endormi dans leur petit campement.

« Il me faut des preuves. » Père Peregrine s'avança au bord de l'à-pic. « Je suis un vieil homme. Notre Seigneur comprendra certainement que je fais ça pour lui. »

Il inspira à fond. Toute sa vie défila sous ses yeux, et il songea : Vais-je mourir ? J'ai bien peur de trop aimer vivre. Mais j'aime encore plus les êtres.

Et sur cette pensée, il se lança dans le vide.

Il tomba.

« Imbécile ! » cria-t-il. Il dégringolait cul par-dessus tête. « Tu t'es trompé. » Les rochers fonçaient vers lui et il se vit réduit en bouillie et expédié *ad patres*. « Pourquoi j'ai fait ça ? » Mais il connaissait la réponse et retrouva aussitôt son calme. Le vent grondait autour de lui et les rochers se précipitaient à sa rencontre.

C'est alors qu'il y eut un changement dans la position des étoiles, un brasillement bleuté, et il se sentit entouré d'azur et en suspens. Un instant plus tard il était déposé en douceur sur les rochers, où il resta assis un bon moment, bien vivant, à se palper et à chercher des yeux ces lumières bleues qui s'étaient aussitôt retirées.

« Vous m'avez sauvé ! murmura-t-il. Vous n'avez pas voulu me laisser mourir. Vous saviez que c'était mal. »

Prenant les jambes à son cou, il rejoignit Père Stone, toujours tranquillement endormi. « Mon Père, mon Père, réveillez-vous ! » Il le secoua et finit par l'arracher des bras de Morphée. « Mon Père, ils m'ont sauvé !

— Qui vous a sauvé ? » Père Stone cligna des yeux et se redressa.

Père Peregrine lui conta son expérience.

« Un rêve, un cauchemar ; rendormez-vous, maugréa Père Stone. Vous et vos ballons de cirque.

— Mais j'étais réveillé !

— Allons, allons, calmez-vous. Là.

— Vous ne me croyez pas ? Vous avez un pistolet ? Oui, là, passez-le-moi.

— Qu'est-ce que vous voulez faire ? » Père Stone tendit le petit pistolet dont ils s'étaient munis pour se protéger d'éventuels serpents et autres bestioles imprévisibles.

Père Peregrine s'en saisit. « Je vais vous donner des preuves ! »

Il pointa le pistolet sur sa main et tira.

« Arrêtez ! »

Une vibration lumineuse… et, sous leurs yeux, la balle *s'immobilisa* à trois centimètres de sa paume ouverte. Elle resta un instant suspendue en l'air, entourée d'une phosphorescence bleutée. Puis, dans un sifflement, elle tomba dans la poussière.

Père Peregrine tira trois fois — sur sa main, sa jambe, son torse. Les trois projectiles se figèrent dans leur course, scintillèrent, puis, comme des insectes morts, tombèrent à leurs pieds.

« Vous voyez ? » dit Père Peregrine en laissant retomber son bras et en lâchant le pistolet, qui alla rejoindre les trois balles. « Ils savent. Ils comprennent. Ce ne sont pas des animaux. Ils pensent, jugent et ont des principes moraux. Quel animal me sauverait ainsi de moi-même ? Aucun. Seul un homme agirait ainsi, mon Père. À présent, vous me croyez ? »

Père Stone contemplait le ciel et les lumières bleues, et voilà qu'en silence il mettait un genou à terre, ramassait les balles tièdes et les déposait au creux de sa main, qu'il referma avec soin.

Le soleil se levait derrière eux.

« Je crois qu'on ferait bien d'aller retrouver les autres pour tout leur raconter et les ramener ici », dit Père Peregrine.

Le temps pour le soleil de briller de tous ses feux, ils avaient couvert une bonne partie du chemin qui les séparait de la fusée.

Père Peregrine traça un cercle au centre du tableau noir. « Voici le Christ, fils du Père. »

Il fit semblant de ne pas entendre la respiration pincée des autres Pères.

« Voici le Christ, dans toute sa gloire, continua-t-il.

— On dirait un problème de géométrie, observa Père Stone.

— Une comparaison tout à fait appropriée, car nous sommes ici dans le domaine du symbolique. Le Christ reste le Christ, vous devez l'admettre, qu'on le représente par un cercle ou un carré. Cela fait des siècles que la croix symbolise son amour et son agonie. Ce cercle sera donc le Christ martien. C'est ainsi que nous L'apporterons à Mars. »

Les Pères s'agitèrent, nerveux, et se regardèrent.

« Vous, Frère Mathias, fabriquerez, en verre, une réplique de ce cercle, un globe, qui brillera d'une lumière éblouissante. Il se dressera sur l'autel.

— Un tour de magie minable », marmonna Père Stone.

Père Peregrine poursuivit patiemment : « Au contraire. Nous leur donnons de Dieu une image compréhensible. Si le Christ s'était présenté à nous sous la forme d'une pieuvre, l'aurions-nous accepté de bon cœur ? » Il écarta les mains. « Était-ce donc un tour de magie minable de la part de Dieu de nous apporter le Christ à travers Jésus, sous les espèces d'un homme ? Après avoir béni l'église que nous allons construire ici et sanctifié son autel et ce symbole, pensez-vous que le Christ refusera d'habiter la forme que nous avons devant nous ? Au fond de votre cœur, vous savez bien que non.

— Mais le corps d'un animal privé d'âme ! s'exclama Frère Mathias.

— Nous avons déjà examiné la question, et plus d'une fois, depuis notre retour ce matin, Frère Mathias. Ces créatures nous ont sauvés de l'avalanche. Elles ont compris que l'autodestruction était un péché, et m'ont coup sur coup empêché d'y recourir. Nous devons donc bâtir une église dans les collines, vivre en leur compagnie, découvrir leurs façons particulières de pécher, leurs différences, et les aider à trouver Dieu. »

Cette perspective ne paraissait pas enchanter les Pères. « Est-ce à cause de leur aspect si étrange ? s'étonna Père Peregrine. Mais qu'est-ce qu'une forme ? Un simple réceptacle pour l'âme ardente dont Dieu nous a tous pourvus. Si demain il s'avérait que les lions de mer aient soudain leur libre arbitre, soient doués d'intelligence, sachent se détourner du péché, sachent ce qu'est la vie, tempèrent la justice par la miséricorde et la vie par l'amour, je bâtirais une cathédrale sous-marine. Et si les moineaux devaient, miraculeusement, de par la volonté de Dieu, acquérir demain une âme éternelle, je remplirais une église d'hélium et partirais à leur poursuite, car quelle que soit leur forme, toutes les âmes, si elles ont leur libre arbitre et sont conscientes de leurs péchés, brûleront en enfer tant qu'elles n'auront pas reçu la communion à laquelle elles

ont droit. Je ne laisserais pas davantage une sphère martienne brûler en enfer, car ce n'est une sphère que pour
mes yeux. Quand je les ferme, c'est une intelligence qui
se tient devant moi, une source d'amour, une âme — et je
ne dois pas refuser cela.

— Mais ce globe de verre que vous voulez placer sur
l'autel…, protesta Père Stone.

— Regardez les Chinois, répliqua imperturbablement
Père Peregrine. Quelle sorte de Christ adorent les Chinois
chrétiens ? Un Christ oriental, naturellement. Vous avez
tous vu des nativités orientales. Comment le Christ est-il
vêtu ? Il porte une robe orientale. Où le voyons-nous marcher ? Dans des décors de bambou, de montagnes bru-
meuses et d'arbres tordus. Il a les yeux bridés, des pommettes saillantes. Chaque pays, chaque race ajoute
quelque chose à notre Seigneur. Je me rappelle la Vierge
de Guadalupe, que vénèrent tous les Mexicains. Sa peau ?
Avez-vous remarqué les tableaux qui la représentent ? Une
peau sombre, comme celle de ses adorateurs. Est-ce blas-
phématoire ? Pas du tout. Il ne serait pas logique que les
hommes acceptent un Dieu, quelle que soit sa réalité,
d'une autre couleur que la leur. Je me suis souvent
demandé pourquoi, avec un Christ blanc comme neige,
nos missionnaires réussissaient si bien en Afrique. Peut-
être parce que le blanc est une couleur sacrée, dans sa
variante albinos, ou sous toute autre forme, pour les tribus
africaines. Le temps aidant, ne serait-il pas possible que,
là encore, le Christ en vienne à s'assombrir ? La forme n'a
aucune importance. C'est le contenu qui compte. Nous ne
pouvons pas espérer que les Martiens accepteront une
forme étrangère. Nous leur donnerons un Christ à leur
image.

— Il y a un défaut dans votre raisonnement, mon Père,
dit Père Stone. Les Martiens ne risquent-ils pas de nous
soupçonner d'hypocrisie ? Ils s'apercevront que nous
n'adorons pas un Christ rond, sphérique, mais un homme

pourvu de membres et d'une tête. Comment expliquerons-nous cette différence ?

— En montrant qu'il n'y en a aucune. Le Christ remplira tout réceptacle qui lui est offert. Corps ou globes, il est là, et chacun adorera la même chose sous un aspect différent. Mieux, nous devons *croire* en ce globe que nous donnons aux Martiens. Nous devons croire en une forme qui, en tant que telle, est pour nous dépourvue de sens. Ce sphéroïde *sera* le Christ. Et nous devons nous rappeler que nous-mêmes, et la forme terrienne de notre Christ, serions dépourvus de sens, ridicules, un gaspillage de matière pour ces Martiens. »

Père Peregrine posa sa craie. « Et maintenant allons dans les collines construire notre église. »

Les Pères commencèrent à emballer leur équipement.

L'église n'était pas une église, mais une zone débarrassée de ses rochers, un plateau sur un des petits sommets, au sol égalisé et lissé, avec un autel sur lequel Frère Mathias plaça le globe ardent qu'il avait construit.

Au bout de six jours de travail l'« église » était prête.

« Qu'allons-nous faire de cela ? » Père Stone tapota une cloche de fer qu'ils avaient apportée avec eux. « Qu'est-ce qu'une cloche peut bien signifier pour *eux* ?

— J'imagine que nous l'avons apportée pour notre propre réconfort, concéda Père Peregrine. Nous avons besoin de quelques points de repère. Cette église ressemble tellement peu à une église. Et nous avons ici comme un sentiment d'absurdité — même moi ; car ce projet de convertir des créatures d'un autre monde est une nouveauté. Il m'arrive d'avoir l'impression d'être un acteur de théâtre ridicule. Alors je prie Dieu de me donner de la force.

— Beaucoup de Pères sont mécontents. Certains d'entre eux plaisantent sur tout cela, Père Peregrine.

— Je sais. Quoi qu'il en soit, nous installerons cette cloche dans une petite tour, pour leur réconfort.

— Que comptez-vous faire de l'orgue ?

— Nous en jouerons demain, au premier office.

— Mais les Martiens…

— Je sais. Mais encore une fois, je suppose, pour notre propre réconfort, notre propre musique. Plus tard, nous découvrirons peut-être la leur. »

Ils se levèrent très tôt en ce dimanche matin et s'en allèrent dans la froidure comme de pâles fantômes, leurs habits couverts de givre, faisant pleuvoir autour d'eux des paillettes d'eau argentée chaque fois qu'ils s'ébrouaient.

« Je me demande si c'est dimanche sur Mars », dit Père Peregrine d'une voix songeuse, mais voyant Père Stone grimacer, il s'empressa de poursuivre : « On pourrait bien être mardi ou jeudi… qui sait ? Mais peu importe. Une de mes idées en l'air. Pour nous c'est dimanche. Venez. »

Les Pères s'avancèrent sur le vaste terrain plat de l'« église » et s'agenouillèrent, parcourus de frissons, les lèvres bleues.

Père Peregrine prononça une petite prière et posa ses doigts glacés sur le clavier de l'orgue. La musique prit son essor comme un vol d'oiseaux gracieux. Il effleurait les touches comme un homme qui aurait passé ses mains dans les herbes d'un jardin sauvage, éveillant de grands envols de beauté dans les collines.

La musique adoucissait l'air où montait une fraîche odeur de matin, se répandait dans les collines, déclenchant de petites averses de poussière.

Les Pères attendaient.

« Très bien, Père Peregrine. » Père Stone scrutait le ciel vide où le soleil, d'un rouge de fournaise, se levait. « Mais je ne vois pas nos amis.

— Laissez-moi faire un autre essai. » Père Peregrine transpirait.

Il se mit à bâtir une architecture de Bach, pierre par pierre, une merveille, élevant une cathédrale musicale si vaste que ses chœurs les plus lointains étaient à Ninive et sa plus haute coupole à gauche de Saint-Pierre. Loin de tomber en ruine quand ce fut fini, la musique se confondit avec une série de nuages blancs pour être emportée vers d'autres régions.

Le ciel était toujours vide.

« Ils vont venir ! » Mais Père Peregrine sentait la panique le gagner, d'abord à peine perceptible, puis de plus en plus oppressante. « Prions. Demandons-leur de venir. Ils lisent les pensées ; ils *savent.* »

Les Pères se courbèrent de nouveau, dans un concert de bruissements et de murmures. Ils prièrent.

Et au levant, issus des montagnes glacées de sept heures en ce dimanche matin qui était peut-être un jeudi matin ou un lundi matin sur Mars, apparurent les douces lueurs des globes ardents.

Ils approchèrent, se stabilisèrent, emplirent l'espace autour des prêtres tremblants. « Merci, oh, merci, Seigneur. » Père Peregrine ferma les yeux et reprit son morceau. Et quand ce fut fini, il se retourna et contempla sa fantastique congrégation.

Et une voix toucha son esprit et dit : « Nous sommes venus passer un instant avec vous.

— Vous pouvez rester, dit Père Peregrine.

— Rien qu'un instant, fit calmement la voix. Nous sommes venus vous dire certaines choses. Nous aurions dû parler plus tôt. Mais nous espérions que vous passeriez peut-être votre chemin si nous vous laissions tranquilles. »

Père Peregrine alla pour répondre, mais la voix lui intima le silence.

« Nous sommes les Anciens », dit la voix, qui entra en lui comme un flamboiement gazeux bleuté pour brûler dans les cases de sa tête. « Nous sommes les anciens Martiens, qui avons quitté nos cités de marbre pour aller dans les collines, loin de la vie matérielle qu'était la nôtre. Il y a très longtemps, donc, nous sommes devenus ce que nous sommes à présent. Jadis nous étions des hommes, pourvus comme vous d'un corps, de jambes et de bras. Selon la légende, l'un de nous, un homme de bien, a découvert un moyen de libérer l'âme et l'intelligence humaines, de nous libérer des maux physiques et de la mélancolie, de la mort et des changements, de la mauvaise humeur et de la sénilité ; nous avons donc pris l'aspect d'une incandescence bleutée et avons toujours vécu depuis dans les vents, les cieux, les collines, ni fiers ni arrogants, ni riches ni pauvres, ni passionnés ni insensibles. Nous avons vécu à l'écart de ceux que nous avions délaissés, les autres hommes de ce monde, et le secret de notre méta- morphose a été oublié, le processus perdu ; mais nous ne mourrons jamais ni ne nuirons à qui que ce soit. Nous nous sommes débarrassés des péchés du corps et vivons dans la grâce de Dieu. Nous ne convoitons pas le bien d'autrui ; nous n'avons aucun bien. Nous ne connaissons ni le vol, ni le meurtre, ni la concupiscence, ni la haine. Nous vivons dans la joie. Nous ne pouvons nous reproduire ; nous ne mangeons pas, ne buvons pas, ne faisons pas la guerre. Nous nous sommes dépouillés de toutes les sensualités, de tous les enfantillages et péchés du corps quand nous avons renoncé à notre composante corporelle. Nous avons lar- gué le péché, Père Peregrine, le voilà brûlé comme les feuilles mortes dans le grand panier de l'automne, disparu comme la neige sale d'un méchant hiver, comme les fleurs sexuées d'un printemps rouge et jaune, comme les nuits haletantes d'un été torride ; nous profitons d'une saison tempérée et d'un climat qui n'est riche que de pensées. »

À présent Père Peregrine était debout, car la voix le ravissait à lui en faire presque perdre les sens. Il n'était plus que feu et extase.

« Nous voudrions vous dire que nous apprécions l'en- droit que vous nous avez aménagé ici, mais nous n'en avons pas besoin, car chacun de nous est un temple en soi et nous n'avons nul besoin d'un endroit où nous purifier. Pardonnez-nous de ne pas être venus vous trouver plus tôt, mais nous menons une existence à part, à l'écart, et n'avons parlé à personne depuis dix mille ans ni n'avons pratiqué la moindre forme d'ingérence dans la vie de cette planète. Il vient de vous venir à l'esprit que nous sommes les lis des champs ; nous ne travaillons pas, ne prenons pas de la peine. Vous avez raison. Aussi vous suggérons-nous d'emporter ce temple dans vos cités nouvelles et de l'employer à leur purification. Car, soyez-en assuré, nous sommes heureux et en paix. »

Les Pères étaient agenouillés dans la vaste lumière bleue, Père Peregrine avec eux ; ils pleuraient, et peu leur importait d'avoir perdu leur temps, oui, peu leur importait.

Les sphères bleues bourdonnèrent et commencèrent à reprendre de l'altitude sur un souffle d'air frais.

« Pourrai-je… », cria Père Peregrine les yeux fermés, n'osant poser sa question. « Pourrai-je revenir, un jour, que je puisse apprendre de vous ? »

Les feux bleus flamboyèrent. L'air vibra.

Oui. Un jour il pourrait revenir. Un jour.

Puis les Ballons de Feu s'éloignèrent, disparurent, et il se retrouva comme un enfant, les yeux ruisselants de larmes, criant pour lui tout seul : « Revenez, revenez ! » Et d'un moment à l'autre grand-père allait sans doute le soulever et l'emporter là-haut, dans sa chambre, en une ville de l'Ohio depuis longtemps évanouie.

Ils descendirent des collines en file indienne au coucher du soleil. Père Peregrine jeta un coup d'œil en arrière et vit les feux bleus. Non, songea-t-il, nous ne pouvions pas bâtir une église pour des êtres tels que vous. Vous êtes la Beauté même. Quelle église pourrait rivaliser avec les feux d'artifice de l'âme dans toute sa pureté ?

Père Stone marchait en silence à côté de lui. Enfin, il déclara : « À ce que je vois, il y a une Vérité sur chaque planète. Toutes parties de la Grande Vérité. Un jour elles s'assembleront comme les pièces d'un puzzle. Nous venons de connaître une expérience bouleversante. Je ne douterai plus jamais, Père Peregrine. Car cette Vérité-ci est aussi vraie que celle de la Terre, elles existent côte à côte. Et nous irons sur d'autres mondes, nous ferons la somme des parties de la Vérité jusqu'au moment où le Total se tiendra devant nous comme la lumière d'un nouveau jour.

— Voilà qui n'est pas rien, venant de vous, Père Stone.

— Dans un sens, je regrette que nous redescendions nous occuper de nos congénères. Ces lumières bleues, là. Quand elles se sont stabilisées autour de nous, et que cette *voix*... » Père Stone frémit.

Père Peregrine le prit par le bras et ils marchèrent de conserve.

« Vous voulez que je vous dise ? » lâcha enfin Père Stone, les yeux fixés sur Frère Mathias, qui allait devant eux, la sphère de verre tendrement calée dans ses bras, cette sphère de verre et l'éternelle phosphorescence bleue qui y brillait. « Vous voulez que je vous dise, Père Peregrine ? Ce globe, là...

— Oui ?

— C'est Lui. C'est Lui, après tout. »

Père Peregrine sourit, et ils redescendirent des collines pour gagner la ville nouvelle.

FÉVRIER 2034

Intérim

On apporta cinq mille stères de pin de l'Oregon pour construire Ville Dix, ainsi que vingt-cinq mille stères de séquoia de Californie, et on assembla une coquette petite ville au bord des canaux de pierre. Le dimanche soir on pouvait voir briller les vitraux rouges, bleus et verts des églises et entendre les voix chanter les hymnes numérotés. « Maintenant, nous allons chanter le 79. Maintenant, nous allons chanter le 94. » Et dans certaines maisons on entendait le cliquetis d'une machine à écrire, le romancier à l'œuvre ; ou le grattement d'une plume, le poète à l'œuvre ; ou pas de bruit du tout, l'ancien propre à rien à l'œuvre. Par bien des côtés, on aurait pu croire qu'un énorme tremblement de terre avait déraciné une ville de l'Iowa, et qu'en un instant un cyclone aux dimensions du pays d'Oz l'avait transportée telle quelle jusqu'à Mars pour l'y déposer sans une secousse...

Les musiciens

Les garçons partaient souvent pour de longues randonnées dans la campagne martienne. Ils emportaient des sacs en papier odorants dans lesquels ils plongeaient de temps en temps le nez pour se délecter du parfum du jambon et des pickles à la mayonnaise, et écouter le pétillement du soda orange dans les bouteilles qui tiédissaient. Brandissant leurs sacs pleins d'oignons verts gorgés d'eau, d'alléchantes saucisses, de ketchup rouge et de pain blanc, ils se mettaient au défi de dépasser les limites fixées par la sévérité de leurs mères.

Ils couraient en hurlant : «Le premier arrivé a le droit de shooter !»

Ils partaient en été, automne ou hiver. Le plus amusant, c'était en automne, car ils s'imaginaient en train de galoper, comme sur la Terre, dans des tapis de feuilles mortes.

Ils déboulaient comme une volée de cochonnets sur les esplanades de marbre en bordure des canaux, tous ces enfants aux joues roses et aux yeux bleu agate, se lançant, encore tout haletants, des ordres fleurant l'oignon cru. Car une fois atteinte la ville morte, interdite, il n'était plus question de crier : «Le dernier arrivé n'est qu'une fille !» ou : «Le premier fera le Musicien !» Désormais, face aux portes béantes de la ville morte, ils croyaient entendre, venant de l'intérieur, comme un infime bruissement de feuilles d'automne. Ils avançaient en silence, coude à coude, leurs bâtons à la main, se souvenant des paroles de leurs parents : « Ne va pas là-bas ! Ne va dans aucune de ces vieilles villes ! Fais bien attention où tu mets les pieds. Sinon tu prendras une de ces raclées en rentrant ! On regardera tes chaussures ! »

Et voilà qu'ils se tenaient immobiles dans la cité morte, une poignée de garçons, leurs casse-croûte à demi dévorés, se piaillant des défis à voix basse.

« Y a rien à craindre ! » Et soudain l'un d'eux s'élançait, s'engouffrait dans la maison en pierre la plus proche, traversait le salon, faisait irruption dans la chambre à coucher, où, à l'aveuglette, il lançait de grands coups de pied à la ronde — et les feuilles noires s'envolaient, minces et fragiles comme des lambeaux de papier de soie arrachés au ciel de minuit. Derrière lui se ruaient six autres garçons, et le premier arrivé faisait le Musicien, jouant du xylophone que formaient les os blancs sous la couche de flocons noirs. Un crâne roulait sous leurs yeux, énorme boule de neige ; et c'étaient des cris ! Des côtes, telles des pattes d'araignée, résonnaient comme une harpe sourde, tandis que voltigeaient autour d'eux les paillettes noires, la poussière retournée en poussière que soulevaient leurs cabrioles ; ils se tiraient, se poussaient et tombaient dans les feuilles, dans les morts que la mort avait transformés en flocons desséchés, en un jeu pour des gamins aux estomacs gargouillants d'orangeade gazeuse.

Et ainsi de suite d'une maison à la suivante, autant qu'il y en avait, nos garçons ayant présent à l'esprit que, l'une après l'autre, chaque ville était nettoyée de ses horreurs par le feu des Pompiers, guerriers antiseptiques armés de pelles et de seaux, qui faisaient disparaître les haillons d'ébène et les os pareils à des bâtons de menthe, séparant lentement mais sûrement l'abominable du normal ; aussi devaient-ils se donner à fond, tous ces gamins joueurs : les Pompiers seraient bientôt là !

Puis, luisants de sueur, ils mordaient dans leurs derniers sandwiches. Et après un ultime coup de pied, un ultime concert de marimba, un ultime plongeon dans les monceaux de feuilles d'automne, ils rentraient chez eux.

Leurs mères examinaient leurs chaussures à la recherche de parcelles noires qui, une fois découvertes, entraînaient des bains bouillants et des raclées paternelles.

À la fin de l'année, les Pompiers avaient ratissé les feuilles d'automne et les xylophones blancs, et il n'y avait plus moyen de s'amuser.

Les grands espaces

C'est le bon temps, le joli temps…

Le soir tombait. Janice et Leonora faisaient tranquille-ment leurs bagages dans leur pavillon. Elles chantaient, grignotaient quelque chose, s'encourageaient au besoin. Mais elles ne regardaient jamais la fenêtre où la nuit s'amassait avec son cortège d'étoiles à l'éclat glacé.

«Écoute !» dit Janice.

Un bruit semblable à celui d'un bateau à vapeur sur le fleuve, mais c'était une fusée dans le ciel. Et au-delà… des accords de banjo ? Non, simplement les grillons d'un soir d'été en cette année 2034. Des milliers de bruits flot-taient sur la ville, dans l'atmosphère. Janice, la tête pen-chée, écoutait. Longtemps, longtemps auparavant, en 1849, cette même rue avait charrié les voix de ventri-loques, de prédicateurs, de diseuses de bonne aventure, de bouffons, d'érudits, de joueurs, rassemblés en cette même ville d'Independence, Missouri. Attendant que cuise la terre humide et que l'herbe gonfle en marées assez hautes pour supporter le poids de leurs voitures, leurs chariots, leurs destinées hasardeuses, leurs rêves.

C'est le bon temps, le joli temps,
Le temps où Mars nous appelle, M'sieur,
Cinq mille femmes au firmament,
Quelles semailles de printemps, M'sieur !

« C'est une vieille chanson du Wyoming, dit Leonora. Il n'y a qu'à changer les mots et elle est parfaite pour 2034. »

Janice soupesa une petite boîte de pilules nutritives, calculant tout ce que transportaient ces grands chariots bâchés hauts sur pattes. D'incroyables quantités de choses pour chaque homme, chaque femme ! Jambons, tranches de lard, sucre, sel, farine, fruits secs, pain de munition, vinaigre, eau, gingembre, poivre — une liste aussi longue que le chemin à couvrir ! Alors qu'aujourd'hui des pilules qui tenaient dans un boîtier de montre vous nourrissaient non plus de Fort Laramie à Hangtown, mais le temps de traverser tout un champ d'étoiles.

Janice ouvrit en grand la porte du réduit et faillit hurler.

Les ténèbres, la nuit et toute l'immensité qui s'étendait entre les étoiles la regardaient.

Bien des années auparavant s'étaient produits deux incidents. Sa sœur l'avait enfermée, malgré les cris qu'elle poussait, dans un placard. Et lors d'une petite fête, alors qu'elle jouait à cache-cache, elle avait traversé la cuisine en courant pour se retrouver dans un grand couloir noir. Sauf que ce n'était pas un couloir. C'était une cage d'escalier non éclairée, un gouffre ténébreux. Elle avait continué de courir dans le vide. Tricoté des jambes, hurlé, dégringolé !

Dégringolé dans une nuit noire. Dans la cave. Une chute qui avait duré une éternité, un battement de cœur. Et elle avait longtemps suffoqué dans ce placard, longtemps, sans lumière, sans amis, sans personne pour entendre ses hurlements. Loin de tout, prisonnière des ténèbres. Dégringolant dans les ténèbres. Ne sachant que hurler !

Les deux souvenirs…

Là, en face de cette porte grande ouverte, de ces ténèbres pareilles à un suaire de velours offert à la caresse de sa main tremblante, pareilles à une panthère noire qui aurait respiré tout près, la guettant de ses yeux invisibles, les deux souvenirs surgirent. Impression d'espace et de chute. Impression d'espace et d'enfermement traversé de cris. Leonora et elle s'appliquaient à faire leurs bagages, attentives à ne surtout pas regarder par la fenêtre cette Voie lactée qui leur faisait si peur, l'immensité du vide. Tout ça pour se voir rappeler par un bête réduit et la nuit particulière qui y régnait quelle était désormais leur destinée.

Voilà comment ce serait dehors, quand elle filerait vers les étoiles, dans la nuit, dans le gigantesque, l'épouvantable placard noir, hurlant à pleins poumons sans personne pour l'entendre. Entraînée dans une chute sans fin parmi les nuages de météores et les comètes impies. Une chute dans la cage d'ascenseur. Le long de la glissière à charbon cauchemardesque qui s'enfonçait dans le néant.

Elle hurla. Aucun son ne sortit de sa bouche. Le cri se bloqua dans sa tête et sa poitrine. Elle hurla. Claqua la porte du réduit ! S'y adossa ! Elle sentait les ténèbres souffler et gronder derrière le panneau et pesa dessus, les larmes aux yeux. Elle resta là un long moment, jusqu'à ce que cesse sa tremblote, à regarder Leonora s'activer. Ainsi écartée de son attention, sa crise d'hystérie reflua peu à peu, jusqu'à disparaître complètement. Un bracelet-montre tictaquait, rassurant, emplissant la pièce du son même de la normalité.

«Cent *millions* de kilomètres.» Elle finit par se diriger vers la fenêtre comme vers un puits sans fond. «Je n'arrive pas à croire que ce soir, il y a des hommes sur Mars qui sont en train de construire des villes, de nous attendre.

— Tout ce qu'il y a à croire, c'est qu'on embarque demain.»

Janice déplia à bout de bras une longue robe blanche ; on aurait dit qu'un fantôme venait de se matérialiser dans la pièce.

« Comme c'est bizarre. Se marier… sur un autre monde.

— Allons nous coucher.

— Non ! Je dois recevoir ma communication à minuit. Je ne pourrais pas dormir, à penser comment dire à Will que j'ai décidé d'embarquer sur le vaisseau pour Mars. Oh, Leonora, tu te rends compte, ma voix franchissant cent millions de kilomètres à la vitesse de la lumière pour le joindre ! J'ai si vite changé d'avis… je suis morte de peur !

— Notre *dernière* nuit sur Terre. »

Elles en étaient désormais pleinement conscientes et l'acceptaient. Elles partaient pour ne jamais revenir, si ça se trouvait. Elles quittaient la ville d'Independence, dans l'État du Missouri, sur le continent nord-américain, baigné d'un côté par l'océan Atlantique et de l'autre par le Pacifique, et rien de tout cela ne pouvait prendre place dans leurs valises. Elles s'étaient dérobées à cette ultime vérité. Désormais elle s'imposait à elles. Et elles en étaient comme assommées.

« Nos enfants… ils ne seront pas américains, ni même terriens. Nous serons tous des Martiens, pour le reste de notre vie.

— Je ne veux pas partir ! » s'écria soudain Janice.

Elle se sentait prise de panique, à la fois feu et glace.

« J'ai peur ! L'espace, le noir, la fusée, les météores ! Loin de *tout !* Qu'est-ce qui m'oblige à aller là-bas ? »

Leonora la prit par les épaules et, l'attirant tout contre elle, la berça. « C'est un Nouveau Monde. C'est comme autrefois. D'abord les hommes et ensuite les femmes.

— Enfin, quoi ! Qu'est-ce qui m'oblige à partir ? Dis-le-moi !

— Je vais te le dire, murmura enfin Leonora en la forçant à s'asseoir sur le lit. Will est là-haut. »

Son nom était doux à entendre. Janice se calma.

« Ah, ces hommes… ils nous mènent la vie dure. Autrefois, quand une femme faisait trois cents kilomètres pour courir après un homme, c'était quelque chose. Puis il a fallu faire plus de mille kilomètres. Et maintenant, c'est tout un univers qui nous sépare. Mais ce n'est pas ça qui va nous arrêter, n'est-ce pas ?

— J'ai peur de me rendre ridicule à bord de la fusée.

— Je serai ridicule avec toi. » Leonora se leva. « Allons faire un tour en ville, histoire de tout voir une dernière fois. »

Janice regarda par la fenêtre. « Demain soir, tout ça sera toujours là, mais pas nous. Les gens se réveilleront, mangeront, travailleront, dormiront, se réveilleront de nouveau, mais on ne s'en rendra pas compte, et on ne leur manquera pas le moins du monde. »

Leonora et Janice tournèrent l'une autour de l'autre comme si elles n'arrivaient pas à trouver la porte.

« Viens. »

Elles ouvrirent le battant, éteignirent les lumières, sortirent et refermèrent derrière elles.

Que d'affluence dans le ciel ! Ce n'était qu'une vaste floraison de mouvements, qu'immenses sifflements et tourbillonnements, tempêtes de neige. Hélicoptères, blancs flocons, qui dégringolaient tranquillement. Des quatre points cardinaux, les femmes ne cessaient d'arriver, leurs cœurs soigneusement pliés dans du papier de soie à l'intérieur de leurs bagages. On ne voyait plus dans le ciel nocturne qu'une nuée d'hélicoptères semant la tempête. Les hôtels étaient pleins, on se faisait héberger par l'habitant, des villes de toile s'élevaient dans les prés comme de vilaines fleurs bizarres, et la chaleur qui régnait sur la ville et la campagne n'était pas seulement celle d'une nuit d'été. Elle venait de ces visages roses et de ces visages hâlés, de ces femmes et de ce nouveau contingent d'hommes qui regardaient le ciel. De l'autre côté des collines, les fusées faisaient l'essai de leur mise à feu, et un bruit d'orgue géant dont on aurait pressé toutes les touches en même temps faisait vibrer la moindre vitre, l'os le plus caché. On le sentait dans la mâchoire, les orteils, les doigts, sous la forme d'un frémissement.

Leonora et Janice allèrent s'asseoir au drugstore au milieu de toutes ces étrangères.

« Vous êtes très jolies, mesdames, mais vous avez l'air bien tristes, dit l'homme de la buvette.

— Deux chocolats maltés. » Leonora sourit pour deux, comme si Janice était muette.

Elles contemplèrent leur chocolat avec les yeux qu'elles auraient eus pour un tableau particulièrement célèbre dans un musée. Les boissons maltées seraient rares, pour bien des années, sur Mars.

Janice fouilla dans son sac à main et, comme à regret, en retira une enveloppe qu'elle posa sur le comptoir de marbre.

« Ça vient de Will. C'est arrivé il y a deux jours par la fusée-courrier. C'est ce qui m'a décidée à partir, finalement. Je ne t'ai rien dit, mais maintenant, je veux que tu voies ça. Vas-y, lis le petit mot. »

Leonora le fit tomber de l'enveloppe et le lut à voix haute : « Chère Janice. Voici *notre* maison si tu décides de venir sur Mars. Will. »

Leonora secoua de nouveau l'enveloppe et une photo couleurs sur papier glacé atterrit sur le comptoir. On y voyait une maison, une maison cossue, couverte de mousse, ancienne, dans les tons caramel, entourée de fleurs rouges et de fougères d'un vert frais, la véranda étant quant à elle envahie par un lierre déplorablement touffu.

« Enfin, Janice !

— Quoi ?

— C'est une photo de ta maison, ici, sur Terre, ici, sur Elm Street !

— Non. Regarde de plus près. »

Et elles regardèrent toutes les deux, et effectivement, de chaque côté de la sombre maison cossue aussi bien que

derrière, on apercevait un paysage qui n'avait rien de terrien. Le sol était d'un violet étrange, l'herbe tirait légèrement sur le rouge, le ciel avait l'éclat d'un diamant gris,
et un arbre bizarrement tordu se dressait d'un côté, pareil
à une vieille femme dont les cheveux blancs auraient été
parsemés de cristaux.

« C'est la maison que Will a bâtie pour moi sur Mars,
dit Janice. Ça m'aide de la regarder. Toute la journée
d'hier, quand j'en avais l'occasion, que j'étais toute seule
et que la panique me prenait, j'ai regardé cette photo. »

Elles contemplèrent toutes deux la sombre maison cossue dont cent millions de kilomètres les séparaient, cette
maison familière sans l'être, ancienne tout en étant nouvelle, où une lumière jaune brillait sur la droite, à la fenêtre
du salon.

« Ce Will, dit Leonora en hochant la tête, sait exactement ce qu'il fait. »

Elles finirent leur chocolat. Dehors, toute une foule
excitée d'étrangers déambulaient tandis que la « neige »
continuait de tomber dans le ciel d'été.

Elles achetèrent tout un tas de bêtises pour le voyage,
des sachets de bonbons au citron, de luxueux magazines
féminins, des parfums subtils (aux préposés à l'enregistrement des bagages de se débrouiller avec ce que l'on
pouvait considérer comme « essentiel ») ; puis elles se rendirent dans le centre et, sans regarder à la dépense, louè-
rent deux gilets antigravité — deux petits appareils qui
vous transformaient en papillon. Elles effleurèrent les
commandes délicates et se sentirent soufflées au-dessus de
la ville comme de blancs pétales. « Partout, dit Leonora.
Un peu partout. »

Elles se laissèrent emporter par le vent dans la nuit des
pommiers en fleur et des préparatifs fiévreux, au-dessus
de la jolie petite ville, au-dessus des maisons de l'enfance
et des autres jours, des écoles et des avenues, des ruis-

seaux, des prés et des fermes si familières que chaque grain de blé était une pièce d'or. Elles voletaient comme des feuilles sous la menace d'un vent de feu, dans un chuchotis d'avertissements et un crépitement d'éclairs de chaleur parmi les replis des collines. Elles revirent les petites routes poussiéreuses, d'une blancheur de lait, qu'elles suivaient en hélicoptère au clair de lune, il n'y avait pas si longtemps de cela, avant d'atterrir au terme d'une spirale tonitruante auprès de frais ruisseaux, accompagnées par les jeunes gens désormais partis vers d'autres horizons.

Elles flottèrent dans un immense soupir au-dessus d'une ville que rendait déjà lointaine la courte distance qui les séparait de la Terre, une ville qui venait à leur rencontre en une vague de lumières et de couleurs avant de s'évanouir derrière elles en un fleuve ténébreux, réduite à un rêve, intangible, déjà brouillée dans leurs yeux par la nostalgie, par un affolement de la mémoire qui se déclenchait avant que la chose ait disparu.

Tourbillonnant au gré de la brise, elles contemplèrent en secret cent visages d'amis chers qu'elles laissaient derrière elles, tous ces gens encadrés dans des fenêtres éclairées, à croire qu'une série de diapositives défilaient sous leurs yeux en une vaste rétrospective. Pas d'arbre dont elles n'examinaient point les déclarations d'amour gravées au couteau, pas de trottoir dont elles n'effleuraient point la surface pailletée de mica. Pour la première fois elles s'apercevaient que leur ville était magnifique, comme étaient magnifiques les lumières solitaires et les briques centenaires, et elles sentaient leurs yeux s'écarquiller devant la beauté de la fête qu'elles s'offraient. Elles évoluaient au milieu d'un manège enchanté, avec des bouffées de musique qui s'élevaient ici et là, des appels et des murmures qui jaillissaient de maisons hantées par le blanc fantôme de la télévision.

Les deux femmes passaient comme des aiguilles, cousant un arbre à l'autre avec le fil de leur parfum. Leurs yeux débordaient d'images, mais elles n'en continuaient pas moins d'emmagasiner chaque détail, chaque ombre, chaque orme ou chêne solitaire, chaque voiture qui passait en bas, dans les petites rues sinueuses, jusqu'à ce que non seulement leurs yeux, mais leur tête et leur cœur aient atteint le trop-plein.

J'ai l'impression d'être morte, songea Janice, d'être au cimetière par une nuit de printemps : tout est en vie sauf moi, tout le monde bouge et s'apprête à ce que la vie continue sans moi. C'est ce que je ressentais chaque printemps, quand j'étais toute jeune : je passais devant le cimetière et je pleurais sur tous ceux qui étaient là parce qu'ils étaient morts et que ça me semblait injuste, par des soirs aussi doux que celui-ci, d'être vivante. Je me sentais coupable d'être en vie. Et là, ce soir, j'ai l'impression qu'on m'a retirée du cimetière pour me laisser survoler la ville une dernière fois et voir ce que c'est d'être vivant, d'être une ville avec des gens dedans, avant qu'on ne rabatte le noir couvercle sur moi.

En douceur, comme deux blanches lanternes vénitiennes portées par une brise nocturne, les deux femmes survolèrent leur vie passée, les prés où luisaient les villes de toile et les nationales où les camions de marchandises s'agglutineraient en un incessant va-et-vient jusqu'à l'aube. Elles restèrent longtemps à planer au-dessus de tout cela.

De sa grosse voix, l'horloge du palais de justice sonnait onze heures quarante-cinq quand, telles des toiles d'araignée tissées depuis les étoiles, elles se posèrent sur la chaussée baignée par le clair de lune juste en face de la vieille maison de Janice. La ville était endormie, et la maison attendait qu'elles viennent *à leur tour* chercher en son sein un sommeil qui n'était pas au rendez-vous.

« Est-ce bien *nous*, ici ? demanda Janice. Janice Smith et Leonora Holmes, en l'an 2034 ?

— Oui. »

Janice s'humecta les lèvres et se cambra. « Si seulement on était une autre année…

— 1492 ? 1612 ? » Leonora soupira et le vent soupira avec elle en s'éloignant dans les arbres. « C'est toujours le jour de Colomb ou le jour de Plymouth Rock, et du diable si je sais ce que nous autres femmes pouvons y faire.

— Rester vieilles filles.

— Ou faire ce que nous sommes en train de faire. »

Elles ouvrirent la porte de la maison où régnait une douce chaleur, et les bruits de la ville moururent lentement dans leurs oreilles. Au moment où elles refermaient, le téléphone se mit à sonner.

« Ma communication ! » s'écria Janice en se précipitant.

Leonora pénétra dans la chambre à sa suite ; Janice avait déjà décroché et disait : « Allô ? Allô ? » Dans quelque cité lointaine la téléphoniste mettait en place l'énorme dispositif qui allait relier deux mondes, et les deux femmes attendaient, l'une assise, pâle, l'autre debout et tout aussi pâle, penchée vers la première.

S'ensuivit une longue pause, fourmillante d'étoiles et de temps, une attente guère différente de ce qu'avaient été les trois dernières années pour eux tous. Le grand moment était arrivé, et c'était au tour de Janice de téléphoner par-delà des millions et des millions de kilomètres grouillants de météores et de comètes, d'échapper au soleil jaune qui risquait d'amener ses mots à ébullition, d'y mettre le feu ou de les dépouiller de leur signification, sa voix se faisant aiguille d'argent pour se faufiler dans la vaste nuit, la surpiquer de paroles jusqu'à ce que celles-ci rebondissent sur les lunes de Mars. Enfin sa voix trouva son chemin jusqu'à un homme dans une pièce, dans une cité, là-bas, sur un autre monde, à cinq minutes de contact radio. Et son message était : « Salut, Will. Ici, Janice ! »

Elle déglutit.

« On me dit que je n'ai pas beaucoup de temps. Une minute. »

Elle ferma les yeux.

«Je voudrais parler lentement, mais on me dit de me presser, de ne laisser aucun intervalle. Alors, je veux te dire… j'ai pris ma décision. Je vais aller là-haut. Je prends la Fusée demain. Je vais te rejoindre là-haut. Et je t'aime. J'espère que tu m'entends. Je t'aime. Ça fait tellement longtemps… »

Sa voix était en route vers ce monde invisible. À présent, une fois son message expédié, les mots prononcés, elle voulait les rappeler, les censurer, les réarranger, confectionner une plus jolie phrase, une explication plus juste de son état d'âme. Mais les mots étaient déjà suspendus entre les planètes, et si, par l'effet de quelque radiation cosmique, ils avaient pu être illuminés, prendre feu, prodiges parmi tant de prodiges vaporeux, son amour, pensa-t-elle, aurait éclairé une douzaine de mondes et surpris la face nocturne de la Terre par une aube prématurée. Désormais, ces mots n'étaient plus sa propriété, ils appartenaient à l'espace, ils n'appartenaient à personne jusqu'à ce qu'ils arrivent à bon port, et ils filaient à 300 000 kilomètres à la seconde vers leur destination.

Que va-t-il me dire? Que va-t-il me répondre durant sa minute à lui? se demanda-t-elle. Elle se mit à tripoter et à tordre son bracelet-montre, tandis qu'à son oreille, l'écouteur grésillait et l'espace lui parlait en termes de gigues électriques et d'aurores audibles.

«Il a répondu? murmura Leonora.

— Chut! » fit Janice en se pliant en deux, comme prise d'un haut-le-cœur.

Puis la voix de Will lui parvint.

«Je l'entends! s'écria Janice.

— Qu'est-ce qu'il dit? »

Mais la voix appelait de Mars et traversait des lieux où il n'y avait ni lever ni coucher de soleil, mais une nuit éternelle avec un soleil au milieu. Et quelque part entre Mars et la Terre le message se perdit entièrement, peut-être emporté par un phénomène d'attraction électrique au voisinage d'un météore, ou parasité par une pluie de météorites argentées. En tout cas, les petits mots et les mots sans importance du message se volatilisèrent. Et la voix de Will arriva porteuse d'un seul mot.

« … amour… »

Ensuite, il y eut de nouveau l'immensité de la nuit, le bruit des étoiles en révolution et des soleils se berçant de leurs propres murmures, et le bruit de son cœur, tel un autre monde dans l'espace, qui emplissait l'écouteur.

« Tu l'as *entendu ?* » demanda Leonora.

Janice ne parvint qu'à hocher la tête.

« Qu'est-ce qu'il a dit, qu'est-ce qu'il a dit ? »

Mais Janice ne pouvait le répéter à personne, c'était trop beau pour être répété. Elle resta assise, à écouter encore et encore cet unique mot que lui repassait sa mémoire. Elle resta assise à l'écouter, tandis que Leonora lui ôtait le combiné des mains sans qu'elle s'en rende compte, et raccrochait.

Puis elles furent au lit, toutes lumières éteintes, le vent soufflant dans les pièces un avant-goût du long voyage dans les ténèbres et les étoiles, leurs voix parlant du lendemain, et des jours à venir qui ne seraient pas des jours mais d'interminables nuits-jours ; et leurs voix de se réduire à un murmure qui céda la place au sommeil ou à la songerie, et Janice de se retrouver seule dans son lit.

En était-il ainsi il y a plus d'un siècle, se demanda-t-elle, quand, dans les petites villes de l'Est, la veille du départ, les femmes s'apprêtaient à dormir, ou n'y arrivaient pas, et entendaient le bruit des chevaux dans la nuit, le grincement des grands chariots bâchés prêts à partir, le ruminement des bœufs sous les arbres et les pleurs des enfants esseulés avant l'heure ? Le bruit des arrivées et des départs dans les profondeurs des forêts et des prairies, tandis que les forgerons travaillaient jusqu'à minuit dans leurs propres enfers rouges ? Et qu'en était-il de l'odeur du lard et du jambon en partance, de cette impression que les chariots, tels des navires, étaient prêts à sombrer sous le poids de tant de bric-à-brac, de tant de tonneaux pleins d'eau destinés à bringuebaler et à déborder à travers les prairies ? Sans parler des poulets hystériques dans leurs cages suspendues à l'arrière des chariots, et des chiens qui s'élançaient vers les grands espaces s'offrant à eux, pour revenir, tout craintifs, avec des yeux comme remplis de vide. En était-il donc ainsi autrefois ? Au bord du précipice, à la lisière de la falaise d'étoiles. De leur temps l'odeur du bison, et du nôtre celle de la Fusée. En était-il donc ainsi ?

Et elle décréta, tandis que le sommeil assumait sa rêverie, que oui, oui, bien sûr, irrévocablement, il en avait toujours été ainsi et il continuerait à jamais d'en être ainsi.

Tout là-haut dans le ciel

« Vous connaissez la nouvelle ?

— Quelle nouvelle ?

— Les nègres, les nègres !

— Eh bien, quoi, les nègres ?

— Ils s'en vont, ils fichent le camp, ils mettent les voiles ; vous êtes pas au courant ?

— Qu'est-ce que tu nous chantes, ils fichent le camp ? Comment ça se pourrait ?

— Ça se peut, c'est décidé, c'est en cours.

— Deux ou trois ?

— Tous ceux qui sont là, dans le Sud !

— Non.

— Si.

— Il faut que je voie ça. J'arrive pas y croire. Et où ils vont ? En Afrique ? »

Silence.

« Sur Mars.

— Tu veux dire la *planète* Mars ?

— Tout juste. »

Les hommes se mirent debout dans l'ombre étouffante de la galerie qui longeait la quincaillerie. L'un d'eux cessa d'allumer sa pipe. Un autre cracha dans la poussière brûlante de midi.

« C'est pas possible, ils peuvent pas faire ça.

— N'empêche qu'ils le font.

— Où es-tu allé pêcher ça ?

— Partout. On vient de l'annoncer à la radio. »

Telles des statues poussiéreuses, les hommes s'animèrent.

Samuel Teece, le quincaillier, laissa échapper un rire jaune. « Je me demandais, aussi, où était passé Simplet. Ça fait une heure que je l'ai envoyé livrer avec mon vélo. Et il est pas encore revenu de chez Mrs. Bordman. Tu crois que cet idiot de négro est parti pour Mars en pédalant ? »

Les hommes ricanèrent.

« En tout cas, il a intérêt à me rapporter ma bécane. Je suis pas du genre à me laisser voler.

— Écoutez ! »

Les hommes se bousculèrent avec agacement pour se retourner.

Tout au bout de la rue, la digue semblait s'être rompue. Noires et tièdes, les eaux envahissaient la ville. Entre les rives d'un blanc éclatant que formaient les magasins, au milieu des silences ménagés par les arbres, une marée noire déferlait. Comme une espèce de mélasse estivale, elle s'enflait sur la route saupoudrée de cannelle. Lentement, elle affluait, composée d'hommes, de femmes, de chevaux, de chiens qui aboyaient, de garçonnets et de fillettes. Et de la bouche des gens qui constituaient cette marée s'élevait une rumeur de fleuve. Un fleuve qui s'écoulait par un jour d'été, dans un murmure, irrévocable.

Et dans ce flot de ténèbres, lent, régulier, qui tranchait sur l'éclat aveuglant du jour, on apercevait d'alertes touches de blanc, les yeux, les yeux d'ivoire qui regardaient droit devant ou, l'espace d'un instant, sur le côté, tandis que le fleuve, le fleuve sans fin, se détournait de ses anciens parcours pour en suivre un nouveau. Grosses d'innombrables affluents, de ruissellements de couleur et de vie, les diverses branches de ce fleuve s'étaient réunies pour former un seul et irrésistible courant. Et cette eau charriait tout un bric-à-brac — pendules de grand-mère carillonnantes, horloges de cuisine tictaquantes, poules encagées caquetantes, bébés piaillants ; sans compter, surnageant dans les remous, des mules et des chats, des ressorts et des touffes de crin folles dépassant de matelas éventrés, des cartons et des caisses, des portraits de grands-pères noirs dans des cadres en chêne — tandis que les hommes assis dans la galerie de la quincaillerie comme des molosses inquiets, les mains ballantes, regardaient passer le fleuve devenu impossible à endiguer.

Samuel Teece n'en croyait pas ses yeux. « Bon sang, où vont-ils trouver un moyen de transport ? Comment comptent-ils aller sur Mars ?

— Les fusées, fit grand-papa Quatermain.

— Pauvres imbéciles. Et où les prendront-ils, ces fusées ?

— Z'ont mis de l'argent de côté pour en construire.

— Première nouvelle.

— On dirait que tous ces nègres ont gardé le secret. Z'ont fabriqué leurs fusées tout seuls, allez savoir où — en Afrique, si ça se trouve.

— Est-ce qu'ils en avaient seulement le droit ? s'emporta Samuel Teece en arpentant la galerie. N'y a-t-il pas de loi à ce sujet ?

— C'est pas comme s'ils déclaraient la guerre, dit tranquillement le vieillard.

— Et d'où ils décollent, bon sang, ces faux jetons, avec leurs petits secrets ?

— Il est prévu que tous les nègres de la ville se réunissent au bord du lac des Fous. Les fusées seront là à une heure pour l'embarquement, et en route pour Mars.

— Téléphonez au gouverneur, appelez la milice, cria Teece. Ils auraient dû nous prévenir !

— Voilà ta femme, Teece. »

Et les hommes de se retourner une fois de plus, pour voir arriver au bout de la route surchauffée, dans la lumière de plomb, une première femme blanche, puis une autre, et encore une autre, toutes offrant l'image de la stupeur, toutes dans un frou-frou de vieux papiers. Certaines pleuraient, d'autres étaient renfrognées. Toutes étaient à la recherche de leurs maris. Elles poussaient les portes à double battant des bars pour disparaître à l'intérieur, pénétraient dans la calme fraîcheur des épiceries, s'engouffraient dans les drogueries et les garages. Et l'une d'elles, Mrs. Clara Teece, vint se planter dans la poussière devant la galerie de la quincaillerie, plissant les paupières en direction de son mari raide de fureur tandis que le flot sombre s'écoulait à pleins bords derrière elle.

« C'est Lucinda, papa ; faut que tu rentres à la maison !

— Pas question que je me dérange pour une mal blanchie !

— Elle s'en va. Qu'est-ce que je vais devenir sans elle ?

— Tu feras tes courses toi-même. Je vais pas me mettre à genoux pour la retenir.

— Mais elle fait quasiment partie de la famille, se plaignit Mrs. Teece.

— Arrête de brailler ! Je ne tolérerai pas que tu pleurniches en public pour une maudite… »

Le sanglot étouffé de sa femme l'interrompit. Elle se tamponna les yeux. « Je lui ai dit et répété : "Lucinda, reste chez nous et tu auras une augmentation, tu auras *deux* soirées libres par semaine, si tu veux", mais elle n'a pas bronché ! Jamais je ne l'avais vue aussi résolue, alors je lui ai dit : "Tu n'as donc aucune *affection* pour moi, Lucinda ?" et elle m'a répondu que si, mais qu'elle devait partir parce que c'était comme ça, point final. Elle a fait le ménage, mis la table, puis elle est allée à la porte du salon et… et elle est restée là, entre deux ballots posés à ses pieds, et m'a serré la main en disant : "Au revoir, Mrs. Teece." Et elle est sortie. Et le déjeuner était sur la table, et on était tous trop bouleversés pour seulement avaler quelque chose. Il est toujours servi, à ce que je sais ; à l'heure qu'il est, il doit être en train de refroidir. »

Teece faillit la frapper. « Crénom, Mrs. Teece, tu vas te grouiller de rentrer à la maison ? Te donner en spectacle comme ça !

— Mais papa… »

Il s'enfonça dans la pénombre étouffante du magasin et réapparut un instant plus tard un pistolet argenté à la main.

Sa femme était partie.

Le fleuve s'écoulait, noir, entre les bâtiments, dans un mélange continu de bruissements, de grincements et de raclements de pieds. C'était un mouvement très calme, mais plein d'une farouche détermination ; pas de rires, pas de désordre, simplement un courant régulier, résolu, ininterrompu.

Teece s'assit au bord de sa chaise en bois dur. « Si j'en vois un seul qui se permet de rigoler, bon Dieu, je le flingue ! »

Les hommes attendaient.

Le fleuve s'écoulait tranquillement, comme dans un rêve, sous le soleil de midi.

« M'est avis que tu devras sarcler tes navets toi-même, Sam, gloussa l'ancêtre.

— Je suis tout aussi capable de descendre un Blanc », dit Teece sans regarder le vieux, qui détourna la tête et se tut.

« Eh toi, là, arrête ! » Samuel Teece sauta de la galerie et empoigna les rênes d'un cheval monté par un grand Noir. « Oui, toi, Belter, descends de là !

— Oui, monsieur. » Belter se laissa glisser au bas de sa monture.

Teece le toisa des pieds à la tête. « Qu'est-ce que tu fais là, hein ?

— Eh bien, Mr. Teece…

— Je suppose que tu te vois t'en aller, comme dans la

chanson… C'est quoi les paroles, déjà ? "Tout là-haut dans le ciel…" C'est ça ?

— Oui, m'sieur. » Le Noir attendait la suite.

« Tu te souviens que tu me dois cinquante dollars, Belter ?

— Oui, m'sieur.

— Et tu essaies de te défiler ? Bon sang, voilà qui mérite le fouet !

— Dans le feu de l'action, ça m'est sorti de la tête, m'sieur.

— Ça lui est sorti de la tête ! » Teece lança un clin d'œil féroce à ses compagnons. « Eh bien, mon gars, tu sais ce que tu vas faire ?

— Non, m'sieur.

— Tu vas rester ici pour me réunir ces cinquante billets, aussi vrai que je m'appelle Samuel W. Teece. » Il se retourna une fois de plus pour adresser un sourire de connivence aux hommes installés à l'ombre de la galerie.

Belter regarda le fleuve qui suivait la rue, ce fleuve sombre qui coulait entre les boutiques, sur roues, à cheval, dans des souliers poussiéreux, et auquel il avait été arraché au passage. Il se mit à trembler. « Laissez-moi partir, Mr. Teece. Je vous enverrai votre argent de là-haut, c'est promis !

— Écoute un peu, Belter. » Teece l'agrippa par les bretelles comme il aurait tiré sur les cordes d'une harpe, et se mit à en jouer avec mépris, ricanant à l'adresse du ciel, pointant un doigt osseux vers Dieu. « Belter, as-tu la moindre idée de ce qui t'attend là-haut ?

— Je sais ce qu'on m'raconte.

— Ce qu'on lui raconte ! Dieu du ciel ! Vous entendez ça ? Ce qu'on lui raconte ! » Il secoua l'homme par les bretelles d'un geste négligent, désinvolte, en lui brandissant un doigt sous le nez. « Belter, tu vas filer là-haut comme une fusée de 4 juillet, et baoum ! Tu vas te retrouver en miettes, éparpillé dans l'espace. Ces cinglés de scientifiques, ils savent rien, ils vont tous vous tuer !

— Ça m'est égal.

— Ravi de l'apprendre. Parce que tu sais ce qu'il y a là-haut, sur cette planète Mars ? Des monstres avec de gros yeux cruels, comme des champignons ! T'en as vu les images sur ces magazines de science-fiction à deux sous que t'achètes au drugstore, pas vrai ? Eh bien, ces monstres te sauteront dessus pour te sucer la moelle des os !

— Ça m'est égal, complètement égal. » Belter regardait le défilé passer, le laissant en arrière. Son front noir était emperlé de sueur. À croire qu'il était sur le point de défaillir.

« Et il fait froid là-haut ; pas d'air, tu t'écroules, t'es là à frétiller comme un poisson, à suffoquer, à mourir asphyxié, à t'asphyxier et à mourir. C'est ça qui te *plaît ?*

— Y a des tas de choses qui me plaisent pas, m'sieur. S'il vous plaît, m'sieur, lâchez-moi. Je suis en retard.

— Je te lâcherai quand ça me *conviendra.* On va rester là à causer poliment jusqu'à ce que je t'autorise à partir, et tu le sais très bien. Tu as envie de voyager, hein ? Eh bien, monsieur Tout-là-haut-dans-le-ciel, tu vas filer chez toi et réunir ces cinquante dollars que tu me dois ! T'en as pour deux mois de boulot !

— Mais alors, je vais manquer la fusée, m'sieur !

— Si c'est pas malheureux ! » Teece singea la tristesse.

« Je vous donne mon cheval, m'sieur.

— Un cheval, c'est pas de la monnaie officielle. Tu bougeras pas d'ici tant que j'aurai pas récupéré mon argent. » Et Teece de rire intérieurement, très content de lui.

Quelques Noirs s'étaient amassés autour d'eux pour les écouter. Comme Belter restait là, tête basse, tremblant, un vieil homme s'avança.

« Monsieur ? »

Teece lui décocha un bref regard. « Oui ?

— Combien vous doit cet homme, monsieur ?

— Mêlez-vous de vos oignons ! »

Le vieil homme se tourna vers Belter. « Combien, fiston ?

— Cinquante dollars. »

Le vieillard leva ses mains noires en direction du petit rassemblement. « Vous êtes bien vingt-cinq ici. Que chacun donne deux dollars ; vite, c'est pas le moment de discuter.

— Holà, pas si vite ! » s'écria Teece en se redressant de toute sa taille.

L'argent apparut. Le vieil homme le recueillit dans son chapeau et donna celui-ci à Belter. « Tiens, fiston. Tu ne manqueras pas ta fusée. »

Belter sourit en regardant au fond du chapeau. « Non, m'sieur, je crois pas. »

Teece hurla : « Rends-leur cet argent ! »

Belter s'inclina respectueusement tout en tendant l'argent, puis, comme Teece refusait d'y toucher, il le déposa dans la poussière aux pieds du quincaillier. « Voilà votre argent, m'sieur, dit-il. Merci beaucoup. » Souriant, il se remit en selle et fouetta son cheval tout en remerciant le vieil homme, qui chevaucha en sa compagnie jusqu'à ce qu'ils soient hors de vue.

« Salopard ! murmura Teece, les yeux fixés sur le soleil aveuglant. Salopard !

— Ramasse ton argent, Samuel », lança quelqu'un depuis la galerie

Et la même scène de se reproduire tout le long du chemin. Pieds nus, des gamins de la communauté blanche déboulaient pour annoncer la nouvelle. « Ceux qui ont d'quoi aident les autres ! Comme ça, ils sont *tous* libres ! J'ai vu un riche donner deux cents dollars à un pauvre pour rembourser quelqu'un ! J'en ai vu un donner à un autre dix dollars, cinq dollars, seize, plein de trucs comme ça, partout, tout le monde ! »

Les hommes blancs restaient assis avec un goût âcre dans la bouche, les yeux fermés, bouffis, comme sous le coup d'une gifle assénée par le vent, le sable, la chaleur.

Samuel Teece bouillait de rage. Il regagna la galerie et regarda passer la foule d'un œil mauvais en brandissant son pistolet. Puis, lorsqu'il se sentit forcé de faire quelque chose, il se mit à crier après n'importe qui, après le moindre nègre qui levait les yeux vers lui. « Baoum ! Encore une fusée qui explose ! criait-il pour que tout le monde l'entende. Baoum ! Bon sang de bois ! » Les têtes sombres, impassibles, faisaient semblant de ne pas entendre, mais les yeux blancs se détournaient un instant avant de reprendre leur fixité. « Patatras ! Toutes les fusées qui dégringolent ! Au milieu des cris, des morts ! Baoum ! Dieu tout-puissant, je suis pas mécontent de rester ici sur le bon vieux plancher des vaches, comme on dit ! »

Des chevaux passaient, clop, clop, soulevant la poussière sous leurs sabots. Des chariots cahotaient sur leurs ressorts cassés.

« Baoum ! » Sa voix tonnait, solitaire, dans la chaleur, s'efforçant de terrifier la poussière et le ciel incandescent. « Vlan ! Des nègres un peu partout ! Éjectés des fusées comme des vairons frappés par un météore, bon sang ! C'est plein de météores dans l'espace. Vous savez ça ? Et comment ! Dru comme une décharge de chevrotine, ça vous tombe dessus. Ça vous dégomme ces fusées en fer-blanc comme des canards, comme des pipes en terre ! Ces vieilles boîtes de sardines pleines de morue noire ! Comme des chapelets de pétards, qu'elles vont exploser, baoum, baoum, baoum ! Dix mille morts par-ci, dix mille morts par-là. Qui vont flotter dans l'espace, tourner autour de la terre, éternellement, dans le froid, tout là-bas, grands dieux ! Hé, vous autres, vous entendez ça ? »

Silence. Le fleuve s'écoulait, large, sans interruption. Une heure lui avait suffi pour inonder toutes les cahutes,

emporter tous les objets de valeur, et il charriait maintenant les pendules et les planches à laver, les pièces de soie
et les tringles à rideaux vers quelque lointaine mer noire.

Le flux passa. Il était deux heures. Vint le reflux. Puis
le fleuve s'assécha, le silence descendit sur la ville, la
poussière retomba en une fine pellicule sur les magasins,
les hommes assis, les grands arbres écrasés de chaleur.

Silence.

Les hommes de la galerie tendirent l'oreille.

N'entendant rien, ils laissèrent vagabonder leurs pensées et leur imagination de plus en plus loin, jusque dans
les prés environnants. Au petit matin, la terre avait retenti
de son mélange de bruits coutumiers. Çà et là, avec l'en-
têtement de l'habitude, il y avait eu des voix qui chantaient, ce rire de miel sous les branches des mimosas, le
rire des négrillons qui se ruaient dans l'eau claire du ruisseau, des mouvements et des dos courbés dans les champs,
des plaisanteries et des cris joyeux en provenance des
cahutes couvertes de vigne vierge.

À présent, on aurait dit qu'un grand vent avait nettoyé
le pays de tous ses bruits. Plus rien. Des portes réduites à
l'état de squelettes pendaient, ouvertes, à leurs gonds de
cuir. Des pneus transformés en balançoires oscillaient
librement dans l'air silencieux. Au bord du fleuve, les
rochers où l'on allait faire la lessive étaient vides, et les
éventuels carrés de melons d'eau distillaient tout seuls
leurs liqueurs secrètes dans la canicule. Les araignées
commençaient à tisser de nouvelles toiles dans les masures
désertes ; la poussière commençait à s'infiltrer par les fis-
sures des toits en particules dorées. Ici et là, oublié dans
la précipitation du départ, un feu traînassait et, dans un
sursaut soudain, se trouvait ranimé par les os secs de
quelque bicoque en désordre. Un léger crépitement s'élevait alors dans l'air silencieux.

Les hommes étaient toujours assis à l'ombre de la galerie, sans cligner des paupières ni déglutir.

« J'arrive pas à comprendre pourquoi ils s'en vont *maintenant*. Au moment où les choses s'arrangent. Je veux dire, chaque jour on leur accorde de nouveaux droits. Qu'est-ce qu'ils veulent ? L'impôt sur les personnes a été supprimé, et de plus en plus d'États votent des lois antilynchage et multiplient les décrets en matière d'égalité des droits. Qu'est-ce qu'ils veulent *de plus* ? Ils se font presque autant d'argent que les Blancs, mais les voilà qui s'en vont. »

Au bout de la rue déserte apparut une bicyclette.

« Le diable m'emporte, Teece, voilà ton Simplet qui s'amène. »

La bicyclette s'arrêta devant la galerie, montée par un jeune Noir de dix-sept ans tout en bras et en jambes, la tête ronde comme un melon d'eau. Il leva les yeux vers Samuel Teece et sourit.

« Alors comme ça, t'avais pas la conscience tranquille et t'es revenu, dit le quincaillier.

— Non, m'sieur, je rapporte le vélo, c'est tout.

— Comment ça ? T'as pas pu l'embarquer dans la fusée ?

— C'est pas ça, m'sieur.

— Je veux pas le savoir ! Descends de là, tu vas pas voler ce qui m'appartient ! » Il donna une bourrade au garçon. La bicyclette tomba. « Rentre faire les cuivres.

— Pardon ? » Les yeux du garçon s'écarquillèrent.

« Tu as parfaitement entendu. Il y a des fusils à déballer, une caisse de clous qui vient d'arriver de chez Natchez…

— Mr. Teece.

— Et une caisse de marteaux à emmancher…

— Mr. Teece, s'il vous plaît.

— T'es encore là ? s'exclama Teece, l'œil mauvais.

— Mr. Teece, j'aimerais prendre ma journée, si ça ne vous embête pas trop, s'excusa-t-il.

— Et celle de demain, d'après-demain et ainsi de suite, hein ?

— J'en ai bien peur, m'sieur.

— Et t'as *toutes les raisons* d'avoir peur, mon gars. Viens par ici. » Il entraîna le garçon à l'intérieur et sortit un papier d'un tiroir. « Tu te souviens de ça ?

— De quoi, m'sieur ?

— C'est ton contrat de travail. Tu l'as signé, c'est bien ta croix ici, non ? Réponds-moi.

— J'ai pas signé ça, Mr. Teece. » Le garçon tremblait. « N'importe qui peut faire une croix.

— Écoute ça, Simplet. Contrat : "Je m'engage à travailler pour Mr. Samuel Teece pendant deux ans à dater du 15 juillet 2032 et, en cas de départ projeté, à donner un préavis d'un mois et à continuer mon travail jusqu'à ce que l'on m'ait trouvé un remplaçant." Voilà. » Teece, l'œil pétillant, frappa le papier du plat de la main. « Si tu fais des histoires, t'es bon pour une assignation en justice.

— C'est pas possible, gémit le garçon, les larmes aux yeux. Si je pars pas aujourd'hui, jamais je partirai.

— Je sais très bien ce que tu ressens, Simplet ; parfaitement, j'ai de la peine pour toi, mon gars. Mais tu seras bien traité et bien nourri. Alors rentre, mets-toi au boulot et ne pense plus à toutes ces bêtises, hein, Simplet ? Allez. » Teece se fendit d'un grand sourire en tapotant l'épaule du jeune homme.

Celui-ci se retourna et regarda les vieillards assis dans la galerie. Les larmes lui brouillaient presque entièrement la vue. « Peut-être… peut-être qu'un de ces messieurs… » Les hommes levèrent les yeux dans l'ombre étouffante, vibrante de tension, d'abord vers le garçon, puis vers Teece.

« Un *Blanc* devrait peut-être prendre ta place, c'est ça que tu veux dire, mon gars ? » s'enquit Teece, glacial.

Grand-papa Quatermain souleva ses mains rougeaudes

de ses genoux. Il contempla pensivement l'horizon et déclara : «Pourquoi pas moi, Teece?

— Quoi?

— J'veux bien prendre le travail de Simplet.»

Silence dans la galerie.

Teece se dandinait d'une jambe sur l'autre. «Grand-pa, fit-il d'un ton menaçant.

— Laisse partir le gamin. Je m'occuperai de tes cuivres.

— Vous feriez ça? Vraiment?» Simplet se précipita vers le vieux, riant et pleurant à la fois, n'en croyant pas ses oreilles.

«Pour sûr.

— La ferme, grand-pa, vous mêlez pas de ça, intervint Teece.

— Fous la paix à ce gamin, Teece.»

Le quincaillier s'avança et saisit le garçon par le bras. «Il est à moi. Je vais l'enfermer dans l'arrière-boutique jusqu'à ce soir.

— Non, Mr. Teece!»

Voilà que le garçon pleurait à chaudes larmes. Ses sanglots emplissaient la galerie. On ne voyait plus ses yeux. Au bout de la rue, une vieille Ford poussive approchait, avec un dernier chargement de Noirs. «Voilà ma famille qui arrive, Mr. Teece. Oh, je vous en prie, je vous en prie, mon Dieu, je vous en supplie!

— Teece, dit l'un des autres occupants de la galerie en se levant, laisse-le partir.»

Un deuxième homme se leva. «C'est aussi mon avis.

— Et le mien, ajouta un troisième.

— À quoi bon t'entêter?» À présent ils parlaient tous à la fois. «Ça suffit, Teece.

— Laisse-le partir.»

Le quincaillier tâta sa poche à la recherche de son pistolet. Vit l'expression des autres. Éloigna la main de sa

poche, y laissant le pistolet, et dit : « Alors, c'est comme
ça ?

— C'est comme ça », fit quelqu'un.

Teece lâcha le garçon. « Très bien. File. » Geste bref de
la main en direction du magasin. « Mais j'espère que t'as
pas dans l'idée de laisser traîner la moindre saloperie dans
ma boutique.

— Non, m'sieur.

— Tu débarrasses ton capharnaüm, et tu brûles tout ton
bazar. »

Simplet secoua la tête. « Je le prendrai avec moi.

— On te laissera pas embarquer ça dans cette maudite
fusée.

— Je le prendrai avec moi », insista le garçon à voix
basse.

Il se précipita dans la quincaillerie. S'ensuivirent des
bruits de balai et de rangements, puis il réapparut un
moment plus tard, les mains pleines de toupies, de billes,
de vieux cerfs-volants poussiéreux et de tout un bric-à-
brac accumulé au cours des années. C'est alors qu'arriva
la vieille Ford bringuebalante. Simplet grimpa dedans et
la portière claqua. Teece, planté dans la galerie, souriait
jaune. « Qu'est-ce que tu vas faire, *là-haut* ?

— Prendre un nouveau départ, dit le garçon. Monter
ma *propre* quincaillerie.

— Bon sang de bois, t'as appris le métier chez moi
pour pouvoir filer et en profiter !

— Non, m'sieur. J'aurais jamais cru qu'une chose
pareille arriverait un jour, mais c'est arrivé. C'est pas de
ma faute si j'ai appris, Mr. Teece.

— Je suppose que vous avez des noms pour vos
fusées ? »

Ils regardèrent l'horloge du tableau de bord, la seule
qu'ils possédaient.

« Oui, m'sieur.

— Dans le genre Élie et le Chariot, la Grande Roue et la Petite Roue, Foi, Espérance et Charité, hein[1] ?

— Nos vaisseaux ont des noms, Mr. Teece.

— Dieu, le Fils et le Saint-Esprit, je parierais ? Dis-moi, mon gars, t'en as une qui s'appelle la Première Église baptiste ?

— Faut que nous partions à présent, Mr. Teece. »

Celui-ci s'esclaffa. « Vous en avez une qui s'appelle Swing Low et une autre Sweet Chariot[2] ? »

La voiture redémarra. « Au revoir, Mr. Teece.

— Et une qui s'appelle Roll Dem Bones ?

— Au revoir, monsieur !

— Et une autre Over Jordan ! Ha ! Eh bien, coltine-toi cette fusée, mon gars, arrache-la, mon gars, vas-y, pars en fumée, *personnellement*, j'en ai rien à cirer ! »

La voiture s'éloigna dans la poussière avec un bruit de casserole. Le garçon se leva et, les mains en porte-voix, cria une dernière fois à Teece : « Mr. Teece, Mr. Teece, qu'est-ce que vous allez faire la nuit maintenant ? Qu'est-ce que vous allez faire la nuit, Mr. Teece ? »

Silence. La voiture diminua dans le lointain puis disparut. « Qu'est-ce qu'il voulait dire, bon sang ? se demanda Teece d'un air songeur. Ce que je vais faire la nuit ? »

---

1. Certains de ces noms font partie de la chanson mentionnée plus tôt par Mr. Teece et qui donne son titre à ce récit. Bradbury en cite une partie dans une autre de ses nouvelles, «La fin du commencement», incluse dans le recueil *Un remède à la mélancolie*, Présence du Futur n° 49, Denoël : «A wheel in a wheel, Way in the middle of the air... little wheel run by faith, big wheel run by the grace of God. » Soit : «Une roue dans une roue, Tout là-haut dans le ciel... la petite roue tourne par la foi, la grande roue par la grâce de Dieu. » *(N.d.T.)*

2. Nom d'un negro-spiritual célèbre : «Swing Low, Sweet Chariot, comin' for to carry me home... my home is over Jordan. » De même pour «Roll Dem Bones». Déjà, le «laisse-le partir» des compagnons de Mr. Teece, un peu plus haut, faisait allusion au fameux «Let My People Go ! » *(N.d.T.)*

Il regarda la poussière retomber, et soudain cela lui revint.

Le souvenir des nuits d'été où des hommes arrivaient chez lui en voiture, l'œil mauvais, les genoux formant des angles aigus, leurs fusils formant des saillies encore plus aiguës, à croire qu'il y avait là, sous les arbres enténébrés, un plein chargement de grues. Ils klaxonnaient et il sortait en claquant la porte, son fusil à la main, riant tout seul, le cœur battant la chamade comme celui d'un gamin de dix ans. Et la voiture repartait dans la nuit, un rouleau de corde de chanvre sur le plancher, des paquets de cartouches neuves gonflant les poches des vestes. Combien de nuits en tant d'années, combien de nuits dans le vent qui s'engouffrait dans la voiture, rabattait leurs cheveux sur leurs yeux haineux, résonnait de leurs vociférations tandis qu'ils choisissaient un arbre, un arbre bien robuste, avant d'aller cogner à la porte de quelque bicoque !

« C'était donc ça qu'il voulait dire, ce fils de garce ! » Teece bondit dans la lumière du soleil. « Reviens, petit salopard ! Ce que je vais faire la nuit ? Je vais te faire voir, bon à rien d'insolent de fils de… »

N'empêche que c'était une question pertinente. Il se sentit pris de nausée, pareil à une coquille vide. Oui. Qu'allons-nous faire la nuit ? songea-t-il. Maintenant qu'*ils* sont partis ? Il était complètement vide, engourdi.

Il sortit le pistolet de sa poche, s'assura qu'il était chargé.

« Qu'est-ce que tu veux faire, Sam ? demanda quelqu'un.

— Tuer ce fils de garce !

— T'échauffe pas les sangs », dit grand-papa.

Mais Samuel Teece avait déjà disparu au coin de sa boutique. Un moment plus tard il ressortit de l'allée au volant de son cabriolet. « Qui veut venir avec moi ?

— Un petit tour en voiture serait pas pour me déplaire, dit grand-papa en se levant.

— Personne d'autre ? »

Pas de réponse.

L'ancêtre monta dans la voiture et claqua la portière. Samuel Teece démarra dans un grand tourbillon de poussière. Ils n'échangèrent pas un mot tandis qu'ils fonçaient sous le ciel éclatant. Les prés desséchés étaient tout palpitants de chaleur.

Ils s'arrêtèrent à un carrefour. « Quelle direction ils ont pu prendre, grand-pa ? »

Le vieux plissa les yeux. « Tout droit, j'imagine. »

Ils repartirent. Sous la voûte des arbres, le ronflement de la voiture avait l'air d'être le seul bruit au monde. La route était vide et, tandis qu'ils continuaient de rouler, ils remarquèrent quelque chose d'insolite. Teece ralentit et se pencha au-dehors, une expression féroce dans ses yeux jaunes.

« Nom de Dieu, grand-pa, tu vois ce qu'ils ont fait, ces salopards ?

— Quoi donc ? » demanda le vieux en regardant à son tour.

Tout le long de la route déserte, là où on les avait soigneusement posés et abandonnés, en petits tas bien nets séparés de quelques mètres, on apercevait un véritable étalage d'objets : de vieux patins à roulettes, un foulard rempli de colifichets, de vieux souliers, une roue de charrette. des piles de pantalons, de vestes et d'antiques chapeaux. des pendeloques de cristal qui avaient un jour tinté dans le vent, des géraniums roses dans des boîtes de conserve, des coupes de fruits en cire, des cartons d'argent sudiste, des bassines, des planches à laver, des cordes à linge, du savon, un tricycle, des cisailles, un chariot miniature, un diable à ressort, un vitrail de l'Église baptiste noire, un jeu complet de garnitures de freins, des chambres à air, des matelas, des canapés, des fauteuils à bascule, des pots de crème de beauté, des glaces à main. Rien n'ayant été lancé au hasard, mais déposé avec soin et sensibilité, bien comme il faut, sur les bas-côtés, comme si la population de toute une ville était passée par ici les mains pleines et, au signal d'une énorme trompette de bronze, avait abandonné ses possessions dans la poussière paisible avant de s'envoler, autant d'habitants de la Terre qu'elle comptait, droit vers l'azur des cieux.

« Ils l'avaient bien dit, ils n'ont rien voulu brûler, s'emporta Teece. Non, ils n'ont pas voulu brûler leur bazar comme je le disais. Il a fallu qu'ils le prennent avec eux pour le laisser là où ils pouvaient le voir une dernière fois, sur la route, rassemblé en un tout. Ces négros se croient malins. »

Il fit sauvagement zigzaguer la voiture d'un côté à l'autre de la route, sur des kilomètres, renversant, écrasant, brisant, dispersant les ballots de papier, les coffrets à bijoux, les glaces, les fauteuils. « Tiens, prends ça, et ça, et *ça!* »

Un des pneus avant exhala un sifflement plaintif. La voiture partit dans une folle embardée et plongea dans le fossé, expédiant Teece dans le pare-brise.

« Saloperie ! » Il s'épousseta et, pleurant presque de rage, s'extirpa de la voiture.

Il contempla la route déserte et silencieuse. « Jamais on ne les rattrapera à présent, jamais, jamais. » À perte de vue, c'était une suite de ballots, d'empilements, et encore de ballots soigneusement disposés comme autant de petits reliquaires abandonnés dans le jour déclinant, dans la tiédeur du vent.

Teece et le vieux regagnèrent la quincaillerie une heure plus tard en traînant la patte. Les hommes étaient toujours là, assis, à tendre l'oreille et à scruter le ciel. Au moment même où Teece s'asseyait et entreprenait d'ôter ses souliers devenus trop petits, quelqu'un s'écria : « Regardez ! »

— Plutôt crever », grogna Teece.

Mais les autres regardèrent. Et ils virent les fuseaux

dorés s'élever au loin dans le ciel. Puis plus rien en dehors d'un sillage de feu.

Dans les champs de coton, le vent soufflait négligemment au milieu des amas neigeux. Plus loin gisaient les melons d'eau, intacts, striés comme autant de chats ou de tortues paressant au soleil.

Les occupants de la galerie se rassirent, se dévisagèrent, regardèrent les rouleaux de corde jaune bien rangés sur les étagères, aperçurent les cartouches dont on voyait luire le culot de laiton dans leurs boîtes, contemplèrent les pistolets argentés et les longs fusils de chasse d'acier noir accrochés tout là-haut, inoffensifs, dans la pénombre. L'un d'eux porta un brin de paille à sa bouche. Un autre traça une figure dans la poussière.

Enfin, Samuel Teece brandit son soulier d'un air triomphant, le retourna, l'examina et déclara : « Vous avez remarqué ? Jusqu'au bout, nom de Dieu, jusqu'au bout il m'a dit "Monsieur" ! »

L'imposition des noms

Ils arrivèrent sur d'étranges terres bleues et y apposèrent leurs noms. Ici, tel cours d'eau devint l'Hinkston, tel carrefour la jonction Lustig, tel fleuve le Black, suivis de la forêt de Driscoll, du mont Peregrine et de Wilderville, autant de noms qui rendaient hommage à des personnes et à ce par quoi elles s'étaient signalées. Là, les Martiens avaient tué les premiers Terriens et ce fut Villerouge, à cause du sang versé. Là avait péri la Deuxième Expédition, et ce fut Deuxième Essai. Et partout où les passagers des fusées avaient posé leurs chaudrons ardents et calciné le sol, des noms remplacèrent les cendres, et il y eut naturellement une butte Spender et une Nathaniel Yorkville…

Les anciens noms martiens faisaient référence à l eau, à l'air et aux collines. Aux neiges qui s'écoulaient vers le sud dans les canaux de pierre pour remplir les mers vides. À des sorciers enterrés dans des cercueils scellés, à des tours et à des obélisques. Et les fusées s'abattirent sur ces noms comme des marteaux, réduisant le marbre en schiste, écrasant les bornes en faïence qui portaient les noms des anciennes villes, ne laissant que des ruines où furent plantés de grands pylônes affichant des noms nouveaux : VILLE-DE-FER, VILLE-D'ACIER, ALUMINIUM, CITÉLECTRIQUE, MAÏS-VILLE, GRANGE-À-BLÉ, DETROIT II, tous les noms industriels, mécaniques et métalliques, apportés de la Terre.

Et après que les villes eurent été construites et nommées, ce fut le tour des cimetières : Verte Colline, Cité des Mousses, Bottes-aux-Pieds, Repose-en-Paix ; et les premiers morts descendirent dans leurs tombes…

Mais quand tout fut proprement étiqueté et mis en place, quand tout fut sûr et arrêté, quand les villes furent suffisamment remplies et la solitude réduite au minimum, la fine fleur de la Terre arriva. Ils venaient participer à des galas ou passer des vacances, acheter des bibelots, prendre des photos et goûter « l'atmosphère » ; ils venaient étudier et appliquer des lois sociologiques ; ils venaient avec des étoiles, des insignes, des règles et des règlements, apportant avec eux une partie de la bureaucratie qui avait envahi la Terre comme un monstrueux chiendent et la semant sur Mars partout où elle pouvait pousser. Ils se mirent à contrôler la vie des gens, leurs bibliothèques ; ils se mirent à diriger et à tracasser ceux-là mêmes qui étaient venus sur Mars pour fuir les directives, les règles et les tracasseries.

Et il était inévitable que certains d'entre eux réagissent…

Usher II

« Pendant toute une journée d'automne, journée fuligineuse, sombre et muette, où les nuages pesaient lourds et bas dans le ciel, j'avais traversé seul et à cheval une étendue de pays singulièrement lugubre, et enfin, comme les ombres du soir approchaient, je me trouvai en vue de la mélancolique Maison Usher… [1]. »

Mr. William Stendhal s'interrompit dans sa citation. Là, sur une basse colline noire, se dressait la Maison, sa pierre angulaire portant l'inscription : 2036 A.D.

Mr. Bigelow, l'architecte, déclara : « Les travaux sont terminés. Voilà la clé, Mr. Stendhal. »

Les deux hommes s'immobilisèrent, silencieux, dans la paix de l'après-midi automnal. Des plans bruissaient à leurs pieds dans l'herbe de jais.

« La Maison Usher, dit Mr. Stendhal avec satisfaction. Conçue, bâtie, achetée, payée. Mr. Poe ne serait-il pas ravi ? »

Mr. Bigelow plissa les yeux. « Est-ce bien ce que vous vouliez ?

— Oh, oui !

1. Traduction de Charles Baudelaire, comme pour toutes les autres citations. (*N.d.T.*)

— La couleur est-elle à votre goût ? Donne-t-elle l'impression "de la désolation et de la terreur" ?

— De la plus *parfaite* désolation et de la plus *parfaite* terreur !

— Les murs sont bien… "grisâtres" ?

— Remarquablement !

— L'étang est-il assez… "noir et lugubre" ?

— Incroyablement noir et lugubre.

— Et les joncs — nous les avons teints, vous savez —, sont-ils "grisâtres" à souhait ?

— Affreux ! »

Mr. Bigelow consulta les spécifications portées sur ses plans et en tira une autre citation : « L'ensemble engendre-t-il "une glace au cœur, un abattement, un malaise — une irrémédiable tristesse de pensée" ? La Maison, l'étang, le cadre, Mr. Stendhal ?

— J'en ai vraiment pour mon argent, Mr. Bigelow. Dieu ! C'est magnifique !

— Merci. J'ai dû travailler dans le plus grand secret. Heureusement que vous aviez vos fusées personnelles, sinon nous n'aurions jamais obtenu l'autorisation de transporter ici notre outillage. Vous noterez le crépuscule permanent, l'éternel mois d'octobre, le paysage désolé, stérile, mort. Ça nous a donné un certain mal. On a tout exterminé. Dix mille tonnes de D.D.T. Pas un serpent, pas une grenouille, pas une mouche martienne n'en a réchappé ! Un crépuscule permanent, Mr. Stendhal… je n'en suis pas peu fier. Il y a des machines, cachées, qui masquent le soleil. D'où, continuellement, la "tristesse" de mise. »

Stendhal se pénétrait de cette tristesse, de l'accablement, des vapeurs pestilentielles, de l'« atmosphère » générale si subtilement recréée. Et la Maison ! Cette horreur croulante, cet étang maléfique, les fongosités, ce vaste délabrement ! Du plastique ou allez savoir quoi.

Il leva les yeux vers le ciel d'automne. Quelque part tout

là-haut, très loin, brillait le soleil. Quelque part sur Mars, on était en avril, un mois blond sous un ciel bleu. Quelque part tout là-haut, les fusées crachaient leur feu pour civiliser une planète magnifiquement morte. Leur rugissement était assourdi par ce monde ténébreux, insonorisé, cet ancien monde automnal.

« Maintenant que mon travail est terminé, dit Mr. Bigelow, mal à l'aise, je prendrai la liberté de vous demander ce que vous comptez faire de tout ceci.

— De la Maison Usher ? Vous n'avez pas deviné ?

— Non.

— Le nom d'Usher ne vous dit rien ?

— Rien du tout.

— Bon, et ce nom-*ci*: Edgar Allan Poe ? »

Mr. Bigelow secoua la tête.

« Évidemment. » Stendhal émit un léger grognement où se mêlaient la consternation et le mépris. « Comment ai-je pu penser que vous connaissiez ce cher Mr. Poe ? Il y a une éternité qu'il est mort — avant Lincoln. Tous ses livres ont été brûlés dans le Grand Incendie. Il y trente ans de cela — en 2006.

— Ah, fit Mr. Bigelow d'un air entendu. Il faisait partie du *lot* !

— Oui, du lot en question, Mr. Bigelow. En compagnie de Lovecraft, Hawthorne, Ambrose Bierce, de tous les contes fantastiques et de terreur et, tant qu'on y était, de tous les récits de science-fiction, il a été brûlé. Sans pitié. Au nom de la loi votée pour la circonstance. Oh, ça a commencé en douceur. En 1999, ce n'était qu'un grain de sable. On s'est mis à censurer les dessins humoristiques, puis les romans policiers, et naturellement, les films, d'une façon ou d'une autre, sous la pression de tel ou tel groupe, au nom de telle orientation politique, tels préjugés religieux, telles revendications particulières ; il y avait toujours une minorité qui redoutait quelque chose, et une grande majorité ayant peur du noir, peur du futur, peur du passé, peur du présent, peur d'elle-même et de son ombre.

— Je vois.

— Peur du mot "politique" (qui était, paraît-il, redevenu synonyme de "communisme" dans les milieux les plus réactionnaires, un mot qu'on ne pouvait employer qu'au péril de sa vie). Et avec un tour de vis par-ci, un resserrage de boulon par-là, une pression, une traction, une éradication, l'art et la littérature sont devenus une immense coulée de caramel mou, un méli-mélo de tresses et de nœuds lancés dans toutes les directions, jusqu'à en perdre toute élasticité et toute saveur. Ensuite les caméras ont cessé de tourner, les salles de spectacle se sont éteintes, et les imprimeries d'où sortait un flot niagaresque de lecture n'ont plus distillé qu'un filet inoffensif de produits "épurés". Oh, le mot "évasion" aussi était extrémiste, faites-moi confiance !

— Vraiment ?

— Et comment ! Chacun, disait-on, devait regarder la réalité en face. Se concentrer sur l'Ici et le Maintenant ! Tout ce qui ne s'y *conformait pas* devait disparaître. Tous les beaux mensonges littéraires, tous les transports de l'imagination devaient être abattus en plein vol ! Alors on les a alignés contre un mur de bibliothèque un dimanche matin de 2006 ; on les a tous alignés, le père Noël, le Cavalier Sans Tête, Blanche-Neige, le Petit Poucet, Ma Mère l'Oie — oh, quelles lamentations ! — et on les a abattus. On a brûlé les châteaux en papier, les grenouilles enchantées, les vieux rois, tous ceux qui "vécurent toujours heureux" (car naturellement, il était bien connu que *personne* ne vivait toujours heureux !) et "Il était une fois" est devenu "Plus jamais". On a dispersé les cendres de Rickshaw le Fantôme ainsi que les décombres du pays d'Oz ; on a désossé Glinda la Bonne et Ozma, fait voler la polychromie en éclats dans un spectroscope, et meringué Jack Tête de Citrouille pour le servir au bal des

Biologistes ! La tige du haricot magique est morte étouffée sous les ronces de la bureaucratie ! La Belle au Bois dormant s'est réveillée au baiser d'un scientifique pour expirer sous la piqûre fatale de sa seringue. Ils ont fait boire à Alice une potion qui l'a fait rapetisser au point qu'elle ne pouvait plus s'écrier : "De plus-t-en plus curieux[1]", et d'un coup de marteau ils ont fracassé le Miroir et chassé tous les Rois rouges et toutes les Huîtres ! »

Il serra les poings. Dieu ! c'était encore tellement près ! Le visage congestionné, il s'efforçait de reprendre sa respiration.

Quant à Mr. Bigelow, étourdi par cette longue explosion, il cligna des yeux et dit : « Excusez-moi. Je ne sais pas de quoi vous parlez. Pour moi, ce ne sont que des noms. À ce que j'ai entendu dire, le Grand Incendie a été une bonne chose.

— Fichez-moi le camp ! hurla Stendhal. Votre travail est fini, alors laissez-moi seul, imbécile ! »

Mr. Bigelow appela ses ouvriers et s'en alla.

Mr. Stendhal resta seul devant sa Maison.

« Écoutez, là-haut, lança-t-il en direction des fusées invisibles. Je suis venu sur Mars pour échapper à votre engeance de pisse-froid, mais vous affluez chaque jour plus nombreux, comme des mouches sur des détritus. Je vais vous faire voir. Je vais vous donner une bonne leçon pour ce que vous avez fait à Mr. Poe sur la Terre. À dater de ce jour, méfiez-vous. La Maison Usher est ouverte ! »

Il brandit le poing vers le ciel.

La fusée se posa. Un homme en descendit d'un pas vif. Il lorgna la Maison, et ses yeux gris exprimèrent la plus

---

1. Traduction d'*Alice au pays des merveilles* par Jacques Papy (Folio, Gallimard), qui rend ainsi le barbarisme anglais « curiouser and curiouser ». Pour les autres allusions aux récits de Lewis Carroll nous avons pareillement adopté les options de Jacques Papy. *(N.d.T.)*

vive contrariété. Il franchit les douves à grandes enjam-bées pour venir se planter devant le petit homme.

« Vous vous appelez Stendhal ?

— Oui.

— Garrett, inspecteur de l'Ambiance morale.

— Vous voilà donc enfin sur Mars, vous autres ? Je me demandais quand vous débarqueriez.

— Nous sommes arrivés la semaine dernière. Tout sera bientôt aussi propre et ordonné que sur la Terre. » Il agita une carte d'identité en direction de la Maison. « Si vous me parliez un peu de cet endroit, Mr. Stendhal ?

— C'est un château hanté, si vous voulez.

— Je ne veux rien de tel, Mr. Stendhal, je ne *veux* rien de tel. Surtout pas entendre un mot comme "hanté".

— C'est pourtant simple. En cet an de grâce 2036, j'ai fait construire un sanctuaire mécanique. À l'intérieur, des chauves-souris de laiton volent sur des rayons électro-niques, des rats de cuivre galopent dans des caves en plas-tique, des squelettes robots dansent ; des vampires, des démons, des loups, des fantômes robots conjuguant com-posés chimiques et ingéniosité vivent ici.

— C'est bien ce que je craignais, dit Garrett avec un léger sourire. Je crains que nous ne soyons obligés de détruire cet endroit.

— Je savais que vous vous manifesteriez dès que vous auriez découvert ce qui se passait ici.

— J'aurais dû venir plus tôt, mais à l'Ambiance morale nous voulions nous assurer de vos intentions avant d'in-tervenir. Les Démolisseurs et l'équipe d'Incinération peu-vent être ici à l'heure du dîner. À minuit, votre domicile sera rasé jusqu'aux fondations. Vous me faites l'effet de quelqu'un de bien mal avisé, Mr. Stendhal. Dépenser tant d'argent durement gagné pour cette folie… Voyons, vous avez bien dû y mettre trois millions de dollars…

— Quatre millions ! Mais j'en ai hérité de vingt-cinq tout jeune. Je peux me permettre ce gaspillage. N'empêche qu'il est bien dommage qu'à peine une heure après l'achèvement de cette Maison vous fassiez irruption avec vos Démolisseurs. Vous ne pourriez pas me laisser m'amuser avec mon Jouet ne serait-ce que, disons, vingt-quatre heures ?

— Vous connaissez la loi. Elle est formelle. Pas de livres, pas de maisons, pas question de produire quoi que ce soit qui ait le moindre rapport avec les fantômes, les vampires, les fées ou toute autre créature née de l'imagination.

— Vous finirez par brûler les Babitt !

— Vous nous avez causé bien des ennuis, Mr. Stendhal. C'est dans nos dossiers. Il y a vingt ans. Sur la Terre. Vous et votre bibliothèque.

— Oui, moi et ma bibliothèque. Et quelques autres de mon espèce. Oh, il y a maintenant bien longtemps que Poe est oublié, et Oz, et ces autres créatures dont vous parliez. Mais j'avais ma petite cachette. Nous étions quelques citoyens à avoir nos bibliothèques personnelles, jusqu'à ce que vous envoyiez vos hommes avec leurs torches et leurs incinérateurs pour me déchirer mes cinquante mille volumes et les brûler. Exactement comme vous avez planté un pieu dans le cœur d'Halloween et dit à vos producteurs que s'ils tenaient à faire des films, ils n'avaient qu'à adapter et réadapter Ernest Hemingway. Bon sang, combien de fois ai-je vu *Pour qui sonne le glas* porté à l'écran ! Trente versions différentes. Toutes bien réalistes. Ah, le réalisme ! Le réalisme par-ci, le réalisme par-là, au diable le réalisme !

— Ça ne sert à rien d'être amer !

— Mr. Garrett, vous devez fournir un rapport complet, n'est-ce pas ?

— Oui.

— Alors, par simple curiosité, vous feriez bien d'entrer et de jeter un coup d'œil. Il n'y en a que pour une minute.

— Très bien. Je vous suis. Et ne jouez pas au plus fin. Je suis armé. »

La porte de la Maison Usher s'ouvrit en grinçant. Une bouffée d'humidité s'en échappa. Un soupir, une plainte immense se fit entendre, comme si quelque soufflet souterrain respirait au fin fond de catacombes oubliées.

Un rat trottinait sur les dalles de pierre. Garrett poussa un cri et lui donna un coup de pied. Le rat fit une culbute et, de son pelage de nylon, jaillit un incroyable flot de puces métalliques.

« Ahurissant ! » Garrett se pencha pour mieux voir.

Dans une niche, une vieille sorcière promenait ses mains de cire tremblotantes sur des cartes de tarot orange et bleu. Elle releva brusquement la tête et un sifflement jaillit de sa bouche édentée à l'adresse de Garrett.

« La Mort ! » s'écria-t-elle en tapotant ses cartes graisseuses.

« *Voilà* le genre de chose qui me défrise, dit Garrett. Déplorable !

— Vous pourrez la brûler personnellement.

— Vraiment ? » Garrett était tout content. Puis il se renfrogna. « Je dois avouer que vous prenez ça très bien.

— C'est déjà bien d'avoir pu créer cet endroit. De pouvoir me dire que j'ai créé ça. Que j'ai fait revivre une atmosphère médiévale dans un monde moderne et incrédule.

— Quoi qu'il m'en coûte, je reconnais que votre génie force l'admiration, monsieur. » Garrett suivait des yeux une vapeur qui passait dans un murmure, image de quelque beauté nébuleuse. Au fond d'un corridor humide s'éleva le bourdonnement d'une machine. Comme de la barbe à papa dans une centrifugeuse, des nappes de brume se mirent à flotter, emplissant de chuchotis le silence des grands couloirs.

Un gorille surgit du néant.

« Halte-là ! s'écria Garrett.

— N'ayez pas peur. » Stendhal tapota le noir poitrail de l'animal. « Un robot. Squelette de cuivre et tout le reste à l'avenant, comme la sorcière. Vous voyez ? » Il rebroussa une poignée de poils, mettant au jour des tubes métalliques.

« Oui. » Garrett flatta le monstre d'une main timide. « Mais pourquoi, Mr. Stendhal, pourquoi tout *ceci* ? Au nom de quelle hantise ?

— La bureaucratie, Mr. Garrett. Mais je n'ai pas le temps de m'expliquer. Le gouvernement ne tardera pas à comprendre. » Il fit un signe de tête au gorille. « Bon. *Allez.* »

Le gorille tua Mr. Garrett.

« Sommes-nous prêts, Pikes ? »

Pikes releva les yeux de la table. « Oui, monsieur.

— Vous avez fait des prodiges.

— Ma foi, je suis payé pour ça, Mr. Stendhal », répondit aimablement Pikes tout en soulevant la paupière en plastique du robot pour insérer l'œil de verre et ajuster impeccablement ses muscles en néoprène. « Et voilà.

— Mr. Garrett tout craché.

— Que faisons-nous de lui, monsieur ? » Pikes désigna du menton le chariot sur lequel gisait la dépouille du véritable Mr. Garrett.

« Le mieux est de le brûler, Pikes. Nous n'avons pas besoin de deux Mr. Garrett, n'est-ce pas ? »

Pikes roula Garrett jusqu'à l'incinérateur de brique. « Adieu. » Il poussa le cadavre à l'intérieur et claqua la porte.

Stendhal se tourna vers le robot. « Vous connaissez vos instructions, Garrett ?

— Oui, monsieur. » Le robot se redressa. « Je retourne à l'Ambiance morale. J'y dépose un rapport complémentaire. Demande un délai minimum de quarante-huit heures avant passage à l'action. Dis que je procède à un supplément d'enquête.

— Très bien, Garrett. Au revoir. »

Le robot s'empressa de gagner la fusée de Garrett, s'y embarqua et s'envola.

Stendhal se retourna. « Et maintenant, Pikes, nous allons envoyer les dernières invitations pour ce soir. Je crois que nous allons bien nous amuser, pas vous ?

— Depuis vingt ans que nous attendons ça... Nous amuser follement, oui ! »

Ils échangèrent un clin d'œil.

Stendhal consulta sa montre. Sept heures. Plus longtemps à attendre. Il fit tourner le sherry dans le verre qu'il avait en main. S'assit tranquillement. Au-dessus de lui, parmi les poutres de chêne, leurs délicates armatures de cuivre cachées sous la chair de caoutchouc, les chauves-souris couinaient en fixant sur lui leurs yeux clignotants. Il leva son verre dans leur direction. « À notre succès. » Puis il se laissa aller en arrière, ferma les paupières et repensa à toute cette histoire. Comme il allait savourer cette revanche de ses vieux jours. Ce stratagème pour faire payer à un gouvernement antiseptique les terreurs et les sinistres qu'il avait fait subir à la littérature. Ah, quelle colère et quelle haine s'étaient accumulées en lui au cours des années. Ah, que son plan avait été lent à prendre forme dans son esprit engourdi, jusqu'à ce jour, trois ans plus tôt, où il avait rencontré Pikes.

Oui, Pikes. Pikes rongé d'une amertume aussi profonde qu'un puits charbonneux d'acide verdâtre. Qui était Pikes ? Tout simplement le plus grand de tous ! Pikes, l'homme aux mille visages, fureur, fumée, brume bleutée, pluie blanche, chauve-souris, gargouille, monstre, tel était Pikes ! Meilleur que Lon Chaney père ? Stendhal réfléchit. Nuit après nuit, il avait regardé Chaney dans les vieux, vieux films. Oui, meilleur que Chaney. Meilleur que cet autre mime des anciens temps ? Comment s'appelait-il, déjà ? Karloff ? Bien meilleur ! Lugosi ? La comparaison était odieuse ! Non, il n'y avait qu'un seul Pikes, et c'était un homme désormais dépouillé de toutes ses fantasmagories, qui n'avait plus aucun endroit où aller sur Terre, plus personne à épater. N'avait même plus le droit de jouer pour lui seul devant une glace !

Pauvre Pikes puni de ses extravagances ! Qu'as-tu ressenti, Pikes, la nuit où ils ont saisi tes films, comme s'ils faisaient rendre ses entrailles à la caméra, comme s'ils t'étripaient toi-même, pour les fourrer par écheveaux entiers, à pleines brassées, dans une chaudière ardente ? Était-ce aussi pénible que de voir quelque cinquante mille volumes anéantis sans qu'il soit question du moindre dédommagement ? Oui. Stendhal sentit une colère insensée lui glacer les mains. Oui. Alors quoi de plus de naturel s'ils s'étaient mis un jour à bavarder devant des cafés sans fin jusqu'à des minuits sans nombre, et si de toutes ces conversations et de toutes ces amères décoctions était sortie… la Maison Usher.

Une énorme cloche d'église sonna. Les invités arrivaient.

Un sourire aux lèvres, il alla les accueillir.

Adultes sans mémoire, les robots attendaient. Dans la soie verte couleur de forêts marines, dans la soie couleur de grenouilles et de fougères, ils attendaient. Dans le crin jaune couleur du soleil et du sable, les robots attendaient. Huilés, avec leurs os tubulaires taillés dans le bronze et noyés dans la gélatine, les robots gisaient. Dans des cercueils qui n'abritaient ni des morts ni des vivants, dans des caisses en bois, les métronomes attendaient d'être mis en marche. Odeur de lubrifiant et de cuivre tourné. Silence de cimetière. Sexués mais sans sexe, les robots. Porteurs d'un nom mais dépourvus de nom, ayant toutes les apparences de l'humain sauf l'humanité, les robots fixaient les couvercles cloués de leurs caisses étiquetées FRANC DE PORT, dans une mort qui n'en était même pas une, car il n'y avait jamais eu de vie. Et voilà que l'on entend un immense grincement de clous arrachés. Que des couvercles se soulèvent. Des ombres passent sur les caisses, une main fait jaillir de l'huile d'une burette. Une horloge se met en marche, unique tic-tac à peine audible. Puis une autre et une autre, jusqu'à ce que s'impose le ronronnement d'une immense horlogerie. Les yeux d'agate s'ouvrent en grand entre les paupières de caoutchouc. Les narines frémissent. Les robots, sous un pelage de singe ou de lapin blanc, se dressent : Bonnet Blanc derrière Blanc Bonnet, la Simili-Tortue, le Loir ; noyés en mer chancelants, véritables composés d'algues et de sel ; pendus au cou violacé, aux yeux révulsés pareils à des praires ; créatures de glace et de paillettes flamboyantes, gnomes et farfadets, Tik-Tok, Ruggedo, le père Noël précédé d'un tourbillon de neige de ses œuvres, Barbe-Bleue, le visage comme embroussaillé de flammes d'acétylène ; nuages de soufre d'où jaillissent des mufles de feu vert ; dragon, immense reptile écailleux dont le ventre contient une fournaise, révolution en marche vers la liberté dans un cri, un déclic, un mugissement, un silence, un bruit de course, un courant d'air. Dix mille couvercles repoussés. L'horlogerie emménage dans la Maison Usher. La nuit est enchantée.

Un souffle chaud passa sur le domaine. Les fusées des invités arrivaient, embrasant le ciel et transformant l'automne en printemps.

Les hommes débarquèrent en habit de soirée et les femmes les suivirent, les cheveux arrangés avec un souci très poussé du détail.

« C'est donc *ça*, Usher !

— Mais où est la porte ? »

À ce moment, Stendhal apparut. Les femmes riaient et

papotaient. Mr. Stendhal leva une main pour leur réclamer le silence. Puis il se retourna, leva les yeux vers une haute fenêtre et appela : «Rapunzel, Rapunzel, laisse descendre tes cheveux. »

Et d'en haut, une magnifique jeune fille se pencha dans la brise nocturne et laissa pendre ses longs cheveux d'or. Ceux-ci se torsadèrent et se nouèrent pour se transformer en une échelle que les invités empruntèrent dans un concert de rires pour pénétrer dans la Maison.

Quels éminents sociologues ! Quels subtils psychologues ! Quelles hautes personnalités de la politique, de la bactériologie, de la neurologie ! Ils étaient tous là, entre les murs suintants.

«Bienvenue à tous ! »

Mr. Tryon, Mr. Owen, Mr. Dunne, Mr. Lang, Mr. Steffens, Mr. Fletcher et deux douzaines d'autres grandes figures.

«Entrez, entrez ! »

Miss Gibbs, miss Pope, miss Churchil, miss Blunt, miss Drummond, et une vingtaine d'autres femmes, toutes resplendissantes.

Des personnages éminents, éminentissimes, du premier au dernier, membres de la Société pour la Répression de l'imaginaire, partisans de l'abolition d'Halloween et de Guy Fawkes, tueurs de chauves-souris, brûleurs de livres, brandisseurs de torches ; de bons citoyens, des gens très bien, tous sans exception, qui avaient attendu que les rudes pionniers aient enterré les Martiens, nettoyé leurs cités, construit des villes, refait les routes et écarté tout danger. Alors, une fois la Sécurité matérielle en bonne voie, les Rabat-joie, ceux qui avaient du mercurochrome en guise de sang et des yeux couleur de teinture d'iode, étaient venus mettre en place leur Ambiance morale et dispenser la bonne parole à tout le monde. Et c'étaient ses amis ! Oui, prudemment, méthodiquement, il avait fait connaissance et gagné l'amitié de chacun d'entre eux, sur Terre, au cours de l'année passée !

« Bienvenue dans l'antre de la Mort ! s'écria-t-il.

— Salut, Stendhal, qu'est-ce que c'est que *tout ça* ?

— Vous verrez. Que tout le monde se déshabille. Vous trouverez des cabines de ce côté. Enfilez les costumes qui vous y attendent. Les hommes par ici, les femmes par là. »

Gênés, les invités ne bougeaient pas.

« Je sais pas si nous devons rester, dit miss Pope. Cet endroit ne me revient pas. Il frôle le.   blasphème.

— Absurde. Un bal costumé !

— En tout cas, ça me paraît illégal. » Mr. Steffens fit la moue.

« Allons ! s'exclama Stendhal en riant. Amusez-vous. Demain il ne restera que des ruines. Passez dans les cabines ! »

La Maison rayonnait de vie et de couleur ; des bouffons passaient en faisant tinter les grelots de leur bonnet, des souris blanches dansaient des quadrilles miniatures au son de la musique que des gnomes armés d'archets minuscules jouaient sur des violons tout aussi minuscules, des drapeaux ondulaient aux poutres noircies tandis que des chauves-souris tourbillonnaient autour de gargouilles d'où jaillissaient des flots de vin frais et écumant. Un ruisseau vagabondait à travers les pièces réservées au bal masqué et il suffisait d'y goûter pour s'apercevoir que c'était du sherry. Les invités sortaient en foule des cabines, transformés en personnages d'un autre âge, le visage masqué d'un domino, le simple fait d'être déguisé leur faisant oublier leurs préventions contre le fantastique et l'horreur. Les femmes se pavanaient en riant dans leurs longues robes rouges. Les hommes étaient à leurs petits soins. Et sur les murs il y avait des ombres qui n'étaient projetées par personne et, çà et là, des miroirs qui ne renvoyaient aucun reflet. « Nous sommes tous des vampires ! s'esclaffa Mr. Fletcher. Des morts ! »

Il y avait sept pièces, chacune d'une couleur différente, une bleue, une pourpre, une verte, une orange, une autre blanche, la sixième violette, et la septième tendue de velours noir — la pièce où une horloge d'ébène sonnait bruyamment les heures. Et les invités de passer en courant de l'une à l'autre, enfin ivres, parmi les fictions robotiques, au milieu des Loirs et des Chapeliers fous, des Trolls et des Géants, des Chats noirs et des Reines blanches tandis que sous leurs pas de danse le plancher résonnait du battement puissant d'un cœur caché mais… révélateur.

« Mr. Stendhal ! »

Un chuchotement.

« Mr. Stendhal ! »

Un monstre à tête de mort se tenait près de lui. C'était Pikes. « Il faut que je vous voie seul à seul.

— Qu'est-ce qu'il y a ?

— Regardez. » Pikes tendit sa main de squelette. Elle contenait des rouages, des écrous et des boulons à demi fondus, carbonisés.

Stendhal les examina un long moment. Puis il entraîna Pikes dans un couloir. « Garrett ? » murmura-t-il.

Pikes acquiesça d'un mouvement de tête. « Il a envoyé un robot à sa place. J'ai trouvé ça tout à l'heure, en nettoyant l'incinérateur. »

Ils restèrent un certain temps à contempler les pièces fatidiques.

« Ça signifie que la police va arriver d'un moment à l'autre, dit Pikes. Notre plan est fichu.

— Je ne sais pas. » Stendhal jeta un coup d'œil au tourbillon jaune, bleu et orange de la foule. La musique se déversait à flots dans les couloirs brumeux. « J'aurais dû me douter que Garrett n'aurait pas la bêtise de venir en personne. Mais attendez !

— Quoi donc ?

— Rien. Rien, justement. Garrett nous a envoyé un

robot. Nous lui en avons renvoyé un. S'il n'y regarde pas de trop près, il ne s'apercevra pas de la substitution.

— Bien sûr !

— La prochaine fois il viendra *lui-même*. Maintenant qu'il pense ne courir aucun danger. Voyons voir… il va peut-être arriver d'une minute à l'autre, *en personne !* Du vin, Pikes ! »

La grosse cloche retentit.

« Je vous parie que c'est lui. Allez, faites entrer Mr. Garrett. »

Rapunzel laissa descendre ses cheveux dorés.

« Mr. Stendhal ?

— Mr. Garrett. Le *véritable* Mr. Garrett ?

— Lui-même. » Garrett examina les murs suintants et la foule tourbillonnante. « J'ai préféré venir me rendre compte par moi-même. On ne peut pas se fier aux robots. Surtout ceux des autres. J'ai également pris la précaution de convoquer les Démolisseurs. Ils seront là dans une heure pour abattre cette abomination. »

Stendhal s'inclina. « Merci de m'avertir. » Geste de la main. « En attendant, autant participer aux réjouissances. Un peu de vin ?

— Non, merci. Qu'est-ce qui se passe ici ? Comment peut-on tomber si bas ?

— À vous de voir, Mr. Garrett.

— Quel cauchemar !

— Le plus horrible des cauchemars. »

Une femme hurla. Miss Pope accourut, pâle comme un linge. « Une chose atroce vient d'arriver ! Miss Blunt ! J'ai vu un singe l'étrangler et la fourrer dans une cheminée ! »

Ils se précipitèrent et virent les longs cheveux blonds qui dépassaient du conduit. Garrett poussa un cri.

« Atroce ! » sanglota miss Pope. Puis elle cessa de pleurnicher. Elle battit des paupières et se retourna. « Miss Blunt !

— Parfaitement, fit celle-ci, debout en face d'elle.

— Mais je viens de vous voir coincée dans la cheminée !

— Non, s'esclaffa miss Blunt. Un robot à mon image. Un ingénieux simulacre.

— Mais, mais…

— Ne pleurez pas, ma chère. Je vais très bien. Laissez-moi me regarder. Mais oui, c'est bien moi ! Dans la cheminée. Comme vous disiez. Amusant, n'est-ce pas ? »

Miss Blunt s'éloigna en riant.

« Un verre, Garrett ?

— Je veux bien. Cette histoire m'a retourné. Mon Dieu, quel endroit. Rien que pour ça, la démolition s'impose. Un instant, là… »

Garrett but d'un trait.

Un autre hurlement. Mr. Steffens, porté sur les épaules de quatre lapins blancs, était entraîné au bas d'un escalier apparu comme par magie dans le plancher. Il fut descendu au fond d'un puits où, une fois ligoté, on l'abandonna face à l'acier tranchant d'un gigantesque pendule qui se mit à osciller de plus en plus bas, de plus en plus près de son corps ainsi malmené.

« C'est moi qui suis là, en bas ? » dit Mr. Steffens, qui venait de surgir à côté de Garrett. » Il se pencha sur le puits. « Ça fait vraiment bizarre de se voir mourir. »

Le pendule décrivit une dernière courbe.

« Très réaliste, fit Mr. Steffens en se détournant.

— Un autre verre, Mr. Garrett ?

— S'il vous plaît.

— Ce ne sera pas long. Les Démolisseurs vont arriver.

— Dieu merci ! »

Un troisième hurlement s'éleva.

« Qu'est-ce qu'il y a encore ? dit Garrett d'un air inquiet.

— C'est mon tour, fit miss Drummond. Regardez. »

Et une seconde miss Drummond glapissante fut clouée dans un cercueil et jetée dans la terre sous le plancher.

« Mais je me souviens de *ça!* s'étrangla l'inspecteur de l'Ambiance morale. Ça sort des vieux livres interdits. L'Inhumation prématurée[1]. Comme le reste. Le Puits, le Pendule, le singe, la cheminée, Double Assassinat dans la rue Morgue. Dans un livre que j'ai brûlé, oui !

— Un autre verre, Garrett. Là, tenez-le bien.

— Grands dieux, quelle imagination vous avez ! »

Immobiles, ils regardèrent cinq autres personnages mourir, l'un dans la gueule d'un dragon, les autres lancés et engloutis dans l'étang noir.

« Aimeriez-vous voir ce que nous avons prévu pour vous ? demanda Stendhal.

— Certainement, répondit Garrett. Qu'est-ce que ça change ? Nous allons faire sauter ce fichu bazar, de toute façon. Vous avez l'esprit trop mal tourné.

— Alors venez. Par ici. »

Et il conduisit Garrett dans les profondeurs de la Maison, par d'innombrables corridors et escaliers en colimaçon, sous terre, dans les catacombes.

« Qu'est-ce que vous voulez me montrer dans vos souterrains ? demanda Garrett.

— Votre propre mort.

— Un double ?

— Oui. Et autre chose aussi.

— Quoi donc ?

— L'amontillado », dit Stendhal en continuant d'avancer, sa lanterne à bout de bras. Des squelettes à demi sortis de leurs cercueils se figèrent. Garrett plaqua une main sur son nez avec une grimace de dégoût.

« Le quoi ?

— N'avez-vous jamais entendu parler de l'amontillado ?

---

1. « The Premature Burial ». Ce conte d'Edgar Poe ne fait pas partie de ceux qui ont été traduits par Baudelaire. Il est ici cité dans la traduction d'Émile Hennequin, 1882. (*N.d.T.*)

— Non.

— Vous ne reconnaissez pas ceci ? » Stendhal désigna une niche.

« Je devrais ?

— Ni ceci ? » Accompagnant son geste d'un sourire, Stendhal sortit une truelle de sous sa cape.

« Qu'est-ce que c'est ?

— Venez. »

Ils pénétrèrent dans la niche. À la faveur de l'obscurité, Stendhal passa les chaînes à l'homme à moitié ivre.

« Mais qu'est-ce que vous faites, pour l'amour du Ciel ? s'écria Garrett dans un bruit de ferraille.

— De l'ironie. On n'interrompt pas quelqu'un qui fait de l'ironie, c'est impoli. Voilà !

— Vous m'avez enchaîné !

— En effet.

— Qu'est-ce que vous voulez faire ?

— Vous laisser ici.

— C'est une plaisanterie.

— Une excellente plaisanterie.

— Où est mon double ? On n'assiste pas à sa mort ?

— Il n'y a pas de double.

— Mais les *autres* ?

— Les autres sont morts. Ceux que vous avez vu tuer étaient les originaux. Les doubles, les robots, regardaient. »

Garrett resta muet.

« À présent, vous êtes censé dire : "Pour l'amour de Dieu, Montrésor !" déclara Stendhal. Et je répondrai : "Oui, pour l'amour de Dieu !" Vous ne voulez pas dire ça ? Allez. *Dites-le*.

— Imbécile.

— Faut-il vous supplier ? Dites-le. Dites : "Pour l'amour de Dieu, Montrésor !"

— Pas question, espèce d'idiot. Sortez-moi d'ici. » Son ivresse s'était dissipée.

« Tenez. Mettez ça. » Stendhal lui lança quelque chose qui produisit un bruit de grelots.

« Qu'est-ce que c'est ?

— Un bonnet avec des grelots. Mettez-le et je vous laisserai peut-être sortir.

— Stendhal !

— Mettez-le, j'ai dit ! »

Garrett obéit. Les grelots tintèrent.

« N'avez-vous pas comme une impression de déjà vu ? » s'enquit Stendhal en se mettant au travail avec sa truelle, des briques et du mortier.

« Qu'est-ce que vous faites ?

— Je vous emmure. Voilà une rangée. En voici une autre.

— Vous êtes fou !

— Je ne chercherai pas à vous contredire.

— Vous serez poursuivi en justice ! »

Stendhal tapota une brique et la plaça sur le mortier humide.

Tout un remue-ménage accompagné de cris et de martèlements se fit entendre à l'intérieur de la niche de plus en plus sombre. Les briques s'élevaient de plus en plus haut. « Démenez-vous davantage, s'il vous plaît, dit Stendhal. Donnez-nous du spectacle.

— Détachez-moi, détachez-moi ! »

Il ne restait plus qu'une brique à mettre en place. Les hurlements se poursuivaient sans discontinuer.

« Garrett ? » appela doucement Stendhal. Garrett se tut. « Garrett, reprit Stendhal, savez-vous pourquoi je vous ai fait ça ? Parce que vous avez brûlé les livres de Mr. Poe sans les avoir vraiment lus. Vous avez cru sur parole ceux qui vous affirmaient qu'il fallait les brûler. Sinon, vous auriez compris ce qui vous attendait quand nous sommes descendus ici tout à l'heure. L'ignorance est fatale, Mr. Garrett. »

Garrett demeura silencieux.

« Je veux que ceci soit parfait », dit Stendhal en levant sa lanterne de façon que la lumière se faufile jusqu'à la silhouette prostrée. « Agitez un peu vos grelots. » Un cliquetis se fit entendre. « Et maintenant, si vous voulez bien dire : "Pour l'amour de Dieu, Montrésor", je vous libérerai peut-être. »

Le visage de l'homme apparut dans la lumière. Une hésitation. Puis, grotesque, il articula : « Pour l'amour de Dieu, Montrésor.

— Ah », fit Stendhal, les yeux clos. Il ajusta la dernière brique et la cimenta avec soin. « *Requiescas in pace*, cher ami. »

Puis il se hâta de quitter les catacombes.

Dans les sept pièces le son de minuit de l'horloge suspendit tout mouvement[1].

La Mort Rouge apparut.

Stendhal se retourna un instant sur le seuil de la porte Puis, au pas de course, il sortit de la vaste Maison, franchit les douves et rejoignit un hélicoptère qui attendait.

« Prêt, Pikes ?

— Prêt.

— Alors allons-y ! »

Ils regardèrent la vaste Maison avec un sourire. Elle commença à se lézarder en son milieu, comme sous l'effet d'un tremblement de terre, et, tandis qu'il contemplait ce spectacle grandiose, Stendhal entendit Pikes réciter derrière lui d'une voix basse et cadencée : « "… La tête me tourna quand je vis les puissantes murailles s'écrouler en deux. Il se fit un bruit prolongé, un fracas tumultueux comme la voix de mille cataractes, et l'étang profond et

---

1. On lit dans « Le Masque de la Mort Rouge » (traduction de Charles Baudelaire) : « Et la fête tourbillonnait toujours lorsque s'éleva enfin le son de minuit de l'horloge. Alors, comme je l'ai dit, la musique s'arrêta, le tournoiement fut suspendu ; il se fit partout, comme naguère, une anxieuse immobilité. » (*N.d.T.*)

croupi placé à mes pieds se referma tristement et silencieusement sur les ruines de la Maison Usher." »

L'hélicoptère s'éleva au-dessus de l'eau bouillonnante et bascula vers l'ouest.

AOÛT 2036

Les vieillards

Et quoi de plus naturel en définitive que le débarquement sur Mars des vieillards ? Les vieillards qui suivaient la piste laissée par les bruyants pionniers, la fine fleur parfumée, les voyageurs professionnels et les conférenciers en quête de nouveau grain à moudre.

Ainsi les êtres desséchés et craquants, ceux qui passaient leur temps à écouter leur cœur, à se tâter le pouls et à introduire des cuillerées de sirop dans leurs bouches désabusées, tous ces gens qui avaient un jour pris des pullmans en novembre pour la Californie et des paquebots en avril pour l'Italie, les abricots desséchés, les momies débarquèrent enfin sur Mars…

Le Martien

Les montagnes bleues s'élevaient dans la pluie et la pluie tombait dans les longs canaux. Le vieux LaFarge et son épouse sortirent de leur maison pour la regarder.

«La première averse de la saison, fit observer LaFarge.

— Ça fait plaisir, dit sa femme.

— Elle est la bienvenue.»

Ils refermèrent la porte. À l'intérieur, ils se réchauffèrent les mains au-dessus du feu. Au loin, par la fenêtre, ils apercevaient les flancs luisants de pluie de la fusée à bord de laquelle ils avaient quitté la Terre.

«Je n'ai qu'un regret, dit LaFarge en contemplant ses mains.

— Lequel?

— De ne pas avoir pu emmener Tom avec nous.

— Enfin, Lafe!

— Je ne vais pas remettre ça; excuse-moi.

— Nous sommes venus ici pour profiter de nos vieux jours en paix, pas pour penser à Tom. Il y a si longtemps qu'il est mort, on devrait essayer de l'oublier, lui et tout ce qu'on a laissé sur la Terre.

— Tu as raison.» Il se remit à exposer ses mains à la chaleur, les yeux fixés sur le feu. «Je n'en parlerai plus. C'est simplement que j'ai la nostalgie de nos balades en voiture du dimanche, quand on allait à Green Lawn Park mettre des fleurs sur sa tombe. C'étaient nos seules sorties. »

La pluie bleutée tombait doucement sur la maison.

À neuf heures, ils se mirent au lit et restèrent allongés, tranquilles, la main dans la main, lui soixante-dix ans, elle soixante-quinze ans, dans la nuit pluvieuse.

« Anna ? fit-il à voix basse.

— Oui ?

— Tu n'as pas entendu quelque chose ? »

Tous deux écoutèrent la pluie et le vent.

« Rien, dit-elle.

— Quelqu'un qui sifflait.

— Non, je n'ai pas entendu.

— Je vais quand même aller voir. »

Il enfila sa robe de chambre et alla jusqu'à la porte d'entrée. Il hésita un instant, puis l'ouvrit en grand. La pluie lui mouilla le visage, glacée. Le vent soufflait.

Dehors se dressait une petite silhouette.

Un éclair fendilla le ciel et fit passer une lueur blanche sur le visage qui observait le vieux LaFarge debout sur le seuil.

« Qui est là ? » lança LaFarge en tremblant.

Pas de réponse.

« Qui est-ce ? Qu'est-ce que vous voulez ? »

Toujours pas un mot.

Il se sentait très faible, épuisé, engourdi. « Qui êtes-vous ? » cria-t-il.

Sa femme surgit derrière lui et lui prit le bras. « Pourquoi cries-tu ?

— Il y a un petit garçon dans la cour qui ne veut pas me répondre, chevrota le vieil homme. Il ressemble à Tom !

— Viens te coucher, tu rêves.

— Mais il est là ! Regarde toi-même. »

Il fit bâiller un peu plus la porte à cet effet. Le vent froid soufflait, la pluie fine arrosait le sol et la silhouette immobile fixait sur eux un regard lointain. La vieille femme se figea sur le seuil.

« Allez-vous-en ! dit-elle en agitant la main. Allez-vous-en !

— Est-ce qu'on ne dirait pas Tom ? » demanda le vieil homme.

La silhouette ne bougeait pas.

« J'ai peur, dit la vieille femme. Ferme la porte et viens te coucher. Je ne veux pas me mêler de ça. »

Elle disparut dans la chambre à coucher en maugréant entre ses dents.

Le vieil homme resta sur place dans le froid que le vent faisait pleuvoir sur ses mains.

« Tom, appela-t-il doucement. Tom, si c'est toi, si par hasard c'est bien toi, Tom, je ne mettrai pas le verrou. Et si tu as froid et que tu veuilles venir te réchauffer, entre un peu plus tard et étends-toi près du feu ; il y a des carpettes de fourrure. »

Il referma la porte mais sans la verrouiller.

Sa femme le sentit se remettre au lit et frissonna. « Quelle nuit affreuse. Je me sens si vieille, sanglota-t-elle.

— Chut, chut », fit-il d'une voix apaisante avant de la serrer dans ses bras. « Allez, dors. »

Elle finit par s'endormir.

Alors, comme il tendait l'oreille, il entendit la porte d'entrée s'ouvrir tout doucement, laissant entrer la pluie et le vent, puis se refermer. Il entendit des pas feutrés du côté de la cheminée et une respiration paisible. « Tom », dit-il pour lui tout seul.

Un éclair déchira les ténèbres.

Au matin le soleil était brûlant.

Mr. LaFarge ouvrit la porte du salon et jeta un rapide coup d'œil circulaire.

Devant le foyer, les carpettes étaient vides.

LaFarge soupira. « Je me fais vieux », dit-il.

Il entreprit d'aller chercher un seau d'eau claire au canal pour faire sa toilette. Sur le seuil de la porte il faillit renverser le jeune Tom qui rapportait déjà un seau rempli à ras bord. « Bonjour, papa !

— Bonjour, Tom. »

Le vieil homme s'écarta. Le gamin, pieds nus, se hâta de traverser la pièce, déposa son seau et se retourna en riant. « Une bien belle journée !

— Effectivement. » LaFarge n'en croyait pas ses yeux. L'enfant se comportait le plus naturellement du monde. Il se mit à se laver la figure dans l'eau.

Le vieil homme s'avança. « Tom, comment es-tu arrivé ici ? Tu es vivant ?

— Je ne devrais pas ? » L'enfant leva les yeux vers lui.

« Mais, Tom, Green Lawn Park, tous les dimanches, les fleurs et… »

LaFarge fut obligé de s'asseoir. L'enfant vint se tenir devant lui et lui prit la main. Le vieil homme sentit le contact des doigts chauds et fermes. « Tu es vraiment ici, ce n'est pas un rêve ?

— Tu *veux* que je sois ici, non ? » L'enfant semblait inquiet.

« Oui, oui, Tom !

— Alors pourquoi poser des questions ? Accepte-moi !

— Mais ta mère… le choc…

— Ne t'inquiète pas pour elle. Pendant la nuit, je vous ai chanté des chansons ; comme ça vous m'accepterez mieux, surtout elle. Je sais quel choc ça peut être. Attends qu'elle arrive, tu verras. » Il se mit à rire en secouant ses boucles cuivrées. Il avait des yeux très bleus, lumineux.

« Bonjour, vous deux. » La mère sortit de la chambre à coucher en relevant ses cheveux en un chignon. « Quelle belle journée, n'est-ce pas ? »

Tom se retourna et rit au nez de son père. « Tu vois ? »

Ils firent un déjeuner délicieux, tous les trois, à l'ombre derrière la maison. Mrs. LaFarge avait déniché une vieille bouteille de vin de tournesol qu'elle avait mise de côté et ils en burent tous un peu. Mr. LaFarge n'avait jamais vu sa femme aussi rayonnante. Si quelque doute subsistait dans son esprit à propos de Tom, elle ne s'en ouvrit point. La chose lui paraissait parfaitement naturelle. Comme elle paraissait de plus en plus naturelle à LaFarge.

Tandis que maman débarrassait, LaFarge se pencha vers son fils et lui demanda en confidence : « Quel âge as-tu à présent, fiston ?

— Enfin, papa, tu ne le sais pas ? Quatorze ans, bien sûr.

— Qui es-tu *en réalité ?* Tu ne peux pas être Tom, mais tu es *quelqu'un.* Qui ?

— Non ! » Effaré, l'enfant porta ses mains à son visage.

« Tu peux me le dire. Je comprendrai. Tu es un Martien, n'est-ce pas ? J'ai entendu des histoires sur les Martiens. Rien de précis. Des histoires d'après lesquelles les Martiens seraient devenus très rares et prendraient l'apparence de Terriens lorsqu'ils viennent parmi nous. Il y a quelque chose en toi... tu es Tom et tu n'es pas vraiment lui.

— Tu ne peux vraiment pas m'accepter et te taire ? » s'écria l'enfant, ses mains lui masquant complètement le visage. « Ne doute pas, je t'en supplie, ne doute pas de moi ! » Il se détourna et quitta la table en courant.

« Tom, reviens ! »

Mais le gamin filait déjà le long du canal en direction de la ville.

« Où s'en va Tom ? » s'enquit Anna en revenant chercher ce qui restait de vaisselle. Elle regarda son mari dans les yeux. « Tu lui as dit quelque chose qui l'a contrarié ?

— Anna, dit-il en lui prenant la main. Anna, tu ne te souviens de rien ? Green Lawn Park, une pierre tombale, la pneumonie de Tom ?

— Qu'est-ce que tu racontes ? » Elle se mit à rire.

« N'y pense plus », dit-il calmement.

Au loin, la poussière retombait le long du canal dans le sillage de Tom.

À cinq heures du soir, alors que le soleil déclinait, Tom revint. Il adressa un regard hésitant à son père. « Tu vas encore me poser des questions ? l'interrogea-t-il.

— Aucune. »

Sourire éclatant de l'enfant. « Chouette.

— Où es-tu allé ?

— Aux abords de la ville. J'ai failli ne pas revenir. J'ai failli me faire… » L'enfant cherchait le mot juste. « … piéger.

— Comment ça, "piéger" ?

— Je suis passé devant une petite maison en fer-blanc et j'ai eu l'impression que je n'allais jamais pouvoir vous revoir. Je ne sais pas comment t'expliquer, c'est impossible, je ne vois pas ce que je pourrais te dire, même *moi* je n'y arrive pas ; c'est bizarre, je ne veux pas en parler.

— Alors n'en parlons pas. Va plutôt faire un brin de toilette. C'est l'heure du dîner. »

L'enfant partit en courant.

Une dizaine de minutes plus tard, une barque arriva sur les eaux calmes du canal, transportant un grand échalas qui la faisait tranquillement avancer à l'aide d'une perche. « Bonsoir, camarade LaFarge, dit-il en cessant de pousser.

— Bonsoir, Saul, quoi de neuf ?

— Toutes sortes de choses, ce soir. Tu connais ce type du nom de Nomland qui vit au bord du canal dans la cahute en fer-blanc ? »

LaFarge se raidit. « Oui ?

— Tu sais quel genre de canaille c'était ?

— Le bruit a couru qu'il avait quitté la Terre parce qu'il avait tué un homme. »

Saul prit appui sur sa perche humide et fixa LaFarge. « Tu te souviens du nom de l'homme qu'il a tué ?

— Gillings, non ?

— C'est ça. Gillings. Eh bien, il y a environ deux heures, Nomland s'est précipité en ville en criant qu'il avait vu Gillings, vivant, ici sur Mars, aujourd'hui, cet après-midi ! Il a essayé de se faire boucler en prison pour se protéger. Mais on n'a pas voulu de lui. Alors Nomland est retourné chez lui, et il y a de ça vingt minutes, à ce que j'ai entendu dire, il s'est fait sauter la cervelle. J'arrive tout juste de là-bas.

— Tiens, tiens, fit LaFarge.

— Il se passe de drôles de choses... Eh bien, bonne nuit, LaFarge.

— Bonne nuit. »

La barque s'éloigna sur les eaux paisibles du canal.

« Le dîner est prêt », annonça Anna.

Mr. LaFarge s'assit devant son assiette et, couteau en main, scruta Tom. « Tom, dit-il, qu'est-ce que tu as fait cet après-midi ?

— Rien, fit Tom, la bouche pleine. Pourquoi ?

— Pour savoir, c'est tout. » Le vieil homme glissa un coin de sa serviette de table dans son col.

À sept heures du soir, Anna voulut aller en ville. « Il y a des mois que je n'y ai pas mis les pieds », dit-elle. Mais Tom refusa. « J'ai peur de la ville, dit-il. Des gens. Je ne veux pas y aller.

— En voilà des idées ! Un grand garçon comme toi ! Je ne veux pas entendre ça. Tu vas venir. C'est décidé.

— Anna, si le petit ne veut pas... », commença le vieil homme.

Mais il était inutile de discuter. Elle les poussa dans le bateau et ils remontèrent le canal sous le ciel étoilé, Tom couché sur le dos, les yeux clos ; impossible de savoir s'il dormait ou non. LaFarge ne le quittait pas des yeux, pensif. Qui est cet être, songea-t-il, qui a tout autant besoin d'amour que nous ? Qui est-il, et comment se fait-il que, surgi de sa solitude, il vienne dans le camp étranger en adoptant la voix et le visage du souvenir et reste parmi nous, enfin accepté et heureux ? De quelle montagne sortil, de quelle grotte, de quelle ultime petite race d'autochtones ayant survécu à l'arrivée des fusées venues de la Terre ? Le vieil homme secoua la tête. Impossible de répondre. En tout cas, c'était Tom.

LaFarge regarda la ville au loin et se sentit pénétré d'un vague malaise. Puis il se remit à songer à Tom et à Anna et pensa : Peut-être est-ce une erreur de ne garder Tom qu'un peu de temps, alors qu'on ne peut en attendre qu'ennuis et chagrin, mais comment renoncer à ce que nous avons souhaité par-dessus tout, même s'il ne doit rester qu'un jour avant de disparaître, creusant encore le vide, assombrissant encore les nuits, rendant les pluies nocturnes encore plus pénétrantes ? Autant nous faire rendre gorge que d'essayer de nous enlever cet enfant.

Et il le regarda, si tranquillement assoupi au fond du bateau. Tom gémit, en proie à quelque rêve. «Les gens, murmura-t-il dans son sommeil. Changer, toujours changer. Le piège.

— Là, là, mon petit.» LaFarge caressa les boucles soyeuses de l'enfant, qui se tut.

LaFarge aida sa femme et son fils à descendre du bateau.

«Nous y voilà !» Anna sourit aux lumières, écouta la musique qui venait des cabarets, les pianos, les phonographes, regarda les flâneurs qui se promenaient bras dessus, bras dessous dans les rues bondées.

«Je voudrais rentrer, dit Tom.

— C'est la première fois que je t'entends parler comme ça, dit sa mère. Avant, tu aimais bien les samedis soir en ville.

— Reste près de moi, murmura Tom. Je ne veux pas être pris au piège.»

Anna réussit à l'entendre. « Arrête de dire des bêtises. Viens ! »

LaFarge s'aperçut que l'enfant lui avait pris la main. Il la serra. « Je ne te lâche pas, mon petit Tommy. » Il regarda la foule qui allait et venait et cela l'inquiéta lui aussi. « On ne restera pas longtemps.

— Ça ne rime à rien, nous allons passer la soirée ici », dit Anna.

Ils traversèrent une rue et trois ivrognes qui donnaient de la bande leur rentrèrent dedans. S'ensuivit une bousculade, une séparation, quelques demi-tours, et LaFarge se figea, tout étourdi.

Tom avait disparu.

« Où est-il passé ? demanda Anna d'un ton irrité. Il faut toujours qu'il file à la première occasion. Tom ! » appela-t-elle.

LaFarge s'empressa de se frayer un chemin dans la foule, mais Tom s'était volatilisé.

« Il reviendra ; il sera au bateau quand on partira », dit Anna en toute conviction en pilotant son mari vers le cinéma. Un remous soudain agita la foule, et un couple passa à toute allure à côté de LaFarge. Joe Spaulding et sa femme. Ils étaient hors de vue avant qu'il ait pu leur adresser la parole.

Il se retourna, l'air anxieux, acheta les billets et se laissa entraîner à contrecœur dans l'obscurité.

À onze heures Tom n'était pas à l'embarcadère. Mrs. LaFarge devint très pâle.

« Allons, maman, dit LaFarge, ne t'inquiète pas. Je vais le retrouver. Attends ici.

— Dépêche-toi. » Sa voix se perdit dans les ondulations de l'eau.

Il partit dans les rues nocturnes, les mains dans les poches. Partout, les lumières s'éteignaient une à une. Quelques personnes étaient encore accoudées à leurs fenêtres, car la nuit était douce en dépit des nuages orageux qui continuaient de menacer ici et là au milieu des étoiles. Tout en marchant, il se souvint des allusions répétées de l'enfant au piège qui le guettait, de sa peur des foules et des villes. Cela n'avait aucun sens, songea le vieil homme avec lassitude. Peut-être le gamin était-il parti pour toujours, peut-être n'avait-il jamais existé. LaFarge s'engagea délibérément dans une ruelle, fixant son attention sur les numéros.

« Salut, LaFarge. »

Assis sur le pas de sa porte, un homme fumait la pipe.

« Salut, Mike.

— Tu t'es disputé avec ta femme ? Tu te balades en attendant que ça passe ?

— Non. Je me promène, c'est tout.

— Tu as l'air d'avoir perdu quelque chose. À propos... on a retrouvé quelqu'un ce soir. Tu connais Joe Spaulding ? Tu te souviens de sa fille Lavinia ?

— Oui. » LaFarge eut soudain très froid. On aurait dit un rêve qui se répétait. Il savait déjà ce qui allait suivre.

« Lavinia est revenue ce soir, dit Mike avant de tirer sur sa pipe. Tu te rappelles, elle s'était perdue au fond des mers mortes il y a à peu près un mois ? On pensait avoir retrouvé son corps, salement abîmé, et depuis ça n'allait plus très bien chez les Spaulding. Joe racontait partout qu'elle n'était pas morte, que ce n'était pas son cadavre. Faut croire qu'il avait raison. Ce soir Lavinia a reparu. ·

— Où ça ? » LaFarge sentit son souffle se précipiter, son cœur s'emballer.

« Dans la Grand-Rue. Les Spaulding étaient en train d'acheter des billets de cinéma. Et là, tout à coup, dans la foule, ils voient Lavinia. Tu parles d'un choc ! Elle ne les a pas reconnus tout de suite. Ils l'ont suivie sur la moitié d'une rue et lui ont parlé. Alors elle s'est souvenue.

— Tu l'as vue ?

— Non, mais je l'ai entendue chanter. Tu te souviens

comme elle chantait "The Bonnie Banks of Loch Lomond[1]"? Je l'ai entendue tout à l'heure lancer des trilles pour son père, là-bas, chez eux. Ça faisait plaisir à entendre; une si jolie fille. Dire que je la croyais morte. Mais la voilà revenue et tout est pour le mieux… Dis donc, tu n'as pas l'air dans ton assiette. Tu ferais bien d'entrer, que je te serve un coup de whisky…

— Non, merci, Mike. » LaFarge s'éloigna. Il entendit Mike lui souhaiter bonne nuit mais ne répondit pas, les yeux fixés sur le bâtiment de deux étages où des grappes cramoisies de fleurs grimpantes martiennes recouvraient le toit de cristal. Derrière, au-dessus du jardin, courait un balcon de fer forgé qu'éclairaient les fenêtres donnant dessus. Il était très tard, mais LaFarge se dit : Que va-t-il arriver à Anna si je ne ramène pas Tom? Ce deuxième choc, cette deuxième mort, comment va-t-elle les supporter? Se souviendra-t-elle également de la première, de ce rêve et de cette disparition soudaine? Mon Dieu, il faut que je retrouve Tom, sinon que va devenir Anna? Pauvre Anna, qui attend là-bas, à l'embarcadère. Il s'arrêta et leva la tête. Quelque part au-dessus de lui, des voix se souhaitaient tendrement bonne nuit, des portes se fermaient, des lumières se mettaient en veilleuse et il ne restait plus qu'un doux chant. Peu après, une jeune fille de dix-huit ans au plus, très jolie, sortit sur le balcon.

LaFarge l'appela dans le vent qui se levait.

La jeune fille se retourna et regarda en bas « Qui est là? lança-t-elle.

— C'est moi », dit le vieil homme, et, prenant conscience de l'absurdité de sa réponse, il se tut pour se contenter de remuer les lèvres. Devait-il crier : « Tom, mon fils, c'est ton père »? Comment lui parler? Elle le croirait fou et alerterait ses parents.

La jeune fille se pencha dans la coulée de lumière. « Je

---

1. Vieille chanson populaire écossaise. (*N.d.T.*)

vous connais, répondit-elle en sourdine. Je vous en prie, allez-vous-en ; vous ne pouvez rien y faire.

— Il faut que tu reviennes ! » Ces mots échappèrent à LaFarge avant qu'il puisse les ravaler.

La silhouette baignée de lune se retira dans l'ombre ; plus d'identité, rien qu'une voix. « Je ne suis plus votre fils, dit-elle. On n'aurait jamais dû venir en ville.

— Anna attend à l'embarcadère !

— Je regrette, fit doucement la voix. Mais que je puis-je faire ? Je suis bien ici, aimée autant que vous m'aimiez. Je suis ce que je suis, et je prends ce que je peux. Maintenant il est trop tard, ils me tiennent.

— Mais Anna… le choc pour elle. Songes-y.

— Les pensées sont trop fortes dans cette maison ; c'est comme si j'étais dans une prison. Je ne peux pas me retransformer.

— Tu es Tom, tu *étais* Tom, n'est-ce pas ? Tu n'irais pas te moquer d'un vieillard ; tu n'es pas vraiment Lavinia Spaulding ?

— Je ne suis personne, je ne suis que moi-même ; où que je sois, je suis quelque chose, et là, je suis quelque chose à quoi tu ne peux rien.

— Tu n'es pas en sécurité en ville. Tu serais mieux là-bas, près du canal, où personne ne peut te faire de mal, plaida le vieil homme.

— C'est vrai. » La voix hésita. « Mais maintenant je dois tenir compte des gens qui habitent cette maison. Comment réagiront-ils demain matin si je suis repartie, et pour de bon cette fois ? En tout cas, la mère sait ce que je suis ; elle a deviné, tout comme vous. Je crois qu'ils ont tous deviné, mais ils n'ont pas posé de questions. On ne questionne pas la Providence. Si on ne peut pas avoir la réalité, autant se réfugier dans le rêve. Je ne suis peut-être pas leur chère disparue, mais je suis quelque chose de presque préférable à leurs yeux : un idéal façonné par leurs esprits. J'ai le choix entre leur faire du mal ou en faire à votre femme.

— Ils sont cinq dans la famille. Ils supporteront mieux de te perdre !

— Je vous en prie, dit la voix. Je suis fatiguée. »

La voix du vieil homme se fit plus dure. « Il faut que tu viennes. Je ne peux pas laisser Anna souffrir encore une fois. Tu es notre fils. Tu es mon fils, et tu nous appartiens.

— Non, je vous en supplie ! » L'ombre tremblait.

« Tu n'appartiens pas à cette maison ni à ces gens !

— Non, ne m'imposez pas ça !

— Tom, Tom, mon fils, écoute-moi. Reviens, descends le long de la glycine. Viens avec moi, Anna attend ; tu seras bien chez nous, tu auras tout ce que tu veux. » Il gardait les yeux levés, appuyant ses paroles de toute la force de sa volonté.

Les ombres se déplacèrent, la glycine frémit.

Enfin la voix murmura : « Très bien, papa.

— Tom ! »

Dans le clair de lune, la silhouette agile d'un jeune garçon descendit le long du mur végétal. LaFarge tendit les bras pour l'attraper.

Au-dessus d'eux, des lampes s'allumèrent dans la maison. Une voix jaillit d'une des fenêtres grillées. « Qui est là ?

— Dépêche-toi, mon petit. »

D'autres illuminations, d'autres voix. « Arrêtez, j'ai un fusil ! Vinny, tu vas bien ? » Bruit de pas précipités.

Le vieil homme et l'enfant traversèrent le jardin en courant.

Une détonation retentit. La balle s'écrasa sur le mur au moment où ils claquaient le portail.

« Tom, prends par ici ; je vais aller par là pour les égarer ! Cours jusqu'au canal ; je t'y retrouve dans dix minutes, mon petit. »

Ils se séparèrent.

Un nuage masqua la lune. LaFarge se mit à courir dans le noir.

« Me voilà, Anna ! »

La vieille femme l'aida à monter, tout tremblant, dans le bateau. « Où est Tom ?

— Il sera là dans une minute », haleta LaFarge.

Ils se tournèrent pour surveiller les ruelles et la ville endormie. Des passants attardés étaient encore visibles ici et là : un agent de police, un veilleur de nuit, un pilote de fusée, des hommes seuls qui rentraient chez eux après quelque rendez-vous nocturne, deux couples qui sortaient d'un bar en riant. De la musique jouait en sourdine quelque part.

« Pourquoi n'arrive-t-il pas ? demanda la vieille femme.

— Il va arriver, il va arriver. » Mais LaFarge n'en était plus si sûr. Et si l'enfant s'était fait reprendre, d'une façon ou d'une autre, dans sa course nocturne le long des rues, entre les maisons plongées dans l'obscurité ? C'était un long trajet, même pour un jeune garçon. Mais il aurait dû arriver le premier à l'embarcadère.

C'est alors qu'au loin, dans l'avenue baignée par le clair de lune, il vit une silhouette qui courait.

LaFarge cria puis se tut, car de la même direction venait un autre bruit de course accompagné d'éclats de voix. Des fenêtres s'allumaient l'une après l'autre. La silhouette solitaire s'élança sur l'esplanade qui menait à l'embarcadère. Ce n'était pas Tom, simplement une forme qui courait et dont le visage paraissait d'argent à la lueur des globes qui éclairaient la place. Mais à mesure qu'elle se rapprochait, elle devenait de plus en plus familière, et au moment où elle atteignit le débarcadère, c'était Tom ! Anna leva les bras au ciel. LaFarge se hâta de larguer les amarres. Mais il était déjà trop tard.

Car, débouchant de l'avenue sur l'esplanade, arrivait maintenant un homme, puis un autre, puis une femme, deux autres hommes, Mr. Spaulding, tous au pas de course. Ils s'arrêtèrent, désorientés. Les yeux écarquillés, ils avaient envie de faire demi-tour car ce ne pouvait être qu'un cauchemar, une aberration. Mais ils se remirent à avancer, hésitants, pour s'arrêter, repartir.

Trop tard. La nuit, l'aventure, étaient finies. LaFarge entortillait l'amarre entre ses doigts. Il avait très froid et se sentait très seul. Les autres reprirent les jambes à leur cou, déboulant à toute allure, les yeux dilatés, pour s'arrêter enfin devant l'embarcadère. Une dizaine en tout. Ils jetèrent des regards frénétiques dans le bateau. Crièrent.

« Ne bouge pas, LaFarge ! » Spaulding tenait un fusil.

Ce qui s'était passé ne faisait plus aucun doute. Tom galopait dans les rues sous le clair de lune, tout seul, dépassant les promeneurs. Un agent de police le voit filer, fait volte-face, arrête son regard sur le visage, lance un nom, se met à sa poursuite. « Hé vous, là, *stop !* » Il a reconnu le visage d'un criminel. Et tout le long du trajet, le même scénario se reproduit, ici avec des hommes, là avec des femmes, des veilleurs de nuit, des pilotes de fusée. La silhouette agile les renvoie tous à des identités, des personnes, des noms. Combien de noms ont été prononcés au cours des cinq dernières minutes ? Combien de visages ont pris forme sur celui de Tom, tous illusoires ?

Tout le long du chemin, le poursuivi et les poursuivants, le rêve et les rêveurs, la proie et la meute. Tout le long du chemin, la révélation subite, l'éclair d'yeux familiers, un nom ancien que l'on crie, les souvenirs d'autres temps, la foule qui se multiplie. Chacun qui s'élance à mesure que le rêve fugitif, telle une image réfléchie par dix mille miroirs, dix mille yeux, arrive et repart, offrant un visage différent à ceux qui sont devant, à ceux qui sont derrière, à ceux qu'il reste à rencontrer, à ceux que l'on ne voit pas encore.

Et maintenant ils sont tous là, au bateau, exigeant que leur rêve leur soit rendu, tout comme nous exigeons qu'il soit Tom, et non Lavinia, ou William, ou Roger ou n'importé qui, songea LaFarge. Mais c'en est fait. Les choses sont allées trop loin.

« Venez ici, vous autres ! » leur ordonna Spaulding.

Tom descendit du bateau. Spaulding lui saisit le poignet. « Tu vas revenir à la maison avec moi. Je *sais*.

— Attendez, dit l'agent de police. C'est mon prisonnier. S'appelle Dexter ; recherché pour meurtre.

— Non ! sanglota une femme. C'est mon mari ! Il me semble que je connais mon mari, quand même ! »

D'autres voix protestaient. La foule avança.

Mrs. LaFarge s'interposa. « C'est mon fils ; vous n'avez pas le droit de l'accuser de quoi que ce soit. On rentre chez nous de ce pas ! »

Tom, lui, tremblait de tous ses membres. Il avait l'air au plus mal. La foule se pressait autour de lui, des mains se tendaient fiévreusement, l'empoignaient, le revendiquaient.

Tom hurla.

Et sous leurs yeux, il se transforma. Il fut Tom et James, un nommé Switchman et un certain Butterfield ; il fut le maire de la ville, la jeune Judith, William, le mari, et Clarisse, l'épouse. C'était une cire molle qui se modelait selon leurs pensées. Ils criaient, se bousculaient, imploraient. Il se remit à hurler, les mains en avant, son visage se décomposant à chaque supplique. « Tom ! » cria LaFarge. « Alice ! » lança une autre voix. « William ! » Ils lui agrippaient les poignets, le faisaient tourner en tous sens, quand, dans un dernier cri de terreur, il s'effondra.

Il gisait sur les dalles, cire fondue qui refroidissait, mille visages en un, un œil bleu, l'autre doré, les cheveux à la fois bruns, roux, blonds, noirs, un sourcil épais, l'autre mince, une grosse main, l'autre petite.

Ils s'immobilisèrent au-dessus de lui et portèrent leurs doigts à leur bouche. Puis ils se penchèrent.

« Il est mort », dit enfin quelqu'un.

Il commença à pleuvoir.

Quand ils sentirent les gouttes, ils levèrent la tête vers le ciel.

Lentement, puis plus vite, ils se détournèrent, s'éloignèrent, puis se dispersèrent à toute allure. Une minute plus tard, la place était déserte. Il ne restait plus que Mr. et Mrs. LaFarge, les yeux fixés à terre, main dans la main, terrifiés.

La pluie tombait sur le visage méconnaissable tourné vers le ciel.

Anna ne dit rien mais se mit à pleurer.

«Viens, Anna, rentrons, nous n'y pouvons plus rien», dit le vieil homme.

Ils grimpèrent dans le bateau et repartirent sur le canal dans l'obscurité. Ils rentrèrent chez eux, allumèrent un petit feu et se chauffèrent les mains. Puis ils se couchèrent et, côte à côte, frigorifiés et ratatinés, ils écoutèrent la pluie revenue fouetter le toit au-dessus d'eux.

«Écoute, dit LaFarge à minuit. Tu n'as pas entendu quelque chose?

— Non, rien.

— Je vais quand même aller voir.»

Il traversa à tâtons la chambre obscure et attendit un long moment devant la porte d'entrée avant de se décider.

Alors il l'ouvrit en grand et regarda au-dehors.

La pluie tombait du ciel noir sur la cour vide, dans le canal et au sein des montagnes bleues.

Il attendit cinq minutes, puis, doucement, les mains humides, il referma la porte et la verrouilla.

Le marchand de bagages

Quand le marchand de bagages entendit aux informations du soir la nouvelle radiodiffusée depuis la Terre, la chose lui parut bien lointaine.

Une guerre allait éclater sur la Terre.

Il sortit pour examiner le ciel.

Oui, elle était bien là. La Terre, dans les cieux crépusculaires, suivant le soleil en son déclin au sein des collines. Les mots tombés de la radio-lumière et cet astre vert étaient une seule et même chose.

« Je n'arrive pas à y croire, dit le commerçant.

— C'est parce que vous n'êtes pas là-bas », dit Père Peregrine, qui s'était arrêté en chemin pour passer un moment.

« Qu'est-ce que vous voulez dire, mon Père ?

— C'est comme quand j'étais gosse. On entendait parler de guerres en Asie. Mais on n'arrivait pas à y croire. C'était trop loin. Et il y avait trop de monde qui mourait. C'était impossible. Même en voyant les reportages filmés, on n'y croyait pas. Eh bien, aujourd'hui c'est la même chose. La Terre est notre Asie. Tellement loin qu'on n'arrive pas à y croire. Elle n'existe pas. On ne peut pas la toucher. On ne peut même pas la voir. Tout ce qu'on voit, c'est une lumière verte. Deux milliards de personnes vivraient sur cette lumière ? Incroyable ! La guerre ? On n'entend même pas les explosions !

— Ça viendra… Je ne cesse de penser à tous ces gens qui devaient débarquer sur Mars cette semaine. On parlait d'une centaine de mille qui allaient arriver dans le courant du mois prochain, non ? Que vont-ils devenir si la guerre éclate ?

— Je suppose qu'ils repartiront. On aura besoin d'eux sur Terre.

— Alors je ferais bien d'épousseter mes bagages. J'ai l'impression que ma boutique ne va pas tarder à être prise d'assaut.

— Vous croyez que tous les gens installés sur Mars vont retourner sur la Terre si c'est bien là la Grande Guerre à laquelle on s'attend depuis des années ?

— C'est curieux, mon Père, mais oui, je pense qu'on va *tous* repartir. Je sais, on est venus ici pour échapper à plein de choses — la politique, la bombe atomique, la guerre, les groupes de pression, les préjugés, les lois. Je sais. Mais c'est encore chez nous là-bas. Attendez voir. Quand la première bombe tombera sur l'Amérique, les gens vont se mettre à réfléchir. Il n'y a pas assez longtemps qu'ils sont ici. Deux, trois ans au plus. S'ils étaient là depuis quarante ans, je ne dis pas, mais ils ont des parents là-bas, des racines. Moi, je ne peux plus croire à la Terre ; j'arrive à peine à l'imaginer. Mais je suis vieux. Je ne compte pas. Il se peut que je reste ici.

— J'en doute.

— Oui, je crois que vous avez raison. »

Debout sur le seuil de la boutique, ils contemplèrent les étoiles. Enfin Père Peregrine sortit de l'argent de sa poche et le tendit au commerçant. « Pendant que j'y pense, donnez-moi donc une valise neuve. La mienne est dans un triste état… »

NOVEMBRE 2036

Morte-saison

Sam Parkhill agita le balai qui lui servait à faire la chasse au sable bleu de mars.

« Et voilà, dit-il. Regarde-moi ça. » Il tendit le bras. « Regarde-moi cette enseigne. SAM'S HOT DOGS ! C'est-y pas magnifique, Elma ?

— Oh, que si, Sam, fit son épouse.

— Bon sang, quel changement pour moi. Si seulement les gars de la Quatrième Expédition pouvaient me voir maintenant. Ça fait plaisir d'être à la tête d'une affaire quand tous les autres sont en train de crapahuter quelque part. On va se faire des cents et des mille, Elma, des cents et des mille. »

Sa femme le regarda un long moment sans rien dire. « Qu'est devenu le capitaine Wilder ? demanda-t-elle enfin. Ce capitaine qui a exécuté ce type, là… celui qui s'était mis en tête de tuer tous les Terriens, comment s'appelait-il déjà ?

— Spender. Un cinglé. L'idéaliste type, impossible de composer avec lui. Le capitaine Wilder ? Il est en route pour Jupiter, à ce que j'ai entendu dire. On l'a expédié là-haut à bord d'une fusée. Je crois que Mars lui avait un peu tapé sur le système à lui aussi. Le genre susceptible, vois-tu. Il sera de retour de Jupiter et de Pluton dans une vingtaine d'années s'il a de la chance. Voilà ce qu'il a gagné à ouvrir sa grande gueule. Et pendant qu'il crève de froid, regarde-moi, regarde cet endroit ! »

C'était un carrefour où deux grand-routes désertes surgissaient des ténèbres pour y replonger. Là, Sam Parkhill avait assemblé cette structure d'aluminium inondée de lumière et vibrante d'airs de juke-box.

Il se baissa pour arranger une bordure d'éclats de verre dont il avait décoré l'allée. Il était allé piller le verre dans quelques vieilles constructions martiennes au milieu des collines. « Les meilleurs hot dogs de deux mondes ! Le premier homme sur Mars à tenir un débit de hot dogs ! Les meilleurs oignons, le meilleur chili, la meilleure moutarde ! Tu pourras pas dire que je suis pas prompt à la détente. Ici les deux grand-routes, là-bas la cité morte et les gisements. Les camions de la Colonie terrienne 101 devront passer par ici vingt-quatre heures sur vingt-quatre. Je m'y connais question emplacement, non ? »

Sa femme contemplait ses ongles.

« Tu crois que ces dix mille nouvelles fusées utilitaires arriveront jusqu'à Mars ? dit-elle enfin.

— Dans un mois, déclara-t-il en toute assurance. Pourquoi tu fais cette tête ?

— Je me méfie de ces gens de la Terre. J'y croirai quand je verrai arriver ces dix mille fusées et les cent mille Mexicains et Chinois qu'elles sont censées transporter.

— Des clients. » Il s'attarda sur le mot. « Cent mille types affamés.

— Si du moins, dit lentement sa femme en scrutant le ciel, il n'y a pas de guerre nucléaire. Je me méfie des bombes atomiques. Il y en a tellement sur terre à présent, on ne sait jamais.

— Ah », fit sam. Et il se remit à balayer.

Du coin de l'œil, il surprit une palpitation bleutée. Quelque chose flottait en l'air derrière lui. Il entendit sa femme lui dire : « Tu as de la visite, Sam. Un de tes amis. »

Sam pivota et vit le masque qui avait l'air de flotter dans le vent.

« Te revoilà, toi ! » Et Sam de brandir son balai comme une arme.

Le masque acquiesça. Taillé dans du verre bleu pâle, il surplombait un cou mince au-dessous duquel ondoyaient les plis d'une ample robe de soie jaune. De la soie émergeaient deux mains maillées d'argent. La bouche du masque se réduisait à une fente d'où s'écoulaient à présent des sons mélodieux tandis que la robe, le masque, les mains grandissaient, rapetissaient…

« Mr. Parkhill, je reviens vous parler encore une fois, dit la voix derrière le masque.

— Je croyais t'avoir dit que je ne voulais pas te voir traîner par ici ! cria Sam. Va-t'en ou je te colle la Maladie !

— J'ai déjà eu la Maladie. Je fais partie des rares survivants. J'ai été longtemps malade.

— Va te cacher dans les collines, c'est là qu'est ta place, là que tu as toujours vécu. Qu'est-ce que t'as à venir m'embêter ici ? Comme ça, tout d'un coup. Deux fois dans la même journée.

— Nous ne vous voulons pas de mal.

— Moi si ! fit Sam en reculant. J'aime pas les étrangers. J'aime pas les Martiens. J'en ai jamais vu un. C'est pas naturel. Des années que vous vous cachez, et là, tout à coup, vous me tombez dessus. Fichez-moi la paix.

— Nous avons une raison importante de venir vous trouver, dit le masque bleu.

— Si c'est à propos du terrain, il est à moi. J'ai construit ce débit de hot dogs de mes propres mains.

— Dans un sens, c'est à propos du terrain.

— Écoute, je suis de New York. Là d'où je viens il y a dix millions de gars comme moi. Vous autres, Martiens, n'êtes plus que deux ou trois douzaines, vous n'avez pas de villes, vous errez dans les collines, sans chefs, sans lois, et voilà que vous venez me parler de ce terrain. Eh bien, l'ancien doit céder le pas au nouveau. C'est la règle des concessions mutuelles. J'ai un pistolet. Ce matin, après ton départ, je l'ai sorti et chargé.

— Nous autres Martiens sommes télépathes, dit le froid masque bleu. Nous sommes en contact avec une de vos villes de l'autre côté de la mer morte. Avez-vous écouté votre radio ?

— Ma radio est morte.

— Alors vous ne savez pas. Il y a de grandes nouvelles. À propos de la Terre… »

Une des mains d'argent fit un geste. Un tube de bronze y apparut.

« Laissez-moi vous montrer ceci.

— Une arme ! » s'écria Sam Parkhill.

Un instant plus tard il avait dégainé le pistolet qu'il portait sur la hanche et tiré dans la brume, la robe, le masque bleu.

Le masque resta un moment immobile. Puis, comme une petite tente de cirque arrachant ses piquets et se repliant doucement sur elle-même, les pans de soie s'effondrèrent dans un murmure, le masque chuta, les griffes d'argent tintèrent sur les dalles de l'allée. Désormais le masque reposait sur un petit tas silencieux d'os blancs et de tissu.

Sam, immobile, haletait.

Les jambes en coton, sa femme s'approcha de ce qui restait du Martien.

« Ce n'est pas une arme », dit-elle en se penchant. Elle ramassa le tube de bronze. « Il allait te montrer un message. C'est écrit en serpentins, des espèces de serpentins bleus. Je n'arrive pas à lire. Tu peux, toi ?

— Non. Ces pictogrammes martiens, ça ne veut rien dire. Fiche-moi ça en l'air ! » Sam jeta un rapide coup d'œil alentour. « Il y en a peut-être d'autres. Il faut le faire disparaître. Passe-moi la pelle ! »

— Qu'est-ce que tu veux faire?

— L'enterrer, bien sûr!

— Tu n'aurais pas dû le tuer.

— J'ai commis une erreur. Vite!»

Sans répondre, elle alla lui chercher la pelle.

À huit heures, il s'était remis à balayer, l'air gêné, devant le débit de hot dogs. Les bras croisés, sa femme se tenait sur le seuil illuminé.

«Je regrette ce qui s'est passé», dit-il. Il la regarda puis détourna les yeux. «Un sale coup du destin, c'est tout.

— C'est ça.

— Ça m'a vraiment mis en boule quand je l'ai vu sortir cette arme.

— Quelle arme?

— Disons que je croyais que c'en était une! Je regrette! Je regrette! Combien de fois il faut que je le répète?

— Chut, fit Elma en portant un doigt à ses lèvres. Chut.

— Je m'en fiche. J'ai tout le consortium des Colonies terriennes derrière moi!» Il laissa échapper un grognement. «Ces Martiens n'oseront pas…

— Regarde», l'interrompit Elma.

Il tourna les yeux vers le fond de la mer morte et en laissa tomber son balai. Il le ramassa. La bouche ouverte, un petit filet de salive flottant au vent, il fut soudain pris de frissons.

«Elma, Elma, Elma! s'écria-t-il.

— Oui, les voilà qui arrivent.»

Sur le fond de la mer disparue, tels des fantômes azuréens, tels des nuages de fumée, s'avançaient les voiles bleues d'une douzaine de grands sablonefs martiens.

«Des sablonefs! Mais il n'y en a plus, Elma, il n'y a plus de sablonefs.

— Pourtant on dirait bien que c'en est.

— Mais les autorités les ont tous confisqués! On les a démantelés, il s'en est vendu aux enchères! Je suis le seul dans tout ce foutu pays à en avoir un et à savoir m'en servir.

— Plus maintenant, dit-elle avec un mouvement de tête en direction de la mer.

— Viens, fichons le camp d'ici !

— Pourquoi ? demanda-t-elle lentement, fascinée par les vaisseaux martiens.

— Ils vont me tuer ! Grimpe dans le camion, vite ! »

Elma ne bougeait pas.

Il dut la traîner derrière le bâtiment, où se trouvaient les deux engins : son camion, dont il se servait encore un mois plus tôt, et le vieux sablonef qu'il avait acheté à une vente aux enchères, tout content de lui, et qu'il avait utilisé ces trois dernières semaines pour transporter des provisions sur le fond lisse de la mer morte. Il regarda son camion et se souvint. Il en avait déposé le moteur et venait de passer deux jours à bricoler dessus.

« Le camion n'a pas l'air en état de rouler, dit Elma.

— Le sablonef. Saute dedans !

— Avec toi comme pilote ? Jamais.

— Monte ! Je sais le manœuvrer ! »

Il la poussa à l'intérieur, bondit derrière elle, fit aller et venir la barre et laissa la voile bleu de cobalt prendre le vent du soir.

Les étoiles brillaient et les vaisseaux d'azur martiens glissaient sur les sables bruissants. D'abord, son propre vaisseau refusa de bouger, puis il se souvint de l'ancre et, d'une secousse, la dégagea du sable avant de la remonter.

« Et voilà ! »

Le vent emporta le sablonef dans une course plaintive sur le fond de la mer morte, sur des cristaux depuis longtemps enfouis, tandis que défilaient au loin des colonnes renversées, des quais de marbre et de cuivre déserts, des cités blanches, mortes, pareilles à des échiquiers, des contreforts pourpres. Les silhouettes des vaisseaux martiens perdirent du terrain puis commencèrent à s'aligner sur la vitesse de celui de Sam.

«M'est avis que je leur ai donné une leçon, nom de Dieu! cria Sam. Je ferai un rapport à la Compagnie des Fusées. Ils m'accorderont leur protection. On me la fait pas, à moi.

— Ils auraient pu te stopper s'ils l'avaient voulu, dit Elma d'un ton las. Ils ne s'en sont pas souciés, c'est tout.»

Il ricana. «Allons donc! Pourquoi me laisseraient-ils filer? Non, ils n'allaient pas assez vite, point final.

— Ah bon?» Du menton, Elma lui suggéra de se retourner.

Il n'en fit rien. Il sentait souffler un vent froid et il avait peur de se retourner. Il percevait une présence derrière lui, aussi vaporeuse que l'air que l'on souffle dans le froid du matin, aussi bleue qu'un feu de bois au crépuscule, quelque chose comme de la dentelle blanche d'autrefois, comme une averse de neige, comme la gelée blanche, en hiver, sur la laîche cassante.

Un bruit de verre brisé — un rire. Puis le silence. Il se retourna.

La jeune femme était tranquillement assise au poste de barre. Elle avait des poignets aussi fins que des stalactites de glace, des yeux aussi clairs que les lunes et aussi grands, calmes et blancs. Elle était exposée au vent et, tel un reflet sur une nappe d'eau froide, elle ondulait, la soie de sa robe flottant derrière elle en lambeaux de pluie bleue.

«Rebroussez chemin, dit-elle.

— Non.» Sam n'était qu'un frémissement, le frémissement subtil et délicat du frelon en suspension dans l'air, hésitant entre la peur et la haine. «Descends de mon vaisseau!

— Ce n'est pas votre vaisseau, dit l'apparition. Il est aussi ancien que notre monde. Il voguait sur les mers de sable il y a dix mille ans, quand les mers se sont évaporées et que les quais se sont vidés. Et vous êtes venu, et vous l'avez pris, volé. Faites tout de suite demi-tour ; revenez au carrefour. Il faut que nous vous parlions. Il est arrivé quelque chose d'important.

— Descends de mon vaisseau ! » répéta Sam. Il sortit son pistolet, arrachant un grincement au cuir de la gaine. Puis le pointa soigneusement. « Saute avant que j'aie fini de compter jusqu'à trois, sinon…

— Non ! s'écria la jeune femme. Je ne veux pas vous faire de mal. Les autres non plus. Nous sommes venus en paix !

— Un, dit Sam.

— Sam ! dit Elma.

— Écoutez-moi, dit la jeune femme.

— Deux, continua résolument Sam en armant son pistolet.

— Sam ! cria Elma.

— Trois, fit Sam.

— Nous voulons seulement… », dit la jeune femme.

Le coup partit.

Au soleil, la neige fond, les cristaux se volatilisent, rejoignent le néant. À la lueur du feu, les vapeurs dansent et s'évanouissent. Au cœur d'un volcan, les matériaux fragiles explosent et disparaissent. La jeune femme, sous le choc et la brûlure du coup de feu, se replia comme une écharpe soyeuse, fondit comme une figurine de cristal. Ce qui restait d'elle, glace, flocon de neige, fumée, fut emporté par le vent. Le poste de barre était vide.

Sam rengaina son arme sans regarder sa femme.

« Sam », dit-elle au bout d'une minute de trajet, dominant de son murmure celui de la mer de sable couleur de lune. « Arrête le vaisseau. »

Il se tourna vers elle, livide. « Non, pas question. Pas après tout ce temps. Pas question que tu me laisses tomber. »

Elle regarda sa main posée sur le pistolet. « Tu en serais bien capable, dit-elle. Oui, tu en serais capable. »

Il secoua violemment la tête, l'autre main crispée sur la barre. «Elma, c'est de la folie. On sera en ville dans une minute, tout ira bien !

— C'est ça, dit-elle en se laissant aller en arrière, glacée.

— Elma, écoute-moi.

— Il n'y a plus rien à dire, Sam.

— Elma ! »

Ils passaient devant une petite cité blanche façon échiquier et, dans sa frustration, sa rage, il envoya six projectiles se fracasser au milieu des tours de cristal. La ville se volatilisa en une pluie de verre antique et d'éclats de quartz. Elle se dissipa en une gerbe de paillettes de savon. Elle n'existait plus. Il éclata de rire, tira encore, et une dernière tour, une dernière pièce d'échecs s'enflamma et s'envola vers les étoiles en une poussière d'éclats bleutés.

«Je leur ferai voir, moi ! Je leur ferai voir à tous !

— Vas-y, fais-nous voir, Sam, dit Elma, allongée dans les ténèbres.

— Voilà une autre ville ! » Sam rechargea son pistolet. «Regarde comme je vais l'arranger ! »

Les navires fantomatiques grandissaient derrière eux, gagnant rapidement du terrain. Tout d'abord il ne les vit point. Il n'entendait qu'un sifflement, un hurlement strident qui avait l'air d'être celui du vent, quelque chose comme le crissement de l'acier sur le sable : le son des proues acérées des sablonefs lissant les anciens fonds marins, leurs pavillons rouges et bleus déployés. Dans les vaisseaux bleu clair se dressaient des formes bleu foncé, des hommes masqués, des hommes au visage d'argent, ayant des étoiles bleues à la place des yeux, des joues en papier d'aluminium, des oreilles sculptées dans l'or, des hommes aux bras croisés, des hommes qui le suivaient, des Martiens.

Un, deux, trois, compta Sam. Les vaisseaux martiens se rapprochaient.

« Elma, Elma, je ne peux pas les tenir tous à distance ! »

Elma ne répondit pas, ne se releva même pas de l'endroit où elle s'était affalée.

Sam tira huit coups de feu. Un des sablonefs vola en éclats, voile, coque d'émeraude, clous de bronze, gouvernail blanc de lune, et toutes les silhouettes distinctes qu'il transportait. Les hommes masqués, tous sans exception, s'enfoncèrent dans le sable et se dissipèrent dans un flamboiement orange suivi d'un nuage de fumée.

Mais les autres vaisseaux se rapprochaient.

« Ils sont trop nombreux, Elma ! cria-t-il. Ils vont me tuer ! »

Il jeta l'ancre. Mais c'était inutile. La voile s'abattit en claquant, se replia sur elle-même dans un soupir. Le vaisseau s'arrêta. Le vent s'arrêta. Fin du voyage. Mars s'immobilisa tandis que les majestueux vaisseaux martiens l'encerclaient, non sans quelque hésitation.

« Terrien », lança une voix d'un siège élevé. Un masque argenté s'anima. Des lèvres ornées de rubis rutilèrent en proférant ce mot.

« Je n'ai rien fait ! » Sam regarda tous ces visages, une centaine en tout, qui l'entouraient. Il ne restait plus beaucoup de Martiens sur Mars — cent, cent cinquante tout au plus. Et la plupart d'entre eux étaient là, sur les mers mortes, dans leurs vaisseaux ressuscités, près des échiquiers déserts de leurs villes, dont l'une venait juste de s'effondrer comme un vase fragile frappé par un caillou. Les masques d'argent luisaient.

« Je me suis mépris, c'est tout », dit-il d'une voix suppliante en se dressant de toute sa hauteur, sa femme écroulée derrière lui, comme morte, dans les profondeurs de la coque. « Je suis venu sur Mars comme n'importe quel honnête homme d'affaires entreprenant. J'ai récupéré du matériel sur une fusée qui s'était écrasée, et je me suis construit le plus bel établissement que vous ayez jamais vu sur ce terrain près du carrefour — vous savez où c'est.

Vous devez reconnaître que c'est du bon boulot. » Sam se mit à rire en regardant autour de lui. « Et ce Martien — je sais que c'était un ami à vous — est arrivé. Sa mort est un accident, je vous assure. tout ce que je voulais, c'était avoir un débit de hot dogs, le seul sur Mars, le premier et le plus important. Vous savez ce que c'est. Je comptais y servir les meilleurs hot dogs, avec chili, oignons et jus d'orange. »

Les masques d'argent ne bougeaient pas. Ils flamboyaient dans le clair de lune. Des yeux jaunes, lumineux, étaient braqués sur Sam. Il sentit son estomac se contracter, se tordre, se pétrifier. Il jeta son pistolet dans le sable.

« J'abandonne.

— Ramassez votre arme, dirent les Martiens en chœur.

— Quoi ?

— Votre arme. » Une main ornée de bijoux s'agita à la proue d'un vaisseau bleu. « Ramassez-la. Rangez-la. »

Incrédule, il s'exécuta.

« À présent, dit la voix, faites demi-tour et regagnez votre établissement.

— Tout de suite ?

— Tout de suite. Nous ne vous ferons aucun mal. Vous vous êtes sauvé avant que nous puissions vous expliquer. Venez. »

Voici que les grands vaisseaux pivotaient, aussi légers que des chardons de lune. Leurs voiles claquèrent dans un doux bruit d'applaudissements. Les masques scintillants, dans leur mouvement de rotation, enflammèrent les ombres

« Elma ! » Sam se jeta dans le vaisseau. « Lève-toi, Elma. On rentre. » Il était tout excité. Le soulagement le faisait presque bafouiller. « Ils ne vont pas me faire de mal, me tuer, Elma. Lève-toi, mon chou, lève-toi.

— Quoi… quoi ? » Elma regarda autour d'elle en clignant des yeux et, lentement, tandis que le sablonef reprenait le vent, elle se redressa tant bien que mal, comme dans un rêve, et alla s'écrouler sur un siège sans un mot de plus.

Le sable glissait sous le vaisseau. En une demi-heure, ils étaient de retour au carrefour, les vaisseaux à l'ancre, tous leurs passagers à terre.

Le Chef se tenait devant Sam et Elma, avec son masque de bronze poli repoussé, les yeux se réduisant à deux incisions vides d'un bleu-noir insondable, la bouche à une fente d'où les mots s'écoulaient dans le vent.

«Préparez votre établissement», dit la voix. Une main gantée de diamants s'agita. «Préparez les victuailles, préparez les aliments, préparez vos vins bizarres, car cette nuit, en vérité, est une grande nuit !

— Vous voulez dire que je peux rester ici ? demanda Sam.

— Oui.

— Vous ne m'en voulez pas ?»

Le masque n'était que raideur, formes sculptées, froideur et absence de regard.

«Préparez votre débit de nourriture, dit doucement la voix. Et prenez ceci.

— Qu'est-ce que c'est ?»

Sam battit des paupières à la vue du rouleau de papier d'argent qu'on lui tendait et sur lequel, tels des hiéroglyphes, dansaient des formes serpentines.

«C'est l'acte de concession de tout le territoire allant des montagnes d'argent aux collines bleues, de la mer de sel, ici même, aux vallées de pierre de lune et d'émeraude, tout là-bas, dit le Chef.

— T... tout ça m'appartient ?

— Parfaitement.

— Cent cinquante mille kilomètres de territoire ?

— Parfaitement.

— T'entends ça, Elma ?»

Elma était assise par terre, adossée à la construction d'aluminium, les yeux clos.

«Mais pourquoi, pourquoi... me donnez-vous tout ça? demanda Sam en essayant de regarder dans les fentes qui masquaient les yeux.

— Ce n'est pas tout. Tenez.» Six rouleaux de plus apparurent. Les noms furent déclarés, les territoires annoncés.

«Mais c'est la moitié de Mars! Je possède la moitié de Mars!» Sam secoua bruyamment les rouleaux dans ses poings. Il les brandit en direction d'Elma avec un rire de dément. «T'as entendu ça, Elma?

— J'ai entendu», fit-elle en regardant le ciel.

Elle semblait guetter quelque chose. Elle commençait à sortir de sa torpeur.

«Merci, oh, merci, dit Sam au masque de bronze.

— Cette nuit est la grande nuit, dit le masque. Vous devez être prêt.

— Je le serai. Qu'est-ce que c'est... une surprise? Est-ce que les fusées vont arriver de la Terre plus tôt que prévu? Avec un mois d'avance? Ces dix mille fusées qui amènent les colons, les mineurs, les ouvriers et leurs femmes, cent mille personnes au total? C'est-y pas formidable, Elma? Tu vois, je te l'avais dit. Je t'avais dit que cette ville, là-bas, n'en resterait pas éternellement à mille habitants. C'est cinquante mille personnes de plus, et le mois d'après cent mille, et d'ici la fin de l'année cinq millions qui vont arriver de la Terre. Et moi avec le seul débit de hot dogs officiellement établi sur la route des mines la plus fréquentée!»

Le masque flottait dans le vent. «Nous allons partir. Préparez-vous. Le sol est à vous.»

Dans le clair de lune, pétales métalliques de quelque fleur d'antan, plumes azurées, immenses et calmes papillons bleu de cobalt, les antiques vaisseaux firent demi-tour et se mirent en route sur les sables mobiles, les masques brillant de tous leurs feux, jusqu'à ce que le dernier reflet, la dernière note de bleu eût disparu dans les collines.

« Pourquoi ils ont fait ça, Elma ? Pourquoi ils ne m'ont pas tué ? Ils sont bouchés, ou quoi ? Qu'est-ce qui ne va pas chez eux ? Tu réalises, Elma ? » Il lui secoua l'épaule. « La moitié de Mars est à moi ! »

Les yeux fixés sur le ciel nocturne, elle attendait.

« Viens, dit-il. Il faut nous apprêter. Y a les saucisses à mettre à l'eau bouillante, les petits pains à réchauffer, le chili à faire cuire, les oignons à éplucher et à hacher, les condiments à disposer, les distributeurs de serviettes à remplir, que tout soit impeccable ! Youp la boum ! » Il se mit à cabrioler en faisant claquer ses talons. « Bon sang, je suis content, rudement content, chantonna-t-il d'une voix de fausset. C'est mon jour de chance ! »

Frénétiquement, il mit les saucisses à bouillir, coupa les petits pains, hacha les oignons.

« Rends-toi compte, ce Martien a parlé d'une surprise. Ça ne peut signifier qu'une chose, Elma. Que ces dizaines de milliers de gens vont arriver en avance, ce soir, le plus beau de tous les soirs ! On va être débordés ! On va pas arrêter de travailler pendant des jours et des jours, surtout avec les touristes qui vont pas tarder à débarquer, Elma. pense à l'argent que ça représente ! »

Il sortit pour regarder le ciel. Ne vit rien.

« C'est une affaire d'une minute, si ça se trouve », dit-il en humant l'air frais avec reconnaissance, les bras levés, se martelant la poitrine. « Ah ! »

Elma ne disait rien. Elle pelait tranquillement les pommes de terre qui allaient servir à faire les frites, les yeux toujours fixés sur le ciel.

« Sam, dit-elle une heure plus tard. La voilà. regarde. »

Il leva les yeux et la vit.

La Terre.

Elle s'élevait, pleine et verte, telle une pierre finement taillée, au-dessus des collines.

« Bonne vieille Terre, murmura-t-il affectueusement. merveilleuse bonne vieille Terre. Envoie-moi tes affamés et tes ventres creux. C'est quoi déjà… comment c'est ce poème ? Envoie-moi tes affamés, vieille Terre[1]. Voilà Sam Parkhill, ses saucisses bouillantes, son chili sur le feu, et tout le reste propre comme un sou neuf. Vas-y, Terre, envoie-moi tes fusées ! »

Il sortit jeter un coup d'œil sur son établissement. Il était là, parfait, comme un œuf pondu de frais sur le fond de la mer morte, seul foyer de lumière et de chaleur sur des centaines de kilomètres de désolation. L'œil mouillé, il se sentait plein d'une fierté presque douloureuse.

« On est quand même bien peu de chose », dit-il au milieu des odeurs mêlées des francforts, des petits pains chauds et du beurre. « Amenez-vous, lança-t-il à la profusion d'étoiles dans le ciel. Qui sera le premier client ?

— Sam », fit Elma.

La Terre changea dans le ciel noir.

Elle s'embrasa.

Toute une partie parut s'en détacher en un million de morceaux, comme si un gigantesque puzzle venait d'exploser. Durant une minute, elle brûla avec un éclat impossible, trois fois plus grosse que la normale, puis diminua progressivement.

« Qu'est-ce que c'était ? » Sam contemplait le brasier vert dans le ciel.

« La Terre, dit Elma, les mains jointes.

1. Citation erronée d'un poème d'Emma Lazarus, dont les derniers vers sont gravés sur le piédestal de la statue de la Liberté : *Give me your tired, your poor, / Your huddled masses yearning to breathe free, / The wretched refuse of your teeming shore, / Send these, the homeless, tempest-tossed to me, / I lift my lamp beside the golden door.* Soit en français : « Donnez-moi vos recrus, vos pauvres, / Ces foules recroquevillées qui ne rêvent que de respirer librement, / Les malheureux déchets de votre rivage grouillant, / Envoyez-les-moi, les sans-abri, les jouets de la tempête, / Je tiens ma lampe levée à côté de la porte dorée. » (*N.d.T.*)

— Ça ne peut pas être la Terre, ce n'est pas la Terre ! Non, c'est pas la Terre ! C'est impossible.

— Tu veux dire que ça ne pouvait être pas la Terre, dit Elma en se tournant vers lui. Ce n'est pas la Terre, effectivement. Non, ce n'est pas la Terre. C'est ce que tu veux dire ?

— Pas la Terre… oh, non, ce n'est *pas possible* », gémit-il.

Il demeurait cloué sur place, les bras ballants, la bouche ouverte, les yeux à la fois écarquillés et éteints.

« Sam », appela Elma. Pour la première fois depuis des jours, ses yeux brillaient. « Sam ? »

Il contemplait le ciel.

« Bien », dit-elle. Elle jeta un coup d'œil autour d'elle. Puis, au bout d'une minute ou deux, elle jeta un torchon humide sur son bras. « Allume en grand, mets la musique à fond, ouvre les portes. La prochaine vague de clients est pour dans un million d'années. Va falloir être prêts, pas d'erreur. »

Aucune réaction de Sam.

« Quel coin épatant pour un débit de hot dogs », dit-elle. Elle tendit le bras, prit un cure-dents dans un pot et le coinça entre ses incisives. « Je vais te confier un petit secret, Sam, murmura-t-elle en se penchant vers lui. On dirait bien qu'on va vers la morte-saison. »

NOVEMBRE 2036

Les spectateurs

Ce soir-là, ils sortirent tous de chez eux pour regarder le ciel. Ils abandonnaient leur dîner, leur vaisselle ou leur toilette avant de se rendre au spectacle, pour sortir sur leurs vérandas qui n'étaient déjà plus de la première jeunesse et contempler tout là-bas l'étoile verte de la Terre. Ils se dérangeaient sans effort conscient, tous sans exception, pour mieux comprendre les nouvelles entendues à la radio un moment plus tôt. Là-bas, c'était la Terre, la guerre qui se préparait, et des centaines de milliers de mères, grand-mères, pères, frères, tantes, oncles ou cousins. Debout dans les vérandas, ils s'efforçaient de croire à l'existence de la Terre, comme ils s'étaient efforcés un jour de croire à l'existence de Mars ; le problème était renversé. Pratiquement, la Terre était morte désormais ; il y avait trois ou quatre ans qu'ils l'avaient quittée. L'espace était un anesthésique ; cent millions de kilomètres d'espace vous engourdissaient, endormaient la mémoire, dépeuplaient la Terre, effaçaient le passé, et permettaient aux gens d'ici de continuer à travailler. Mais ce soir, les morts se relevaient, la Terre était de nouveau habitée, la mémoire se réveillait, un million de noms revenaient sur les lèvres. Que faisait un tel ce soir sur la Terre ? Et celui-ci, et celui-là ? Sur les vérandas, les gens se lançaient des regards obliques.

À neuf heures, la Terre parut exploser, s'enflammer et se consumer.

Les occupants des vérandas levèrent les mains comme pour combattre le feu.

Ils attendirent.

À minuit, le feu était éteint. La Terre était toujours là. Un soupir, tel un vent d'automne, s'éleva des vérandas.

« Ça fait longtemps qu'on n'a pas eu de nouvelles d'Harry.

— Il va bien.

— On devrait envoyer un message à maman.

— Elle va bien.

— Vraiment ?

— Allons, ne t'inquiète pas.

— Tu crois que ça va aller pour elle ?

— Naturellement, enfin. Allez, viens te coucher. »

Mais personne ne bougeait. Des dîners tardifs furent transportés sur les pelouses et disposés sur des tables pliantes, et on picora lentement jusqu'à deux heures, jusqu'à ce que clignote le message radioluminique expédié de la Terre. Ils déchiffrèrent les grands signaux en morse qui palpitaient comme de lointaines lucioles.

CONTINENT AUSTRALIEN ATOMISÉ SUITE A EXPLOSION PRÉMATURÉE STOCK BOMBES. LOS ANGELES, LONDRES BOMBARDÉS. GUERRE. REVENEZ. REVENEZ.

Ils se levèrent de leurs tables.

REVENEZ. REVENEZ. REVENEZ.

« Tu as eu des nouvelles de ton frère Ted cette année ?

— Tu sais, à cinq dollars la lettre pour la Terre, je n'écris pas beaucoup. »

REVENEZ.

« Je me demandais ce que devenait Jane Tu te souviens de Jane, ma petite sœur ? »

REVENEZ.

À trois heures du matin, un matin plutôt frisquet, le marchand de bagages leva les yeux. Une foule de gens s'avançaient dans la rue.

« Je suis resté ouvert tard exprès. Qu'est-ce que ce sera, monsieur ? »

À l'aube, il ne restait plus une valise sur ses étagères.

Les villes muettes

Au bord de la mer morte de Mars, il y avait une petite ville blanche silencieuse. Déserte. On n'y voyait âme qui vive. Des lampes solitaires brûlaient toute la journée dans les magasins. Les portes des boutiques béaient, comme si les gens avaient décampé sans prendre le temps de les fermer à clé. Des revues, apportées de la Terre le mois précédent par la fusée d'argent, palpitaient, à l'abandon, jaunissantes, sur des présentoirs métalliques devant les drugstores silencieux.

La ville était morte. Ses lits vides et froids. Nul autre bruit que le bourdonnement des lignes électriques et des générateurs qui continuaient de fonctionner tout seuls. L'eau débordait des baignoires oubliées, inondait les salons, se répandait sur les vérandas et dans de petits jardins où elle allait arroser des fleurs négligées. Dans les salles de cinéma obscures, des chewing-gums encore marqués d'empreintes de dents commençaient à durcir sous les sièges.

De l'autre côté de la ville se trouvait l'astroport. On sentait encore l'âcre odeur de brûlé laissée par la dernière fusée qui avait décollé pour la Terre. En glissant une pièce dans le télescope et en le pointant vers la Terre, peut-être aurait-on pu voir la grande guerre qui y faisait rage. Peut-être aurait-on vu New York exploser. Ou Londres, couvert d'un brouillard d'un genre nouveau. Peut-être, alors, aurait-on compris pourquoi cette petite ville martienne était abandonnée. L'évacuation avait-elle été rapide ? Il suffisait d'entrer dans n'importe quel magasin et de déclencher l'ouverture des tiroirs-caisses, ils jaillissaient dans un tintement de pièces de monnaie étincelantes. Cette guerre sur la Terre devait être terrible...

Or, dans les avenues désertes de la ville, sifflotant, s'appliquant à faire rouler à coups de pied une boîte de conserve devant lui, voici que s'avançait une espèce de grand échalas. Ses yeux sombres et tranquilles exprimaient un sentiment de solitude. Il remuait ses mains osseuses dans ses poches d'où s'élevait un cliquetis de pièces neuves. De temps en temps, il en jetait une par terre. Ce faisant, il laissait échapper un petit rire, puis il continuait à marcher en semant ses pièces de tous côtés.

Il s'appelait Walter Gripp et possédait un gisement minier et une baraque perdue tout là-haut dans les collines bleues de Mars. Il descendait en ville tous les quinze jours pour essayer de se trouver une épouse intelligente et placide. Au fil des ans, il était toujours revenu à sa baraque seul et déçu. La semaine précédente, en arrivant en ville, il l'avait trouvée dans cet état !

Sa surprise avait été telle qu'il s'était rué chez un traiteur, avait ouvert une vitrine en grand et s'était commandé un triple sandwich au rôti de bœuf.

« Ça marche ! » lança-t-il, une serviette sur le bras.

Il brandit un plat de viande et du pain cuit de la veille, essuya une table, s'invita lui-même à s'asseoir, et s'empiffra jusqu'au moment où il éprouva le besoin de trouver une buvette pour y commander un bicarbonate. Le serveur, un certain Walter Gripp, se montra d'une politesse étonnante et lui prépara aussitôt sa boisson effervescente !

Il bourra les poches de son jean d'autant d'argent qu'il put en trouver, remplit un chariot d'enfant de coupures de dix dollars et partit à fond de train à travers la ville. En atteignant les faubourgs, il se rendit soudain compte à quel point il était stupide. Il n'avait pas besoin d'argent. Il rapporta les billets là où il les avait pris, préleva un dollar dans son portefeuille pour les sandwiches, le déposa dans le tiroir-caisse du traiteur et ajouta vingt-cinq *cents* pour le service.

Ce soir-là, il s'offrit un bain turc brûlant, un succulent filet de bœuf aux champignons fins, du sherry sec d'importation et des fraises au vin. Il se choisit un costume neuf en flanelle bleue et un somptueux feutre gris qui tenait curieusement en équilibre au sommet de son crâne osseux. Il glissa une pièce dans un juke-box qui entonna *That Old Gang of Mine* et, de par la ville, fit jouer ainsi une vingtaine de machines. Si bien que, dans la nuit, les rues désertes résonnaient des accents mélancoliques de *That Old Gang of Mine* tandis qu'il déambulait, grand escogriffe solitaire, accompagné par le bruit mat de ses chaussures neuves, ses mains froides dans les poches.

Mais tout cela datait d'une semaine. Depuis, il dormait dans une confortable maison de Mars Avenue, se levait à neuf heures, prenait un bain et, sans se presser, allait en ville se préparer ses œufs au jambon. Il ne se passait pas une matinée sans qu'il mît à congeler une tonne de viande, de légumes et de tartes au citron, de quoi tenir dix ans, jusqu'à ce que les fusées reviennent de la Terre — si jamais elles revenaient.

Ce soir-là, il errait au hasard tout en regardant dans les vitrines colorées les mannequins de cire, toutes ces femmes roses superbement vêtues. Pour la première fois, il se rendait compte à quel point la ville était morte. Il se tira une bière pression et se mit à sangloter doucement.

« Bon sang, dit-il, je suis vraiment *tout seul.* »

Il entra à l'Élite pour se projeter un film, se distraire de son isolement. la salle vide était caverneuse comme une tombe ; des fantômes gris et noir rampaient sur le vaste écran. Frissonnant, il s'empressa de quitter ce lieu hanté.

Ayant décidé de rentrer chez lui, il s'engageait, presque au pas de course, dans une rue latérale, lorsqu'il entendit une sonnerie de téléphone.

Il tendit l'oreille.

« Tiens, le téléphone qui sonne chez quelqu'un. »

Sans s'attarder, il poursuivit sa route.

« Quelqu'un devrait répondre », songea-t-il.

Distraitement, il s'assit au bord du trottoir pour ôter un gravillon de sa chaussure.

« Quelqu'un ! hurla-t-il en se relevant d'un bond. Moi, plutôt ! Bon Dieu, qu'est-ce qui me prend ? » Il pivota d'un bloc. Quelle maison ? Celle-là !

Il fonça à travers la pelouse, grimpa les marches, entra, se rua dans un couloir sombre.

Il empoigna le combiné.

« Allô ! » cria-t-il.

Bzzzzzzzzz.

« Allô, allô ! »

On avait raccroché.

« Allô ! » brailla-t-il, et il reposa violemment le combiné. « Espèce d'imbécile ! s'injuria-t-il. Rester assis sur le trottoir, pauvre idiot ! Sinistre crétin que tu es ! » Il étreignit le combiné. « Allez, sonne encore ! *Allez !* »

Il n'avait jamais pensé qu'il pouvait rester d'autres individus sur Mars. De toute la semaine il n'avait vu personne. Il s'était imaginé que toutes les autres villes étaient aussi désertes que celle-ci.

À présent, l'œil rivé à ce maudit petit appareil noir, il tremblait. Toutes les villes martiennes étaient reliées par l'automatique. De laquelle des trente cités venait cet appel ?

Mystère.

Il attendit. S'aventura jusqu'à la cuisine anonyme, décongela des myrtilles qu'il mangea dans la consternation.

« Il n'y avait personne à l'autre bout du fil,

murmura-t-il. Peut-être qu'un pylône s'est abattu quelque part et que le téléphone a sonné tout seul. »

Mais n'avait-il pas entendu un déclic signifiant que quelqu'un avait raccroché ?

Il passa tout le reste de la nuit dans le couloir. « Ce n'est pas pour le téléphone, se persuadait-il. Il se trouve simplement que je n'ai rien d'autre à faire. »

Il écoutait le tic-tac de sa montre.

« Elle ne rappellera pas, dit-il. Elle ne rappellera *jamais* un numéro qui n'a pas répondu. Elle doit être en train d'en composer d'autres en ville *en ce moment même !* Et je reste assis là… Minute, papillon ! » Il se mit à rire. « Pourquoi je dis tout le temps "elle" ? »

Il cilla. « Ça pourrait aussi bien être "il", non ? »

Son cœur ralentit. Il se sentit gagner par un grand vide glacé.

Il aurait tellement voulu que ce soit « elle ».

Il quitta la maison et alla se planter au milieu de la rue dans la pénombre du petit matin.

Il tendit l'oreille. Pas un bruit. Pas un oiseau. Pas une voiture. Rien que les battements de son cœur. Pulsation, pause, nouvelle pulsation. Son visage contracté en devenait douloureux. Une légère brise — ô combien légère — soulevait les pans de sa veste.

« Chut, murmura-t-il. *Écoute.* »

Lentement, les jambes molles, il tourna sur lui-même, promenant son regard d'une maison silencieuse à l'autre.

Elle va appeler d'autres numéros, songea-t-il. Ce doit être une femme. Pourquoi ? Il n'y a qu'une femme pour appeler comme ça. Un homme ne ferait pas ça. Un homme, c'est indépendant. Est-ce que j'ai téléphoné à qui que ce soit ? Non. Ça ne m'est jamais venu à l'esprit. C'est sûrement une femme. Il le *faut*, nom de Dieu !

Écoute.

Au loin, sous les étoiles, un téléphone se mit à sonner.

Il s'élança. S'arrêta pour écouter. Faible, la sonnerie. Il

reprit sa course sur quelques mètres. Plus forte. Il s'engouffra dans une ruelle. Encore plus forte ! Il dépassa six maisons, six autres. Nettement plus forte, cette fois. Il choisit une maison ; la porte était fermée à clé.

Le téléphone sonnait à l'intérieur.

« Saleté ! » Il secoua la poignée.

La sonnerie continuait, stridente.

Il s'empara d'un fauteuil de jardin qui traînait sur la véranda, le projeta à travers la fenêtre du salon et sauta à sa suite.

Avant même qu'il ait pu toucher l'appareil, le téléphone s'était tu.

Alors, à grandes enjambées, il parcourut la maison, brisant les miroirs, arrachant les rideaux, expédiant des coups de pied dans la cuisinière.

Finalement, épuisé, il saisit l'annuaire peu épais où étaient répertoriés tous les abonnés de Mars. Cinquante mille noms.

Il commença par le premier.

Amelia Ames. Il composa son numéro à New Chicago, à cent cinquante kilomètres de l'autre côté de la mer morte.

Pas de réponse.

Le deuxième numéro vivait à New New York, à huit mille kilomètres, au-delà des montagnes bleues.

Pas de réponse.

Il appela les numéros suivants, jusqu'au huitième, les doigts fébriles, incapable de maintenir sa prise sur le combiné.

Une voix de femme répondit : « Allô ? »

— Allô ! lui retourna Walter d'une voix tonitruante. Oh, seigneur, allô !

— Ceci est un enregistrement, récita la voix féminine. Miss Helen Arasumian est absente de son domicile. Veuillez laisser un message sur le répondeur afin qu'elle puisse vous rappeler à son retour. Allô ? Ceci est un enregistrement. Miss Helen Arasumian est absente de son domicile. Veuillez laisser un message… »

Il raccrocha.

Puis s'assit, la bouche agitée d'un tic nerveux.

Après réflexion, il refit le numéro.

« Quand Miss Helen Arasumian rentrera, confia-t-il au répondeur, dites-lui d'aller se faire voir. »

Il appela les standards de Mars Junctions, New Boston, Arcadia et Roosevelt City, des endroits, supposait-il, d'où il était logique de téléphoner ; ensuite il contacta les mairies et autres institutions publiques de chaque ville. Il appela les meilleurs hôtels. C'était bien d'une femme de s'installer dans le luxe.

Soudain, il s'interrompit, claqua des mains et éclata de rire. Évidemment ! Il consulta l'annuaire et composa le numéro du plus grand institut de beauté de New Texas City. S'il y avait un endroit où une femme devait se prélasser, assise sous un séchoir, des couches de boue étalées sur la figure, c'était bien un institut de beauté tout de velours moelleux et de feux diamantins.

Le téléphone sonna. À l'autre bout de la ligne, quelqu'un souleva le combiné.

« Allô ? fit une voix de femme.

— Si c'est un enregistrement, avertit Walter Gripp, je viens faire sauter la baraque.

— Ce n'est pas un enregistrement, dit la voix féminine. Bonjour ! Oh, bonjour ! Il y a donc quelqu'un de vivant ! Où êtes-vous ? » Elle laissa échapper un cri ravi.

Walter faillit s'évanouir. « C'est *vous* ! » Il se leva d'un coup, les yeux fous. « Bonté divine, quelle chance, comment vous appelez-vous ?

— Genevieve Selsor ! » Elle pleurait dans le combiné. « Oh, je suis si contente d'avoir de vos nouvelles, qui que vous soyez !

— Walter Gripp !

— Walter… Bonjour, Walter !

— Bonjour, Genevieve !

— Walter. C'est un si joli nom. Walter, Walter !

— Merci.

— Où êtes-vous, Walter ? »

Sa voix était si affable, si mélodieuse, si délicate. Il pressait l'écouteur contre son oreille pour ne rien perdre du doux chuchotis. Il se sentait décoller du sol, les joues en feu.

« Je suis à Marlin Village, dit-il. Je… »

Bzzz.

« Allô ? » fit-il.

Bzzz.

Il titilla le contact. Rien.

Quelque part le vent avait abattu un pylône. Aussi vite qu'elle s'était manifestée, Genevieve Selsor s'était envolée.

Il refit le numéro, mais la ligne était coupée.

« En tout cas, je sais où elle est. » Il se précipita hors de la maison. Le soleil se levait quand il sortit en marche arrière du garage anonyme, au volant d'une coccinelle dont il avait rempli le siège arrière de provisions trouvées dans la maison, et s'élança à cent trente à l'heure sur la grand-route en direction de New Texas City.

Quinze cents kilomètres, pensait-il. Ne bouge pas, Genevieve Selsor, tu vas entendre parler de moi !

En quittant la ville, il klaxonnait à chaque virage.

Au coucher du soleil, après une éprouvante journée de route, il s'arrêta sur le bas-côté, se débarrassa de ses chaussures trop serrées, se laissa aller dans son siège et rabattit son feutre gris sur ses yeux fatigués. Sa respiration se fit lente et régulière. Le vent soufflait et les étoiles brillaient tendrement au-dessus de lui dans le crépuscule. Les montagnes martiennes s'étendaient alentour, vieilles de millions d'années. La clarté des étoiles se reflétait sur les tours d'une petite ville martienne, pas plus grande qu'un jeu d'échecs, nichée dans les collines bleues.

Il gisait dans cet état incertain entre la veille et le sommeil. Il murmurait. Geneviève. *Oh, Geneviève, douce Geneviève,* chantonna-t-il, *viennent les ans, passent les années. Mais Geneviève, douce Geneviève...* Il y avait comme une chaleur en lui. Il entendait la voix paisible, suave et fraîche susurrer. *Bonjour, oh, bonjour, Walter ! Ce n'est pas un enregistrement. Où êtes-vous, Walter, où êtes-vous ?*

Il soupira, tendit une main pour la toucher dans la clarté lunaire. De longs cheveux noirs flottant dans le vent ; une vraie beauté. Et ses lèvres comme de rouges bonbons acidulés. Et ses joues pareilles à des roses embuées fraîchement coupées. Et son corps comme une vapeur légère, tandis que sa voix caressante, fraîche et suave lui roucoulait une fois de plus les paroles de la vieille chanson mélancolique. *Oh, Geneviève, douce Geneviève, viennent les ans, passent les années...*

Il s'endormit.

Il atteignit New Texas City à minuit.

Il pila devant l'institut de beauté Deluxe en hurlant à tue-tête.

Il s'attendait à ce qu'elle se précipite dehors, tout parfum et tout rire.

Rien ne se passa.

« Elle dort. » Il alla à la porte. « Me voilà, cria-t-il. Hou hou ! Geneviève ! »

La ville reposait dans le silence du double clair de lune. Quelque part, un souffle de vent fit claquer un auvent de toile.

Il ouvrit brutalement la porte vitrée et entra.

« Ohé ! » Il laissa échapper un rire forcé. « Ne vous cachez pas ! Je sais que vous êtes là ! »

Il visita toutes les cabines.

Par terre, il trouva un minuscule mouchoir qui sentait si bon qu'il en défaillit presque. « Geneviève », dit-il.

Il parcourut les rues désertes au volant de sa voiture, mais ne vit rien. « Si c'est une farce… »

Il ralentit. « Attends voir. On a été coupés. Peut-être qu'elle est partie pour Marlin Village alors que je fonçais ici. Probable qu'elle a pris la vieille route du bord de mer. On s'est ratés au milieu de la journée. Comment pouvait-elle savoir que je viendrais la chercher ? Je ne lui en ai pas parlé. Et elle a eu si peur quand la ligne a été coupée qu'elle s'est précipitée à Marlin Village pour me trouver ! Et moi qui suis là, bon Dieu, quel imbécile ! »

Sur un coup de klaxon, il quitta la ville en flèche.

Il conduisit toute la nuit. Et si, une fois que je serai revenu à Marlin Village, elle n'est pas là à m'attendre ? songea-t-il.

Il ne voulait pas penser à ça. Il *fallait* qu'elle y soit. Il courrait au devant d'elle, la prendrait dans ses bras et peut-être même l'embrasserait, une fois, sur les lèvres.

Genevieve, douce Genevieve, se mit-il à siffloter en faisant grimper le compteur à cent soixante à l'heure.

À l'aube, tout était calme dans Marlin Village. Des lumières jaunes continuaient de brûler dans plusieurs magasins, et un juke-box qui avait joué pendant cent heures d'affilée se tut enfin, dans un grésillement d'électricité, rendant le silence complet. Le soleil réchauffait les rues, réchauffait le ciel vide et froid.

Walter tourna dans la Grand-Rue, ses phares toujours allumés, klaxonnant à coups redoublés, six fois à un croisement, six fois à un autre. Il scrutait les noms des magasins. Son visage était pâle, ses traits tirés, et ses mains glissaient sur le volant moite de sueur.

« Genevieve ! » appela-t-il dans la rue déserte.

La porte d'un institut de beauté s'ouvrit.

« Genevieve ! » Il arrêta la voiture.

Genevieve Selsor s'immobilisa sur le seuil de l'établissement tandis qu'il traversait la rue en courant. Elle tenait dans les bras une boîte de chocolats au lait ouverte qu'elle câlinait de ses doigts blafards et boudinés. Elle s'avança en pleine lumière. Elle avait un visage rond aux traits lourds et des yeux pareils à deux gros œufs enfoncés dans une masse blanchâtre de pâte à pain. Des jambes comme des poteaux, une démarche pesante et sans grâce. Ses cheveux d'un châtain indéfinissable semblaient avoir servi et resservi de nid à des oiseaux. Elle n'avait pas trace de lèvres et compensait cela par une tartine de rouge ayant l'apparence d'une grosse bouche huileuse qui, d'abord béante de ravissement, se referma sous le coup d'une soudaine alarme. Ses sourcils épilés se réduisaient à deux fines antennes.

Walter s'arrêta net. Son sourire s'évanouit. Il resta planté là à la regarder.

Elle laissa tomber sa boîte de chocolats sur le trottoir.

« Vous êtes… Genevieve Selsor ? » Il avait les oreilles qui bourdonnaient.

« Vous êtes Walter Griff ?

— Gripp.

— Gripp, rectifia-t-elle.

— Enchanté de faire votre connaissance, dit-il d'une voix réservée.

— Moi de même. » Elle lui serra la main.

Ses doigts étaient poisseux de chocolat.

« Bon, dit Walter Gripp.

— Comment ? demanda Genevieve Selsor.

— J'ai simplement dit "bon".

— Ah. »

Il était neuf heures du soir. Ils avaient passé la journée en pique-nique, et pour le dîner il avait préparé un filet mignon qu'elle n'avait pas aimé parce qu'il était trop saignant. Il l'avait donc remis sur le gril et elle l'avait trouvé trop cuit, ou trop dur, ou allez savoir quoi. Il se mit à rire et proposa : « On va aller voir un film ! » Elle fut d'accord et lui prit le coude de ses doigts enduits de chocolat. Mais le seul film qu'elle voulut voir était un Clark Gable vieux de quatre-vingts ans. «Il est pas formidable?» Elle en gloussait de plaisir. «Dites donc, il est pas *formidable*?» Le film s'acheva. «Repassez-le», exigea-t-elle. «Encore?» fit-il. «Encore», insista-t-elle. Et quand il revint s'asseoir, elle se blottit contre lui et lui colla ses pattes partout. «Tu n'es pas tout à fait ce que j'attendais, admit-elle, mais tu es sympa.» «Merci», articula-t-il en déglutissant. «Oh, ce Gable», reprit-elle en lui pinçant la jambe. «Aïe», dit-il.

Après le film, ils allèrent faire les magasins dans les rues silencieuses. Elle brisa une vitrine et passa la robe la plus voyante qu'elle ait pu trouver. Puis elle se renversa un flacon de parfum sur les cheveux, ce qui la fit ressembler à un chien de berger mouillé. «Quel âge avez-vous?» s'enquit-il. «Devine.» Toute dégoulinante, elle l'entraîna dans la rue. «Oh, trente ans», lança-t-il. «Eh bien, déclara-t-elle avec raideur, je n'en ai que vingt-sept, là!

«Tiens, voilà une autre confiserie! s'exclama-t-elle. Franchement, j'ai mené une vie de reine depuis que tout a explosé. Je n'ai jamais aimé mes parents, c'étaient des imbéciles. Ils sont partis pour la Terre il y a deux mois. J'étais censée les suivre par la dernière fusée, mais je suis restée; tu sais pourquoi?

— Pourquoi?

— Parce que tout le monde en avait après moi. Alors je suis restée là pour pouvoir m'asperger de parfum toute la journée, boire des litres et des litres de lait malté et m'empiffrer de sucreries sans qu'on me dise: "Oh, c'est plein de calories!" Et me voilà!

— Vous voilà.» Walter ferma les yeux.

«Il se fait tard, reprit-elle en le regardant.

— Oui.

— Je suis fatiguée.

— C'est drôle. Je me sens parfaitement réveillé.

— Ah.

— Je resterais bien debout toute la nuit. Dites donc, il y a un bon disque chez Mike. Venez, je vais vous le passer.

— Je suis fatiguée. » Les yeux brillants, elle lui lança un regard plein de sous-entendus.

« Curieux. Moi, je me sens en pleine forme.

— Retournons au salon de beauté. Je veux te montrer quelque chose. »

Elle lui fit franchir la porte vitrée et le mena jusqu'à un grand carton blanc. « En partant de Texas City, expliqua-t-elle, j'ai pris ceci avec moi. » Elle défit le ruban rose. « Je me suis dit : Voyons, je suis là, la seule femme sur Mars, et lui, c'est le seul homme, alors… » Elle ôta le couvercle et déplia dans un doux froufrou les couches de papier de soie rose. Elle donna une petite tape sur ce qu'elle venait de mettre au jour. « Voilà. »

Walter Gripp avait le regard fixe. « Qu'est-ce que c'est ? demanda-t-il en se mettant à trembler.

— Tu ne vois pas, idiot ? C'est tout en dentelle, tout blanc, délicat et tout ça.

— Non, je ne vois pas.

— C'est une robe de mariée, idiot !

— Vraiment ? » Sa voix se brisa. Il ferma les yeux. Elle avait toujours la même voix, suave, fraîche et caressante, comme au téléphone. Mais quand il ouvrit les yeux et la regarda…

Il recula. « Très joli, dit-il.

— N'est-ce pas ?

— Genevieve. » Il jeta un coup d'œil vers la porte

« Oui ?

— Genevieve, j'ai quelque chose à vous dire.

— Oui ? » Elle amorça un mouvement vers lui, la violente odeur du parfum accompagnant sa grosse face de lune.

« Ce que j'ai à vous dire, c'est…

— Oui ?

— Adieu ! »

Et il était déjà dehors, puis dans sa voiture, avant qu'elle n'ait eu le temps de hurler.

Elle se précipita jusqu'au bord du trottoir et s'immobilisa au moment où il virait en trombe.

« Walter Griff, revenez ! piailla-t-elle en levant les bras au ciel.

— Gripp, corrigea-t-il.

— Gripp ! » cria-t-elle.

La voiture s'éloigna à toute allure dans la rue silencieuse, indifférente à ses trépignements et à ses criaillements. Et les gaz d'échappement de faire voltiger la robe blanche qu'elle chiffonnait dans ses mains grassouillettes, et les étoiles de briller de tout leur éclat, et la voiture de s'évanouir dans le désert, engloutie par l'obscurité.

Il roula sans s'arrêter trois jours et trois nuits durant. Une fois, il crut voir une voiture qui le suivait. Saisi de sueurs froides, il prit une autre route, coupant à travers le paysage martien désolé, passant de petites cités mortes, et ne cessa de rouler pendant une semaine et un jour, jusqu'à ce qu'il eût mis quinze mille kilomètres entre Marlin Village et lui. Alors il s'arrêta dans une petite ville du nom de Holtville Springs, où il y avait quelques boutiques qu'il pouvait illuminer la nuit et des restaurants où s'installer pour commander ses repas.

C'est là qu'il vit depuis, avec deux énormes congélateurs bourrés de vivres pour cent ans, assez de cigares pour dix mille jours et un bon lit au matelas moelleux.

Et quand, de loin en loin, au fil des longues années, le téléphone sonne… il ne répond pas.

Les longues années

Chaque fois que le vent balayait le ciel, ils restaient assis, sa petite famille et lui, dans la cahute en pierre, à se chauffer les mains à un feu de bois. Le vent agitait les eaux du canal, semblait sur le point de chasser les étoiles du ciel, mais Mr. Hathaway était content comme ça ; il parlait à sa femme, et sa femme lui répondait, il parlait à ses deux filles et à son fils des anciens jours sur la Terre, et tous répondaient avec à-propos.

Vingt ans s'étaient écoulés depuis la Grande Guerre. Mars était devenu un tombeau. Qu'il en fût de même ou non pour la Terre donnait lieu à nombre de débats muets pour Hathaway et sa famille durant les longues soirées martiennes.

Ce soir-là, une des plus violentes tempêtes de sable s'était abattue sur les basses nécropoles martiennes, soufflant à travers les villes antiques et arrachant les murs de plastique de la plus récente, la cité de construction américaine qui se dissolvait dans le sable et la désolation.

La tempête s'apaisa. Hathaway sortit dans l'éclaircie pour regarder le flamboiement vert de la Terre dans le ciel venteux. Il leva la main comme pour régler un éclairage trop faible au plafond d'une pièce obscure. Il regarda les fonds marins asséchés depuis des temps immémoriaux. Plus un seul être vivant sur cette planète, songea-t-il. Rien

que moi. Et *eux*. Il tourna la tête vers l'intérieur de la
cahute.

Que se passait-il sur Terre à présent ? Son télescope de
soixante-quinze centimètres de long ne lui avait pas révélé
de changement sensible dans son aspect. Enfin, se dit-il,
j'en ai encore pour vingt ans si je fais attention. Quelqu'un
viendra peut-être, soit par les mers mortes, soit de l'espace, dans une fusée portée par un petit fil rouge de feu.

« Je vais faire un tour, lança-t-il à l'intérieur de la
bicoque.

— Très bien », répondit sa femme.

Il s'avança tranquillement au milieu d'une suite de
ruines. « *Made in New York*, lut-il au passage sur un morceau de métal. Dire que tous ces trucs venus de la Terre
auront disparu bien avant les anciennes villes martiennes. » Il leva les yeux en direction du village vieux de
cinquante siècles niché dans les montagnes bleues.

Il atteignit un cimetière martien isolé, une série de
petites pierres tombales hexagonales sur une colline
balayée par le vent.

Son regard s'arrêta sur quatre tombes plantées de gros-
sières croix de bois sur lesquelles étaient inscrits des noms.
Ses yeux ne se remplirent point de larmes. Il y avait longtemps qu'elles étaient taries.

« Me pardonnez-vous pour ce que j'ai fait ? demanda-
t-il aux croix. J'étais si seul. Vous comprenez, n'est-ce
pas ? »

Il regagna la cahute en pierre et, une fois de plus, juste
avant d'entrer, s'abrita les yeux pour scruter le ciel.

« Continue d'attendre et d'attendre, et de regarder, dit-
il, et un soir, peut-être... »

Une minuscule flamme rouge se détachait dans le ciel.

Il s'écarta de la lumière qui venait de la maison

« ... si tu regardes *bien*... », murmura-t-il.

La minuscule flamme rouge était toujours là.

« Ce n'était pas là hier soir », continua-t-il

Il trébucha, tomba, se releva, se précipita derrière la maison, fit pivoter le télescope et le pointa vers le ciel.

Une minute plus tard, après une inspection éperdue, il réapparut dans l'encadrement de la porte basse. Sa femme, ses deux filles et son fils tournèrent la tête vers lui. Finalement, il fut en mesure de parler.

« J'ai de bonnes nouvelles, dit-il. Je viens de regarder le ciel. Une fusée arrive pour nous ramener tous chez nous. Elle sera là demain matin de bonne heure. »

Il enfouit son visage dans ses mains et se mit à pleurer doucement.

À trois heures du matin, il brûla ce qui restait de New New York.

Il prit une torche et parcourut la ville de plastique en passant la flamme sur les murs ici et là. De grandes gerbes de chaleur et de lumière s'élevèrent. Cela faisait presque trois kilomètres carrés d'illumination, assez pour que ce soit visible des profondeurs de l'espace. Voilà qui guiderait la fusée vers Mr. Hathaway et les siens.

Le cœur battant, douloureux, il regagna la maison. « Regardez ! » Il brandit une bouteille poussiéreuse dans la lumière. « Du vin que je gardais spécialement pour ce soir. Je savais qu'on nous retrouverait un jour ! On va fêter ça ! »

Il remplit cinq verres à ras bord.

« Il en a fallu du temps, dit-il en plongeant un regard plein de gravité dans son verre. Vous vous souvenez du jour où la guerre a éclaté ? Il y a vingt ans et sept mois Toutes les fusées ont été rappelées de Mars. Et toi et moi. et les enfants, étions dans les montagnes en expédition archéologique ; on faisait des recherches sur les anciennes méthodes chirurgicales des Martiens On est revenus au grand galop, au risque de tuer nos chevaux, vous vous rappelez ? Mais nous sommes arrivés en ville une semaine trop tard. Tout le monde avait filé. L'Amérique avait été détruite · toutes les fusées étaient parties sans attendre les retardataires, vous vous rappelez, vous vous rappelez ? Et on s'est trouvés être les *seuls* abandonnés. Seigneur, comme les années passent. Je n'aurais jamais pu tenir sans vous tous. Sans vous, je me serais tué. Mais avec vous, ça valait la peine d'attendre. À nous tous, donc. » Il leva son verre. « Et à notre longue attente ensemble. » Il but.

La femme, les deux filles et le fils portèrent leur verre à leurs lèvres.

Le vin leur coula le long du menton à tous les quatre.

Au matin, la ville voltigeait en gros flocons noirs et soyeux à travers les anciens fonds marins. L'incendie s'exténuait, mais il avait rempli sa fonction ; le point rouge dans le ciel grossissait.

De la cahute en pierre s'échappait une odeur chaude et dorée de pain d'épice. Hathaway entra au moment où sa femme, penchée sur la table, y disposait les moules brûlants. Les deux filles balayaient tranquillement le dallage de pierre tandis que le fils astiquait l'argenterie.

« On va leur offrir un petit déjeuner monstre, dit Hathaway en riant. Mettez vos plus beaux vêtements ! »

Il gagna au pas de course le vaste hangar métallique qui se dressait de l'autre côté de son domaine. À l'intérieur se trouvait l'installation frigorifique et le générateur qu'il avait réparés et entretenus au cours des années de ses doigts fins, experts, comme il avait remis en état des montres, des téléphones et des magnétophones à ses moments perdus. Le hangar était plein d'assemblages de son cru, de mécanismes insensés dont les fonctions restaient un mystère même pour lui maintenant qu'il les contemplait.

Il préleva dans le congélateur des cartons givrés de haricots et de fraises vieux de vingt ans. Sors de ton tombeau, Lazare, songea-t-il, et il en retira aussi un poulet.

L'air était plein d'odeurs appétissantes quand la fusée se posa.

Comme un gamin, Hathaway dévala la colline. Il ne s'arrêta qu'une fois, en proie à une douleur soudaine dans la poitrine. Il s'assit sur un rocher pour reprendre souffle, puis se remit à courir tout le reste du trajet.

Il s'immobilisa dans la zone d'air torride engendrée par le feu de la fusée. Un panneau s'ouvrit. Un homme apparut.

Hathaway, une main en auvent sur le front, s'écria enfin : « Capitaine Wilder !

— Qui êtes-vous ? » demanda ce dernier avant de sauter à terre et de se figer, les yeux fixés sur le vieil homme. il tendit la main. « Mon Dieu, Hathaway !

— Exact. » Ils se dévisagèrent.

« Hathaway, de mon vieil équipage, de la Quatrième Expédition.

— Ça remonte loin, capitaine.

— Trop loin. Ça me fait vraiment plaisir de vous revoir.

— Je suis vieux, dit Hathaway en toute simplicité.

— Je ne suis plus très jeune moi non plus. Ça fait vingt ans que je suis parti pour Jupiter, Saturne et Neptune.

— J'ai entendu dire qu'on vous avait expédié là-bas pour vous empêcher d'intervenir dans la politique coloniale pratiquée sur Mars. » Le vieil homme regarda autour de lui. « Il y a si longtemps que vous êtes parti que vous ne devez pas savoir ce qui s'est passé...

— Je m'en doute. On a fait deux fois le tour de Mars. On n'a trouvé qu'un autre homme, un dénommé Walter Gripp, à environ quinze mille kilomètres d'ici. On lui a proposé de l'emmener, mais il a refusé. Quand on l'a vu pour la dernière fois, il était assis dans un fauteuil à bascule au milieu de la route et fumait sa pipe en nous faisant des signes d'adieu. Mars est bel et bien mort, il ne reste même pas un Martien de vivant. Et la Terre ?

— Vous en savez autant que moi. De temps à autre, je capte la radio, très faiblement. Mais toujours dans une langue étrangère. Je dois avouer que je ne connais que le latin. Quelques mots me parviennent. J'imagine que la plus grande partie de la Terre est en ruine, mais la guerre continue. Vous y retournez, capitaine ?

— Oui. On est curieux de savoir, c'est naturel. On n'avait aucun contact radio si loin dans l'espace. On a envie de voir la Terre, quoi qu'il en soit.

— Vous nous emmènerez ? »

Le capitaine sursauta. « Bien sûr, votre femme, je me souviens d'elle. Il y a vingt-cinq ans, n'est-ce pas ? Quand on a ouvert Ville Un et que vous avez quitté l'armée pour l'amener ici. Et vous aviez des enfants…

— Un fils et deux filles.

— Oui, je me souviens. Ils sont ici ?

— Là-haut dans notre cahute. Il y a un excellent petit déjeuner qui vous y attend tous. Voulez-vous venir ?

— C'est un honneur pour nous, Mr. Hathaway. » Le Capitaine Wilder se tourna vers la fusée. « Évacuation du vaisseau ! » lança-t-il.

Ils grimpaient la colline, Hathaway et le capitaine Wilder, les vingt hommes d'équipage derrière eux, inspirant à pleins poumons l'air frais et ténu du matin. Le soleil se leva, annonçant une belle journée.

« Est-ce que vous vous souvenez de Spender, capitaine ?

— Je ne l'ai jamais oublié.

— À peu près une fois par an, je passe devant sa tombe. On dirait qu'il a obtenu ce qu'il désirait, finalement. Il ne voulait pas qu'on vienne ici ; je suppose qu'il est content maintenant qu'on est tous partis.

— Et qu'est devenu… comment s'appelait-il déjà ?… Parkhill, Sam Parkhill ?

— Il a ouvert un débit de hot dogs.

— Ça ne m'étonne pas de lui.

— Et il est reparti pour la Terre la semaine suivante. À cause de la guerre. » Hathaway porta une main à sa poitrine et s'assit brusquement sur un rocher. «Pardonnez-moi. L'émotion. Vous revoir comme ça après toutes ces années. J'ai besoin de souffler.» Il sentait son cœur cogner. Il compta les battements. Ça n'allait pas du tout.

«On a un docteur, dit Wilder. Excusez-moi, Hathaway, Je sais que vous en êtes un vous-même, mais il vaut mieux que le nôtre vous examine...» Le docteur fut appelé.

«Ça va passer, insista Hathaway. L'attente. L'émotion.» Il parvenait à peine à respirer. Ses lèvres étaient bleues. «Vous savez», dit-il, tandis que le docteur lui appliquait un stéthoscope sur la poitrine, «c'est comme si j'étais resté en vie toutes ces années uniquement pour voir ce jour ; maintenant que vous êtes là pour me ramener sur la Terre, je suis content comme ça, je peux me coucher et m'en aller.

— Tenez.» le docteur lui tendit une pilule jaune. «On ferait bien de vous laisser prendre du repos.

— Pensez-vous ! Donnez-moi une minute, c'est tout. Ça me fait du bien de vous voir tous là. D'entendre enfin des voix nouvelles.

— Est-ce que la pilule agit ?

— Impeccable. Allons-y !»

Ils reprirent l'ascension de la colline.

«Alice, viens voir qui est là !»

Hathaway fronça les sourcils et se pencha vers l'intérieur de la bicoque. «Alice, tu as entendu ?»

Sa femme apparut. Un instant plus tard les deux filles, élancées et gracieuses, sortirent à leur tour, suivies par un jeune homme encore plus élancé.

«Alice, tu te souviens du capitaine Wilder ?»

Elle hésita, interrogea Hathaway du regard, puis sourit. «Mais bien sûr, capitaine Wilder !

— Je me rappelle, nous avons dîné ensemble la veille de mon départ pour Jupiter, Mrs. Hathaway.»

Elle lui serra vigoureusement la main. «Mes filles, Mar-

guerite et Susan. Mon fils, John. Vous vous souvenez certainement du capitaine ? »

On échangea des poignées de main dans une profusion
de rires et de paroles.

Le capitaine Wilder huma l'air. « Serait-ce du *pain
d'épice* ?

— En voulez-vous ? »

Tout le monde se mit en mouvement. Des tables pliantes
furent rapidement installées dehors, des mets fumants
avancés, des assiettes, des serviettes et une belle argenterie disposées. Immobile, le capitaine Wilder regarda
d'abord Mrs. Hathaway, puis son fils et ses deux grandes
filles qui s'affairaient sans faire de bruit. Il les dévisageait
dans leurs prestes allées et venues, suivait des yeux chaque
geste de leurs mains juvéniles et chaque expression de
leurs visages lisses. Il s'assit sur une chaise que le fils
venait d'apporter. « Quel âge as-tu, John ?

— Vingt-trois ans », répondit ce dernier.

Wilder tripota gauchement ses couverts. D'un seul
coup, il avait pâli. L'homme assis à côté de lui murmura :
« Ça ne se peut pas, capitaine. »

John retourna chercher des chaises.

« Comment ça, Williamson ?

— J'ai quarante-trois ans, capitaine. J'étais à l'école en
même temps que le jeune Hathaway ici présent, il y a vingt
ans de ça. Il dit qu'il n'a que vingt-trois ans. D'accord, il
n'en *paraît* que vingt-trois, mais ça ne colle pas. Il devrait
au moins en avoir quarante-deux. Qu'est-ce que ça veut
dire, capitaine ?

— Je ne sais pas.

— Ça n'a pas l'air d'aller, capitaine.

— Je ne me sens pas bien. Les filles aussi, je les ai vues
il y a une vingtaine d'années, et elles n'ont pas changé ;
pas une ride. Voulez-vous me rendre un service ? Je voudrais que vous me fassiez une petite course. Je vous dirai
où aller et pour quoi faire. Tout à l'heure, quand nous

serons attablés, filez discrètement. Ça ne devrait vous prendre qu'une dizaine de minutes. Ce n'est pas loin d'ici. J'ai vu l'endroit de la fusée au moment où on se posait.

— Eh bien ! De quoi parlez-vous si sérieusement ? » Une louche à la main, Mrs. Hathaway emplit promptement leurs bols de soupe. « Souriez donc ! Nous sommes tous ensemble, le voyage est fini, vous êtes ici chez vous !

— Oui. » Le capitaine Wilder se mit à rire. « On peut dire que vous respirez la santé et la jeunesse, Mrs. Hathaway !

— Voilà bien les hommes ! »

Il la regarda s'éloigner d'un pas léger, avec son visage rose et vif, lisse comme une pomme, sans une ride, éclatant. Son rire tintait à chaque plaisanterie, elle tournait proprement les salades, ne s'arrêtant jamais pour respirer. Le fils tout en angles et les filles tout en courbes se montraient pleins d'esprit, comme leur père, parlaient des longues années et de leur vie retirée, tandis que leur père hochait la tête avec fierté.

Williamson s'esquiva, l'air de vouloir redescendre la colline.

« Où va-t-il ? demanda Hathaway.

— Jeter un coup d'œil à la fusée, dit Wilder. Mais comme je disais, Hathaway, il n'y a rien sur Jupiter, rien qui puisse intéresser les hommes. Même chose pour Saturne et Pluton. » Wilder parlait machinalement, sans faire attention à ce qu'il disait, ne pensant qu'à Williamson en train de dévaler la colline et de remonter pour lui annoncer ce qu'il avait trouvé.

« Merci. » Marguerite Hathaway remplissait son verre d'eau. Pris d'une impulsion soudaine, il lui toucha le bras. Elle ne s'en aperçut même pas. Sa chair était douce et tiède.

De l'autre côté de la table, Hathaway s'accordait parfois une pause pour se palper la poitrine, l'air de souffrir, puis se remettait à écouter le murmure des conversations

entrecoupé de brusques éclats de voix, lançant de temps
à autre des coups d'œil inquiets à Wilder, qui ne semblait pas apprécier son pain d'épice.

Williamson réapparut. Il resta assis à picorer dans
son assiette jusqu'à ce que le capitaine lui glisse en
coin : « Eh bien ?

— J'ai trouvé, capitaine.

— Et alors ? »

Williamson était blême. Il ne quittait pas des yeux
tout ce monde qui riait. Les filles souriaient avec gravité
et le fils racontait une blague. « Je suis allé dans le cimetière, dit Williamson.

— Les quatre croix étaient là ?

— Oui, capitaine. Avec les noms encore inscrits dessus. Je les ai notés pour plus de sûreté. » Il lut sur un
bout de papier : « Alice, Marguerite, Susan et John
Hathaway. Morts d'un virus inconnu. Juillet 2038.

— Merci, Williamson. » Wilder ferma les yeux.

« Il y a dix-neuf ans, capitaine. » La main de
Williamson tremblait.

« Oui.

— Alors qui sont *ceux-là* ?

— Je n'en sais rien.

— Qu'est-ce que vous allez faire ?

— Je n'en sais rien non plus.

— Est-ce qu'on avertit les autres ?

— Plus tard. Continuez à manger comme si de rien
n'était.

— Je n'ai plus très faim, capitaine. »

Le repas s'acheva avec du vin apporté de la fusée.
Hathaway se leva. « Je porte un toast en votre honneur à
tous ; c'est une grande joie de se retrouver entre amis. Je
bois aussi à ma femme et à mes enfants, sans qui je n'aurais
pas survécu. C'est seulement grâce à leur dévouement et à
leur affection que j'ai tenu bon en attendant votre arrivée. » Il dirigea son verre vers les siens, qui lui retournè-

rent un regard gêné et finirent par baisser les yeux tandis que tous les autres buvaient.

Hathaway vida son verre. Puis, sans un cri, il s'abattit sur la table et glissa à terre. Plusieurs hommes se précipitèrent pour le soutenir. Le docteur se pencha sur lui et écouta. Wilder toucha le docteur à l'épaule. Celui-ci releva les yeux et secoua la tête. Wilder s'agenouilla et prit la main du vieil homme. «Wilder?» La voix d'Hathaway était à peine audible. «J'ai gâché la fête.

— Ne dites pas de bêtises.

— Dites adieu pour moi à Alice et aux enfants.

— Attendez, je les appelle.

— Non, non, surtout pas! haleta Hathaway. Ils ne comprendraient pas. Je n'ai pas envie qu'ils comprennent! Non!»

Wilder ne bougea pas.

Hathaway était mort.

Wilder attendit un long moment. Puis il se releva et s'éloigna du groupe consterné qui entourait Hathaway. Il s'approcha d'Alice Hathaway, la regarda dans les yeux et dit : «Savez-vous ce qui vient de se passer?

— Quelque chose qui concerne mon mari?

— Il vient de s'éteindre ; son cœur, dit Wilder en l'observant.

— Je suis désolée.

— Comment vous sentez-vous?

— Il ne voulait pas que nous ayons de la peine. Il nous a dit que cela arriverait un jour et il ne voulait pas que nous pleurions. Il ne nous a pas appris, voyez-vous. Il ne voulait pas que nous sachions. Il disait qu'il ne pouvait rien arriver de pire à un homme que de connaître la solitude, le chagrin et les larmes. Alors nous ne saurons jamais ce que sont les larmes et le chagrin.»

Wilder regarda brièvement les mains de Mrs. Hathaway, ses mains douces et tièdes, aux ongles soigneusement faits, ses poignets fuselés. Il vit son cou blanc, gra-

cieux et lisse, ses yeux intelligents. Finalement, il déclara :
« Mr. Hathaway a fait du bon travail sur vous et vos
enfants.

— Il aurait aimé vous entendre. Il était si fier de nous.
Le temps aidant, il en venait même à oublier qu'il nous
avait fabriqués. À la fin, il nous aimait et nous considérait
comme sa femme et ses enfants véritables. Et dans un sens,
nous le *sommes*.

— Vous lui avez été d'un grand réconfort.

— Oui, des années durant, nous sommes restés là à
bavarder. Il adorait parler. Il aimait cette cahute en pierre
et les feux de cheminée. On aurait pu vivre dans une maison normale en ville, mais il aimait cet endroit où il pouvait être primitif ou moderne, au gré de sa fantaisie. Il m'a
tout raconté sur son laboratoire et ce qu'il y faisait. Il avait
installé tout un réseau de haut-parleurs dans la ville américaine abandonnée, en contrebas. Quand il appuyait sur un
bouton, la ville s'illuminait et devenait aussi bruyante que
si dix mille personnes y habitaient. On entendait des bruits
d'avions, d'autos, et tout un brouhaha de conversations. Il
s'asseyait, allumait un cigare et nous parlait ; les bruits de
la ville montaient jusqu'à nous, et de temps en temps le
téléphone sonnait, une voix enregistrée posait à Mr. Hathaway des questions d'ordre scientifique ou chirurgical et il
y répondait. Avec le téléphone, nous ici, les bruits de la
ville et son cigare, Mr. Hathaway était pleinement heureux.
Il n'y a qu'une chose qu'il n'a pas réussi à nous faire faire :
vieillir. Lui vieillissait tous les jours, mais nous, nous ne
changions pas. Je crois que ça ne lui faisait rien. J'ai même
l'impression qu'il tenait à ce qu'il en soit ainsi.

— Nous allons l'enterrer là où se trouvent les quatre
autres croix. Je pense qu'il serait d'accord. »

Elle lui effleura le poignet. « J'en suis sûre. »

Des ordres furent donnés. La famille suivit la petite pro-
cession. Deux hommes transportaient Hathaway sur un
brancard-housse. Ils passèrent devant la petite maison en

pierre et le hangar où Hathaway, bien des années auparavant, s'était mis à l'œuvre. Wilder s'arrêta sur le seuil
de l'atelier.

Quelle réaction pouvait-on avoir, songea-t-il, si, vivant
sur une planète avec une femme et trois enfants, on les
voyait mourir pour se retrouver tout seul dans le vent et
le silence ? Que faire ? Les enterrer sous des croix dans
un cimetière, puis revenir à l'atelier et, en mettant à
contribution tout le pouvoir de l'intelligence et de la
mémoire, l'habileté manuelle et le génie, assembler,
pièce par pièce, ce qui devait être une femme, un fils, des
filles. Avec toute une ville américaine à proximité où
puiser les matériaux nécessaires, un homme supérieure-
ment doué pouvait tout faire.

Le bruit de leurs pas était amorti par le sable. Quand
ils pénétrèrent dans le cimetière, deux hommes étaient
déjà en train de creuser le sol.

Ils retournèrent à la fusée en fin d'après-midi.

Williamson désigna du menton la cahute en pierre.
« Qu'est-ce qu'on va faire d'*eux* ?

— Je ne sais pas, dit le capitaine.

— Est-ce que vous allez... les mettre hors service ?

— Hors service ? » Le capitaine parut vaguement surpris. « Ça ne m'est jamais venu à l'esprit.

— Vous ne les emmenez pas avec nous ?

— Non, ça ne servirait à rien.

— Vous voulez dire que vous allez les laisser ici,
comme *ça*, tels qu'ils *sont* ! »

Le capitaine tendit un pistolet à Williamson. « Si vous
pouvez y changer quelque chose, vous êtes plus doué
que moi. »

Cinq minutes plus tard, ruisselant de sueur, Williamson
revenait de la bicoque. « Tenez, reprenez votre pistolet. À
présent, je comprends ce que vous voulez dire. Je suis
entré avec le pistolet. Une des filles m'a souri. Les autres

aussi. La femme m'a proposé une tasse de thé. Seigneur, ce serait du meurtre ! »

Wilder hocha la tête. « On ne reverra jamais de telles merveilles. Ils sont construits pour durer ; dix, cinquante, deux cents ans. Oui, ils ont tout autant le droit à… à la vie que vous, moi, ou n'importe lequel d'entre nous. » Il débourra sa pipe. « Allez, embarquons. On va décoller. Cette ville est fichue, on n'en tirera rien. »

Le jour tirait à sa fin. Un vent froid se levait. Les hommes étaient à bord. Le capitaine hésitait. « Ne me dites pas que vous allez retourner là-bas pour… leur faire vos adieux ? » articula Williamson.

Le capitaine le regarda avec froideur. « Mêlez-vous de vos affaires. »

D'un pas décidé, Wilder remonta vers la cahute dans le vent de plus en plus sombre. Installés dans la fusée, les hommes virent son ombre s'attarder sur le seuil. Ils virent l'ombre d'une femme. Ils virent le capitaine lui serrer la main.

Quelques instants plus tard, il regagnait la fusée au pas de course.

La nuit, quand le vent s'abat sur les fonds marins asséchés et souffle dans le cimetière hexagonal sur quatre croix anciennes et une nouvelle, une lampe brûle dans la petite cahute en pierre, et à l'intérieur, tandis que mugit le vent, que tourbillonne la poussière et que flambent les étoiles glaciales, quatre silhouettes, une femme, deux filles et un fils entretiennent sans raison un petit feu de bois tout en bavardant et en riant.

Nuit après nuit, tout au long des années, sans aucune raison, la femme sort et, les mains levées, regarde le ciel un long moment ; elle regarde le flamboiement vert de la Terre, sans savoir pourquoi, puis elle rentre et jette une brindille sur le feu, tandis que le vent se lève et que la mer morte reste plongée dans la mort.

AOÛT 2057

Viendront de douces pluies

Dans le salon l'horloge vocale chanta : *Tic-tac, sept heures, debout dormeurs, debout dormeurs, sept heures !* comme si elle craignait que personne ne se lève. La maison matinale était déserte. L'horloge continua à tictaquer et à réitérer ses injonctions dans le vide. *Sept heures douze, à table tous, sept heures douze !*

Dans la cuisine le fourneau spécialisé dans le petit déjeuner émit un sifflement et éjecta de ses chaudes entrailles huit toasts impeccablement grillés, huit œufs au plat, seize tranches de bacon, deux cafés et deux verres de lait frais.

« Nous sommes aujourd'hui le 4 août 2057, récita une deuxième voix au plafond de la cuisine, à Allendale, Californie. » Elle répéta trois fois la date pour en aider la mémorisation. « C'est aujourd'hui l'anniversaire de Mr. Featherstone. C'est aujourd'hui l'anniversaire du mariage de Tilita. Assurance à payer, ainsi que les factures d'eau, de gaz et d'électricité. »

Quelque part dans les murs, des relais s'enclenchaient, des bandes magnétiques défilaient sous des yeux électroniques.

Huit heures une, tic-tac, huit heures une, départ pour l'école, départ pour le travail, vite, vite, huit heures une. Mais nulle porte ne claqua, nul talon de caoutchouc ne pressa les tapis. Dehors, il pleuvait. La cellule météo de la porte d'entrée chantonnait : « Pluie, pluie, hors d'ici ; impers et bottes pour aujourd'hui... » Et la pluie, en écho, de crépiter sur la maison vide.

Dehors, le garage carillonna et releva sa porte pour révéler la voiture qui attendait. Après avoir longtemps patienté, la porte se rabattit.

À huit heures et demie les œufs étaient tout racornis et les toasts durs comme pierre. Un grattoir d'aluminium les expédia dans l'évier ; là, un tourbillon d'eau bouillante les entraîna dans un gosier de métal qui les digéra et les propulsa vers la mer lointaine. La vaisselle sale bascula dans une machine à laver dont elle émergea sèche et étincelante.

Neuf heures et quart, chanta l'horloge vocale, *au ménage sans retard*.

Surgies de leurs tanières dans le mur, de minuscules souris-robots s'élancèrent. Les pièces se mirent à fourmiller de petites bêtes nettoyeuses, tout caoutchouc et métal. Elles se heurtaient aux chaises, faisaient tourner leurs moustaches balais-brosses, pétrissaient les poils des tapis, débusquaient et aspiraient en douceur le moindre grain de poussière. Puis, tels de mystérieux envahisseurs, elles disparurent dans leurs terriers. Leurs yeux roses électroniques s'éteignirent. La maison était propre.

Dix heures. Le soleil perça à travers la pluie. La maison se dressait au milieu d'une cité qui n'était plus que cendres et décombres. C'était la seule maison restée debout. La nuit, la cité en ruine émettait une lueur radioactive visible à des kilomètres à la ronde.

Dix heures et quart. Les arroseurs rotatifs s'épanouirent en gerbes dorées, emplissant la douceur matinale d'une douche de lumière. L'eau cinglait les carreaux, ruisselait sur le flanc ouest de la maison, celui dont la peinture blanche avait cramé pour faire place à une surface uniformément noire. Sauf en cinq endroits. Ici, un reste de peinture dessinait la silhouette d'un homme en train de tondre sa pelouse. Là, comme dans une photographie, une femme se penchait pour cueillir des fleurs. Un peu plus loin, leurs images décalquées sur le bois brûlé en un titanesque instant, un petit garçon, les mains tendues en l'air ; plus haut, la forme d'un ballon en pleine trajectoire ; et de l'autre côté, une fillette, les bras levés pour attraper un ballon qui n'était jamais redescendu.

Les cinq taches de peinture — l'homme, la femme, les enfants, le ballon — étaient intactes. Le reste ne formait plus qu'une mince couche charbonneuse.

Jusqu'à ce jour, comme la maison avait bien su protéger sa paix. Avec quels scrupules elle avait demandé : « Qui va là ? Quel est le mot de passe ? » et, n'obtenant pas de réponse des renards solitaires et des chats miaulants, avait fermé ses fenêtres et tiré ses stores avec des airs de vieille fille obsédée par sa sécurité qui frôlaient la paranoïa mécanique.

Elle frémissait au moindre bruit, notre maison. Si un moineau effleurait une fenêtre, le store claquait. Et le moineau, effrayé, de s'envoler ! Non, pas même un oiseau ne devait toucher la maison.

La maison était un autel ayant dix mille servants, grands, petits, attentifs, empressés, faisant chorus. Mais les dieux étaient partis, et le rituel subsistait, absurde, inutile.

Midi.

Un chien gémissait, parcouru de frissons, dans la véranda.

La porte d'entrée reconnut sa voix et ouvrit. Le chien, autrefois énorme et bien en chair, mais désormais squelettique et couvert de plaies, traversa la maison, laissant des traces de boue sur le sol. Derrière lui se mirent à tourbillonner des souris furieuses, furieuses d'avoir à nettoyer la boue, furieuses d'être dérangées.

Car le moindre débris de feuille se glissait-il sous la porte, aussitôt les panneaux muraux se soulevaient et les

rats de cuivre nettoyeurs se précipitaient. Le grain de poussière, le cheveu ou le bout de papier offensant, saisi par
de minuscules mâchoires d'acier, disparaissait en un clin
d'œil dans les terriers. Là, des conduits l'acheminaient jusqu'à la cave, où il était jeté dans la gueule ronflante d'un
incinérateur qui trônait, tel un Baal maléfique, dans un
coin sombre.

Le chien s'élança dans les escaliers, se répandit en jap-
pements hystériques devant chaque porte, pour comprendre finalement, comme la maison l'avait compris, que
seul le silence était maître des lieux.

Il leva le museau, renifla et alla gratter à la porte de la
cuisine. Derrière la porte, le fourneau confectionnait des
crêpes, emplissant la maison d'une bonne odeur de grillé
à laquelle se mêlait celle du sirop d'érable.

Couché devant la porte, la gueule écumante, le chien
reniflait, les yeux transformés en charbons ardents. Il se
mit à tourner à toute allure sur lui-même en se mordant la
queue, manège pris de folie, et mourut. Il demeura une
heure dans le salon.

Deux heures, chanta une voix.

Percevant enfin une légère odeur de décomposition, les
régiments de souris surgirent en bourdonnant, aussi dis-
crets que des feuilles grises soufflées par un ventilateur.

Deux heures et quart.

Le chien avait disparu.

Dans la cave, l'incinérateur rougeoya soudain et un
tourbillon d'étincelles s'envola dans la cheminée.

Deux heures trente-cinq.

Des tables de bridge surgirent des murs du patio. Des
cartes à jouer voltigèrent sur les tapis en une pluie de
points. Des martinis se matérialisèrent sur une desserte en
compagnie de sandwiches salade-œufs durs. De la
musique se fit entendre.

Mais les tables restèrent silencieuses et les cartes
intactes.

À quatre heures, les tables se replièrent comme de grands papillons et réintégrèrent les murs.

Quatre heures trente.
Les murs de la nursery s'illuminèrent.

Des animaux prirent forme : girafes jaunes, lions bleus, antilopes roses, panthères lilas, tous cabriolant dans une matière cristalline. Les murs étaient en verre. Ils donnaient sur un monde aux couleurs de l'imaginaire. Des films invisibles se dévidaient sur des pignons bien huilés, donnant vie aux murs. La moquette de la nursery imitait le friselis d'un champ de céréales. On y voyait courir des scarabées d'aluminium et des criquets de fer et, dans l'immobilité de l'air chaud, des papillons en papier de soie rouge palpitaient au milieu des âcres relents des animaux sauvages ! Il y avait ce bruit évoquant le grouillement doré d'un énorme essaim d'abeilles dans les noires profondeurs d'une soufflerie : le bourdon paresseux d'un lion qui ronronnait. Et il y avait le bruit de galopade de l'okapi et le murmure rafraîchissant d'une pluie tropicale qui crépitait, comme d'autres sabots, sur l'herbe empesée de l'été. Voilà que les murs se transformaient en vastes étendues d'herbe desséchée, en savanes couvrant des kilomètres et des kilomètres, et en un ciel sans fin. Les animaux s'éloignèrent en direction des fourrés d'épineux et des trous d'eau.

C'était l'heure des enfants.

Cinq heures. La baignoire s'emplit d'une eau claire presque bouillante.

Six, sept, huit heures. La vaisselle du dîner escamotée comme par magie, et dans le bureau, *clic.* Du guéridon métallique vis-à-vis de l'âtre où flambait à présent un feu guilleret, un cigare fumant surgit, un centimètre de cendre grise à son extrémité, et attendit.

Neuf heures. Les lits firent chauffer leurs circuits intégrés, car les nuits étaient fraîches.

Neuf heures cinq. Une voix tomba du plafond du bureau.

« Mrs. McClellan, quel poème aimeriez-vous entendre ce soir ? »

La maison resta silencieuse.

La voix dit enfin : « Puisque vous n'exprimez aucune préférence, je choisirai un poème au hasard. » De la musique s'éleva pour accompagner la voix. « Sara Teasdale. Votre auteur préféré, si je me souviens bien...

Viendront de douces pluies et des parfums de terre,
Et des stridulations d'hirondelles dans l'air ;

Des grenouilles en voix, la nuit, aux marécages,
Et de blancs trémolos dans les pruniers sauvages ;

Les rouges-gorges dans le feu de leur parure
Siffleront leurs lubies sur un fil de clôture ;

Et nul n'aura eu vent d'une guerre en ce monde
Ni souci que se taise, enfin, sa voix immonde.

Nul ne s'inquiétera, arbre ou oiseau, qu'importe,
Si l'humanité n'est rien plus que lettre morte ;

Et le Printemps, à l'aube, en retrouvant ses sens,
Ne remarquera pas, ou si peu, notre absence[1]. »

Le feu se consuma dans l'âtre de pierre et le cigare s'effondra en un petit tas de poussière grise dans son cendrier. Les fauteuils vides se faisaient face entre les murs silencieux, tandis que la musique continuait de jouer.

1. Extrait de *Flame and Shadow*, de Sara Teasdale, © 1920, 1948, by The Macmillan Company. *(N.d.T.)*

À dix heures, la maison commença à mourir.

Le vent se leva, renversant un arbre dont une branche défonça la fenêtre de la cuisine. Une bouteille de dissolvant alla se fracasser sur le fourneau. La pièce s'embrasa en un instant !

« Au feu ! » cria une voix. Les lumières de la maison clignotèrent, des gerbes d'eau jaillirent du plafond. Mais le dissolvant se répandit sur le revêtement de sol, le lécha, le dévora, passa sous la porte de la cuisine, tandis que les voix reprenaient en chœur : « Au feu, au feu, au feu ! »

La maison tenta de se protéger. Des portes se fermèrent hermétiquement, mais la chaleur fit voler les fenêtres en éclats et le vent attisa les flammes.

La maison cédait du terrain à mesure que le feu et ses milliards d'étincelles se propageaient allégrement d'une pièce à l'autre, gagnaient l'escalier. Cependant que des rats pompiers surgissaient des murs en couinant, crachaient leur eau et s'empressaient d'aller se réapprovisionner. Et que les extincteurs muraux libéraient des torrents d'eau mécanique.

Mais trop tard. Quelque part, dans un soupir, une pompe se résigna à la défaite. La pluie cessa. La réserve d'eau qui avait rempli la baignoire et lavé la vaisselle au fil de tant de jours tranquilles était épuisée.

Le feu gravit l'escalier en crépitant. S'engouffra dans les couloirs de l'étage, se régala des Picasso et des Matisse comme de friandises, faisant ruisseler la chair huileuse, rôtissant tendrement la toile jusqu'à la transformer en lamelles noires et croustillantes.

Et voilà que le feu occupait les lits, investissait les fenêtres, changeait la couleur des rideaux !

C'est alors qu'arrivèrent les renforts.

Par les trappes du grenier, des robots passèrent leur tête aveugle pourvue d'un robinet en guise de bouche et crachèrent des flots de mousse verte de nature chimique.

Le feu recula, comme un éléphant lui-même ne pouvait

s'empêcher de le faire à la vue d'un serpent mort. Et là, c'étaient vingt serpents qui s'agitaient par terre, tuant le feu à coups de jets de venin.

Mais le feu était malin. Il avait expédié des flammes à l'extérieur de la maison, jusque dans les combles, où se trouvaient les pompes. Une explosion! Le cerveau qui, là-haut, commandait aux pompes cribla les poutres d'éclats de bronze.

Le feu reflua dans tous les placards et palpa les vêtements qui y étaient suspendus.

La maison tremblait dans toute son ossature de chêne, son squelette à nu se recroquevillant sous l'effet de la chaleur, son installation électrique, ses nerfs mis au jour comme si un chirurgien l'avait écorchée pour laisser veines et capillaires frémir dans l'air embrasé. Au secours, au secours! Au feu! Fuyez, fuyez! Sous l'effet de la chaleur, les miroirs se brisaient telles les plaques de glace si fragiles de l'hiver. Et les voix gémissaient: Au feu, au feu, fuyez, fuyez, comme une comptine tragique, une douzaine de voix, aiguës, graves, des voix d'enfants à l'agonie au milieu d'une forêt, tout seuls. Et les voix de s'affaiblir à mesure que les fils électriques faisaient éclater leurs gaines comme des châtaignes grillées. Une, deux, trois, quatre, cinq voix moururent.

Dans la nursery, la jungle brûlait. Les lions bleus rugissaient, les girafes violettes bondissaient. Les panthères couraient en cercles, changeant de couleur, et dix millions d'animaux, fuyant devant le feu, disparurent au loin en direction d'un fleuve en ébullition…

Dix voix de plus s'éteignirent. Dans les derniers instants, sous l'avalanche de feu, inconscients, d'autres chœurs s'élevèrent, annonçant l'heure, jouant de la musique, passant la tondeuse à gazon télécommandée sur la pelouse, présentant et rangeant frénétiquement un parapluie à la porte d'entrée qui ne cessait de s'ouvrir et de se fermer. Un millier de choses se produisaient en même temps, comme chez un horloger lorsque toutes les pendules se mettent à sonner l'heure avec un léger décalage les unes par rapport aux autres, en une confusion délirante ayant malgré tout son unité. Dans un concert de couinements, quelques dernières souris nettoyeuses se précipitèrent courageusement pour emporter les horribles cendres ! Et une voix, avec un sublime dédain pour la situation, se mit à réciter de la poésie dans le bureau en flammes, jusqu'à ce que toutes les bobines aient brûlé, que tous les fils soient ratatinés et que tous les circuits aient sauté.

Le feu éventra la maison, qui s'effondra dans des tourbillons d'étincelles et de fumée.

Dans la cuisine, un instant avant l'averse de flammes et de poutres, s'imposa la vision du fourneau qui confectionnait des petits déjeuners à un rythme dément, dix douzaines d'œufs, six miches de toasts, vingt douzaines de tranches de bacon, qui, dévorés par le feu, ravivaient l'ardeur du fourneau dans un concert de sifflements hystériques !

L'écroulement. Le grenier s'effondrant dans la cuisine et le salon. Le salon dans la cave, la cave dans les soubassements. Congélateur, fauteuils, bandes magnétiques, circuits, lits, autant de squelettes expédiés pêle-mêle par le fond.

Silence et fumée. Une énorme quantité de fumée.

Une aube timide fit son apparition à l'est. Parmi les ruines, seul un pan de mur restait debout. À l'intérieur, une dernière voix répétait, et répétait encore, inlassablement, au moment où le soleil se levait pour briller sur le tas de décombres fumants : « Nous sommes aujourd'hui le 5 août 2057, nous sommes aujourd'hui le 5 août 2057, nous sommes aujourd'hui… »

Pique-nique dans un million d'années

D'une certaine façon, l'idée qu'une partie de pêche ferait peut-être plaisir à toute la famille fut émise par maman. Mais ce n'étaient pas les paroles de maman, Timothy le savait. C'étaient celles de papa, que maman avait prononcées à sa place.

Papa fit rouler sous ses pieds un fouillis de cailloux martiens et acquiesça. Aussitôt, ce ne fut que cris et bousculades, et tout ce qu'il fallait pour camper fut prestement rassemblé et empaqueté. Maman enfila un chemisier et une vareuse, papa bourra fébrilement sa pipe, les yeux fixés sur le ciel de Mars, et les trois garçons s'empilèrent en hurlant dans le bateau à moteur, sans faire attention à papa et maman, sauf Timothy.

Papa appuya sur un bouton. Un bourdonnement s'éleva dans le ciel. L'eau fut agitée de remous, le bateau pointa le nez en avant et toute la famille s'écria : « Hourra ! »

Timothy, assis à l'arrière, ses petits doigts posés sur la main velue de papa, regardait serpenter le canal et s'éloigner les ruines où s'était posée la petite fusée familiale qui leur avait fait faire tout ce chemin depuis la Terre. Il se rappelait la soirée qui avait précédé leur départ, l'agitation et la hâte, la fusée que papa avait trouvée on ne savait trop où ni comment, et la discussion où il avait été question d'aller en vacances sur Mars. C'était bien loin pour des vacances, mais Timothy n'avait rien dit à cause de ses petits frères. Ils étaient arrivés sur Mars, et aussitôt, du moins à les en croire, voilà qu'ils allaient à la pêche.

Papa avait une drôle d'expression dans les yeux tandis que le bateau remontait le canal. Une expression que Timothy ne parvenait pas à déchiffrer. Un éclat auquel se mêlait comme une espèce de soulagement. Qui mettait du rire dans ses rides profondes plutôt que de l'inquiétude ou du chagrin.

Restée là-bas à refroidir, la fusée disparut derrière une courbe.

« On va loin ? » Robert laissait traîner sa main dans le courant. On aurait dit un petit crabe en train de sautiller dans l'eau violette.

Papa soupira. « Un million d'années.

— Mince, fit Robert.

— Regardez, les enfants. » Maman tendit un long bras souple. « Une ville morte. »

Ils ouvrirent des yeux brillants d'excitation. La cité morte gisait là pour eux seuls, assoupie dans le silence torride d'un été fabriqué par quelque M. Météo martien.

Et papa avait l'air content qu'elle soit morte.

C'était une étendue insignifiante de pierres roses endormies sur une butte de sable ; quelques colonnes renversées, un sanctuaire isolé, et de nouveau, à perte de vue, le sable. Rien d'autre sur des kilomètres. Un désert blanc de chaque côté du canal et un désert bleu au-dessus.

Juste à ce moment, un oiseau s'envola. Comme une pierre lancée dans un étang d'azur, touchant la surface, s'enfonçant et disparaissant.

Papa eut une expression apeurée en le voyant. « J'ai cru que c'était une fusée. »

Timothy leva les yeux vers l'océan profond du ciel, essayant d'apercevoir la Terre, la guerre, les villes en ruine, les hommes qui s'entre-tuaient depuis sa naissance. Mais il ne vit rien. La guerre était aussi lointaine et invisible que deux mouches se battant à mort sur la voûte d'une vaste cathédrale silencieuse. Et aussi absurde.

William Thomas s'essuya le front et sentit la main de son fils sur son bras, pareille à une jeune tarentule, électrisée. Il lui décocha un grand sourire. « Comment ça va, Timmy ?

— Très bien, p'pa. »

Timothy avait encore du mal à comprendre ce qui tictaquait à l'intérieur du grand mécanisme adulte à côté de lui. De cet homme à l'immense nez aquilin qui pelait, brûlé par le soleil — aux yeux bleu vif comme les billes d'agate avec lesquelles on joue après l'école, l'été, là-bas sur la Terre, aux longues jambes massives comme des colonnes dans son ample culotte de cheval.

« Qu'est-ce que tu regardes comme ça, p'pa ?

— La Terre. J'y cherche la logique, le bon sens, un gouvernement sain, la paix et la responsabilité.

— Tout ça là-haut ?

— Non. Je n'ai rien trouvé de tout ça. Ça n'y est plus. Ça n'y sera peut-être plus jamais. On s'est peut-être fait des illusions en croyant que ça y était.

— Hein ?

— Regarde le poisson », dit papa en pointant du doigt.

S'ensuivit un concert de piaillements de la part des trois garçons, qui firent pencher le bateau en tendant le cou pour mieux voir. Ils poussèrent des oh ! et des ah ! Un poisson-anneau argenté flottait près d'eux, ondulait et se refermait comme un iris, instantanément, autour de parcelles de nourriture, pour les assimiler.

Papa le contemplait. « L'image même de la guerre, dit-il d'une voix calme et profonde. La guerre nage, voit quelque chose à manger, se referme dessus. L'instant d'après... plus de Terre.

— William, fit maman.

— Excuse-moi », dit papa.

Ils se rassirent et laissèrent traîner leurs doigts dans l'eau qui se précipitait, fraîche, vive et lisse comme du verre. On n'entendait que le bourdonnement du moteur, le chuintement de l'eau, la dilatation de l'air ensoleillé.

« Quand est-ce qu'on va voir les Martiens ? cria Michael.

— Très bientôt, peut-être, répondit papa. Ce soir, si ça se trouve.

— Mais les Martiens sont une race disparue, objecta maman.

— Pas du tout. Je vous en montrerai, promis », déclara papa un instant plus tard.

Timothy fronça les sourcils mais ne dit rien. Tout prenait un tour bizarre à présent. Les vacances, la partie de pêche, les regards qui s'échangeaient.

Les deux autres garçons, leurs petites mains en visière, étaient déjà occupés à inspecter les berges en pierre de deux mètres de haut, guettant les Martiens.

« À quoi ils ressemblent ? demanda Michael.

— Tu les reconnaîtras quand tu les verras. » Papa eut une espèce de petit rire. Timothy vit sa joue tressaillir.

Maman était douce et mince, ses cheveux dorés enroulés en tresse sur sa tête lui faisaient comme un diadème et ses yeux, de la même couleur que l'eau fraîche et profonde du canal, étaient parcourus d'ombres presque violettes semées de taches d'ambre. On y voyait flotter ses pensées, comme des poissons — tantôt radieuses, tantôt sombres, tantôt rapides, brèves, tantôt lentes et paisibles, et parfois, comme lorsqu'elle levait la tête en direction de la Terre, n'ayant d'autre couleur que celle de leur substrat. Elle était assise à l'avant du bateau, une main posée sur le plat-bord, l'autre au creux de sa culotte de cheval bleu marine, et l'on apercevait un peu de son cou bronzé là où son chemisier s'ouvrait comme une fleur blanche.

Elle gardait les yeux fixés devant elle, mais, n'ayant pas des choses une vision assez nette, elle se retourna vers son mari et, reflété dans ses yeux, vit ce qui les attendait plus loin ; et comme il ajoutait un peu de lui-même à cette image réfléchie, une ferme détermination, ses traits se détendirent et elle se retourna, rassurée, sachant soudain à quoi s'en tenir.

Timothy regardait lui aussi. Mais il ne voyait que le trait rectiligne du canal qui s'étirait, violet, au milieu d'une large vallée flanquée de collines basses érodées, jusqu'à la ligne d'horizon. Et ce canal interminable traversait des cités qui, secouées, auraient rendu un bruit de grelot, tels des scarabées à l'intérieur d'un crâne vide. Cent ou deux cents cités nourrissant des songes brûlants de jour d'été et des songes frais de nuit d'été..

Ils avaient fait des millions de kilomètres pour cette excursion — cette partie de pêche. Mais la fusée était armée d'un canon. Ils étaient en vacances. Mais pourquoi toutes ces provisions, plus qu'il n'en fallait pour leur durer des années, cachées là-bas à proximité de la fusée ? Les vacances… Sous le couvert des vacances il n'y avait rien de riant, mais on ne savait trop quoi de dur, d'osseux, voire de terrifiant. Timothy n'arrivait pas à soulever le voile, et les deux autres garçons ne s'employaient qu'à avoir respectivement huit et dix ans.

« Toujours pas de Martiens. Zut ! » Robert cala son petit menton pointu sur ses mains et regarda le canal d'un œil noir.

Papa s'était muni d'une radio nucléaire fixée à son poignet. Elle fonctionnait selon un vieux principe : on la tenait contre les os de la tempe, près de l'oreille, et ses vibrations vous chantaient quelque chose ou vous parlaient. À présent papa l'écoutait, son visage pareil à une de ces cités martiennes déchues, effondrées, desséchées, presque mortes

Puis il la passa à maman pour qu'elle écoute à son tour Ses lèvres s'entrouvrirent et s'affaissèrent

« Qu'est-ce que… » Timothy n'acheva pas la question qu'il désirait poser.

Car à ce moment précis retentirent deux explosions titanesques, à vous ébranler les os jusqu'à la moelle, l'une amplifiant l'autre, suivies d'une demi-douzaine de secousses moins violentes.

Papa sursauta et accéléra aussitôt. Le bateau bondit en avant, et se mit à filer à toute vitesse. Délivrant Robert de sa frousse et arrachant des glapissements de terreur et de joie à Michael, qui se cramponna aux jambes de maman pour regarder les trombes d'eau soulevées lui passer sous le nez.

Papa vira, ralentit et engagea le bateau dans un petit canal secondaire puis sous un ancien quai en pierre croulant qui sentait le crabe. Le canot heurta le quai assez brutalement pour les projeter tous en avant, mais personne ne se blessa, et papa se dévissait déjà le cou pour voir si les ondulations du canal étaient susceptibles de conduire à leur cachette. Les vaguelettes vinrent clapoter contre les pierres, refluèrent vers les nouvelles arrivantes et se stabilisèrent pour miroiter au soleil. Il ne restait plus trace de leur passage.

Papa tendit l'oreille. Ainsi que les autres passagers. La respiration de papa se répercutait comme des coups de poing sur les pierres froides et humides du quai. Dans l'ombre, les yeux de chat de maman guettaient papa, en quête d'un indice sur ce qui allait suivre.

Papa se détendit et laissa échapper un soupir, riant de lui-même.

« La fusée, bien sûr. Je deviens nerveux. La fusée.

— Qu'est-ce qui s'est passé, p'pa ? fit Michael. Qu'est-ce qui s'est passé ?

— Oh, on a simplement fait sauter notre fusée, c'est tout, dit Timothy d'un ton aussi neutre que possible. J'ai déjà entendu exploser des fusées. C'est ce qui vient de se passer pour la nôtre.

— Pourquoi on a fait sauter notre fusée ? demanda Michael. Hein, p'pa, pourquoi ?

— Ça fait partie du jeu, nigaud ! dit Timothy.

— Un jeu ! » Voilà qui enchantait Michael et Robert.

« Papa l'a arrangée pour qu'elle saute et que personne ne sache où on s'est posé et où on est allé ! Au cas où quelqu'un viendrait voir, tu comprends ?

— Mince ! Un secret !

— Ma propre fusée qui me flanque la trouille ! confessa papa à maman. J'ai les nerfs à fleur de peau. Il est impensable que d'autres fusées puissent jamais arriver. Sauf *une*, peut-être, si Edward et sa femme réussissent à passer. »

Il porta de nouveau la minuscule radio à son oreille. Au bout de deux minutes, il laissa retomber sa main comme un vieux chiffon.

« Cette fois, c'est fini, dit-il à maman. La radio-lumière n'émet plus. Toutes les autres stations ont disparu. Il n'en restait plus que deux ces dernières années. Maintenant, c'est le silence complet. Sans doute pour un bon bout de temps.

— Combien de temps ? demanda Robert.

— Peut-être… tes arrière-petits-enfants entendront-ils un jour quelque chose. » Papa restait là sans bouger, et les enfants se sentirent happés au centre de son effroi, de sa défaite et de sa résignation.

Finalement, il ramena le bateau dans le canal et ils reprirent la direction qui était la leur au départ.

Il se faisait tard. Déjà le soleil était bas dans le ciel, et une série de cités mortes gisaient devant eux.

Papa parlait avec calme et douceur à ses fils. Souvent, dans le passé, il s'était montré brusque, froid et distant avec eux, mais à présent il leur tapotait la tête avec un petit mot gentil et ils en étaient tout émus.

« Mike, choisis une ville.

— Comment ça, p'pa ?

— Choisis une ville, mon fils. Une des villes devant lesquelles on passe. N'importe laquelle.

— Très bien, dit Michael. Comment je fais pour choisir ?

— Choisis celle que tu préfères. Vous aussi, Robert et Tim. Choisissez la ville qui vous plaît le plus.

— Je veux une ville avec des Martiens dedans, dit Michael.

— Tu l'auras, dit papa. Promis. » Ses paroles s'adressaient aux enfants, mais ses yeux regardaient maman.

Ils passèrent devant six villes en vingt minutes. Papa ne parlait plus des explosions ; il semblait beaucoup plus soucieux de s'amuser avec ses fils, de les rendre heureux, que d'autre chose.

Michael s'emballa pour la première ville qu'ils rencontrèrent, mais elle lui fut refusée parce que tout le monde se méfiait des jugements trop hâtifs. La deuxième ville ne plut à personne. C'était une colonie terrienne, bâtie en bois et tombant déjà en décrépitude. Timothy apprécia la troisième ville parce qu'elle était grande. La quatrième et la cinquième étaient trop petites et la sixième fut acclamée par tout le monde, y compris maman, qui se joignit aux « Super ! », « Mince ! » et autres « Vise-moi ça ! ».

Il y avait là cinquante ou soixante vastes structures toujours debout, des rues ensablées mais pavées, et l'on apercevait deux ou trois vieilles fontaines centrifuges dont les pulsations continuaient de rafraîchir les esplanades. C'était l'unique signe de vie : l'eau jaillissant dans le soleil déclinant.

« C'est la ville qu'il nous faut », déclara tout le monde.

Papa accosta et sauta sur le quai. « Nous y sommes, dit-il. C'est à nous. À partir de maintenant, c'est ici chez nous !

— À partir de maintenant ? » Michael n'en revenait pas. Il se mit debout, regarda, puis se retourna pour plisser les yeux en direction de l'endroit où se dressait naguère la fusée. «Et la fusée ? Et le Minnesota ?

— Tiens», dit papa. Il appliqua la petite radio sur la tête blonde de Michael. «Écoute.»

Michael écouta. «Rien, dit-il.

— C'est ça. Rien. Plus rien du tout. Plus de Minneapolis, plus de fusées, plus de Terre.»

Michael rumina la révélation fatale et se mit à sangloter doucement.

«Attends un peu, fit aussitôt papa. Je te donne bien plus en échange, Mike !

— Quoi ?» Michael retint ses larmes, intrigué, mais prêt à recommencer au cas où la nouvelle révélation de papa serait aussi déconcertante que la précédente.

«Je te donne cette ville, Mike. Elle est à toi.

— À moi ?

— À toi, à Robert et à Timothy, à tous les trois. Elle vous appartient.»

Timothy bondit hors du bateau. «Regardez, les gars, tout ça pour *nous !* Tout *ça !*» Il entrait dans le jeu de papa, il le jouait à fond et il le jouait bien. Plus tard, quand tout serait fini, quand les choses se seraient tassées, il pourrait se laisser aller et pleurer dix minutes. Mais pour l'instant, c'était encore un jeu, une excursion en famille, et il fallait que les gamins continuent de s'amuser.

Mike sauta à terre avec Robert. Puis ils aidèrent maman.

«Attention à votre petite sœur», fit papa, et personne, sur le moment, ne comprit ce qu'il voulait dire.

Ils s'enfoncèrent en hâte dans la grande cité en pierre rose — n'échangeant que des murmures, car les cités mortes ont une façon à elles de vous faire baisser la voix — et contemplèrent le coucher du soleil.

«Dans quatre ou cinq jours, dit tranquillement papa, je retournerai là où était la fusée pour récupérer les provisions cachées dans les ruines et les transporter ici ; et je me mettrai à la recherche de Bert Edwards, sa femme et ses filles.

— Ses filles ? demanda Timothy. Combien ?

— Quatre.

— Je prévois des complications pour plus tard, dit maman en hochant lentement la tête.

— Des filles. » Grimace de Michael, qui ressembla un instant à une ancienne figure de pierre martienne. « Des filles.

— Ils viennent aussi en fusée ?

— Oui. S'ils y arrivent. Les fusées familiales sont faites pour aller sur la Lune, pas sur Mars. On a eu de la chance de parvenir jusqu'ici.

— Où as-tu pris la fusée ? murmura Timothy pendant que les autres garçons couraient devant.

— Je la gardais en réserve. Je l'ai gardée pendant vingt ans. Je la tenais cachée en espérant n'avoir jamais à m'en servir. Je suppose que j'aurais dû la donner au gouvernement pour la guerre, mais je continuais de penser à Mars...

— Et à notre pique-nique !

— Exactement. Je te dis ça entre nous. Quand j'ai vu que tout était perdu sur la Terre, après avoir attendu jusqu'au dernier moment, j'ai plié nos bagages. Bert Edwards avait aussi un vaisseau caché, mais nous avons jugé plus sûr de partir séparément, au cas où on essaierait de nous abattre.

— Pourquoi tu as fait sauter la fusée, p'pa ?

— Pour qu'on ne puisse pas faire demi-tour, jamais. Et que ces sales bonshommes, au cas où ils viendraient un jour sur Mars, ne sachent pas où nous sommes.

— C'est pour ça que tu regardes tout le temps en l'air ?

— Oui, et c'est idiot. Jamais ils ne nous suivront. Ils n'ont pas de quoi. Je suis trop méfiant, c'est tout. »

Michael revint en courant. « Cette ville est vraiment à *nous*, p'pa ?

— Toute cette fichue planète nous appartient, les enfants. Toute cette fichue planète. »

Ils demeuraient debout, Roi de la Montagne, Sommet de la Pile, Souverain de Tout ce qu'Embrassait le Regard[1], Monarques et Présidents Irrécusables, s'efforçant de comprendre ce que signifiait la possession d'un monde et à quel ordre de grandeur ils étaient confrontés.

La nuit tombait rapidement dans l'air ténu. Papa les laissa sur la place près de la fontaine jaillissante, descendit au bateau et en revint avec une liasse de papier dans ses grandes mains.

Il entassa les papiers pêle-mêle dans une vieille cour et y mit le feu. Pour se réchauffer, ils s'accroupirent en riant autour du brasier. Timothy regardait les petites lettres bondir telles des bêtes affolées quand les flammes les touchaient et les avalaient. Le papier se recroquevillait comme la peau d'un vieillard et l'incinération cernait une foule de mots.

« BONS DU TRÉSOR · Courbe du commerce, 2030 ; Les Préjugés religieux, essai ; La Science de la logistique ; Problèmes de l'Unité panaméricaine ; Cours de la Bourse du 3 juillet 2029 ; La Guerre en bref… »

Papa avait tenu à emporter ces papiers dans ce but. Assis sur ses talons, il les jetait un par un dans le feu, l'air satisfait, expliquant à ses enfants ce que tout cela signifiait.

« Il est temps que je vous mette au courant d'un certain nombre de choses. Je crois qu'il serait injuste que vous restiez à l'écart de tout ça. Je ne sais pas si vous comprendrez, mais il faut que je vous parle même si vous ne devez retenir qu'une partie de mon discours. »

Il lâcha un feuillet dans le feu.

1. Les deux premières formules font allusion à des jeux d'enfants, la troisième (*Ruler of All They Surveyed* dans le texte original) est une citation approximative de Robinson Crusoe (*I am monarch of all I survey*). (*N.d.T.*)

« Je brûle un mode d'existence, tout comme ce mode d'existence est en train de brûler sur la Terre en ce moment même. Pardonnez-moi si je parle comme un homme politique. Après tout, je suis un ancien gouverneur d'État, honnête de surcroît, ce pour quoi on m'en a voulu. La vie sur Terre n'a jamais pris le temps de donner quoi que ce soit de bon. La science est allée trop loin et trop vite pour nous, et les gens se sont retrouvés perdus dans une jungle mécanique, comme les enfants qui font tout un plat des jolies choses, gadgets, hélicoptères, fusées ; ils ont mis l'accent sur les fausses valeurs, sur les machines plutôt que sur la façon de les utiliser. Les guerres sont devenues de plus en plus dévastatrices et ont fini par tuer la Terre. C'est ce que signifie le silence de la radio. C'est ce que nous avons fui.

« On a eu de la chance. Il ne reste plus de fusées. Il est temps que vous sachiez que ceci n'est pas une partie de pêche. J'ai tardé à vous le dire. La Terre n'existe plus. Il n'y aura plus de voyages interplanétaires pendant des siècles, c'en est peut-être fini à jamais. Mais ce mode de vie s'est révélé une faillite et s'est étranglé de ses propres mains. Vous êtes jeunes. Je vous répéterai ça tous les jours jusqu'à ce que ça rentre. »

Il s'arrêta pour jeter d'autres papiers dans le feu.

« À présent, nous sommes seuls. Nous et une poignée d'autres personnes qui arriveront dans quelques jours. Assez pour recommencer. Assez pour tourner le dos à tout ça, là-bas, sur la Terre, et repartir sur de nouvelles bases… »

Le feu s'anima pour souligner ses paroles. Tous les papiers, sauf un, étaient désormais consumés. Toutes les lois et les croyances de la Terre n'étaient plus qu'un petit amas de cendres brûlantes qu'un souffle de vent ne tarderait pas à emporter.

Timothy regarda le dernier papier que papa jeta dans le feu. C'était une carte du Monde. Elle se tordit, se recroquevilla sous les flammes, et *pffft*, s'évanouit comme un papillon noir. Timothy détourna la tête.

«Maintenant, je vais vous montrer les Martiens, dit papa. Venez tous. Toi aussi, Alice.» Il lui prit la main.

Michael pleurait à chaudes larmes. Papa le prit dans ses bras et ils se mirent en route au milieu des ruines pour se diriger vers le canal.

Le canal. Où, le lendemain ou le surlendemain, leurs futures femmes, pour l'instant des fillettes rieuses, arrive-raient en bateau avec père et mère.

La nuit les enveloppait. Des étoiles brillaient, mais Timothy ne parvint pas à trouver la Terre. Elle était déjà couchée. Cela donnait à réfléchir.

Sur leur passage, un oiseau de nuit lança son cri parmi les ruines. «Votre mère et moi essaierons de vous apprendre, dit papa. Peut-être échouerons-nous. J'espère que non. Nous avons vu beaucoup de choses et en avons tiré les enseignements. Nous avons décidé de ce voyage il y a des années, avant votre naissance. Même s'il n'y avait pas eu de guerre, je crois que nous serions venus sur Mars pour y vivre selon nos principes. Il aurait fallu un siècle de plus avant que Mars ne soit vraiment empoisonné par la civilisation terrienne. Maintenant, bien sûr…»

Ils atteignirent le canal. Long trait rectiligne dispensa-teur de fraîcheur, il miroitait dans la nuit.

«J'ai toujours voulu voir un Martien, dit Michael. Où ils sont, p'pa? Tu avais promis.

— Les voilà», dit papa. Il hissa Michael sur son épaule et pointa un doigt vers le bas.

Les Martiens étaient là. Timothy se mit à frissonner.

Les Martiens étaient là — dans le canal — réfléchis dans l'eau. Timothy, Michael, Robert, papa et maman.

Les Martiens leur retournèrent leurs regards durant un long, long moment de silence dans les rides de l'eau…

DU MÊME AUTEUR

Aux Éditions Gallimard

L'ARBRE D'HALLOWEEN (Folio Science-Fiction nº 525)

POUR LES CHIENS, C'EST TOUS LES JOURS NOËL (Folio Benjamin nº 358)

AVEC UN CHAT POUR ÉDREDON (Folio Benjamin nº 345)

UN COUP DE TONNERRE (Folio Junior nº 664)

HISTOIRE DE DINOSAURES

MEURTRES EN DOUCEUR ET AUTRES NOU-VELLES, nouvelles extraites de ... MAIS À PART ÇA, TOUT VA TRÈS BIEN (Folio 2€ nº 4143)

LE MEILLEUR DES MONDES POSSIBLES, nouvelles extraites de LES MACHINES À BONHEUR (Folio 2 € nº 5062)

L'HOMME ILLUSTRÉ ET AUTRES NOUVELLES / *THE ILLUSTRATED MAN AND OTHER SHORT STORIES* (Folio Bilingue nº 169)

Aux Éditions Denoël

TRAIN DE NUIT POUR BABYLONE (Folio nº 3572)

LA SOLITUDE EST UN CERCUEIL DE VERRE (Folio nº 2281)

IL FAUT TUER CONSTANCE

LE VIN DE L'ÉTÉ

CAFÉ IRLANDAIS

Dans la collection Présences

... MAIS À PART ÇA, TOUT VA TRÈS BIEN (Folio nº 3182)

LA BALEINE DE DUBLIN (Folio nº 2691)

LE FANTÔME D'HOLLYWOOD (Folio nº 2566)

Impression Novoprint
à Barcelone, le 12 mai 2021
Dépôt légal : mai 2021
1ᵉʳ dépôt légal : janvier 2001

ISBN 978-2-07-041774-2./Imprimé en Espagne.